U0948296

美丽遭遇阴谋

艳遇陡现杀机　美丽化身毒药

刘丽　著

省委高层的权力搏杀

图书在版编目(CIP)数据

美丽遭遇阴谋 / 刘 丽著. -- 西宁：青海人民出版社，2011.12

ISBN 978-7-225-04007-3

Ⅰ. ①美… Ⅱ. ①刘… Ⅲ. ①长篇小说-中国-当代 Ⅳ. ①I247.5

中国版本图书馆 CIP 数据核字(2011)第 209065 号

美丽遭遇阴谋

刘 丽 著

出 版 人　樊原成
责任编辑　齐宏亮
装帧设计　北京阳光狮人有限公司
责任印制　巢世武
出版发行　青海人民出版社有限责任公司
西宁市同仁路 10 号　邮编：810001　电话：(0971)6143426(总编室)
发行热线　(0971) 6143516/6137731
经　　销　新华书店
印　　刷　北京兴鹏印刷有限公司
开　　本　170mm×240mm　1/16
印　　张　14.25
字　　数　220 千
版　　次　2012 年 5 月第 1 版　2012 年 5 月第 1 次印刷
印　　数　1—7 000 册
书　　号　ISBN 978-7-225-04007-3
定　　价　30.00 元

内容提要

这是一个关于政治与风花雪月的故事。女人一旦参与权力的角逐,其疯狂与激烈远远超出人们正常的想象，扭曲的灵魂伴随峰乳凸臀的卖弄与招摇拉风,却是无奈的叹息与无奈的结局。

明天投资公司的投资总监林苑是一位美丽而知性的女子，却因为与挂职副省长孔彬的关系而陷入了一起复杂的政治谋杀案件之中，巨大地产集团公司总经理的女秘书任萍性感而善解风情、一笑而百媚生,引得众人为她争风吃醋,最终两个男人成为她石榴裙下的风流鬼,而她则演绎着别样的人生风景。这些被美丽俘虏的人,一不小心就会成为美丽的杀手,从而毁灭人间的美好。人们不禁要问:难道美丽注定要遭遇阴谋吗?

滨江市是兴民省的省会城市,这是一个风景如画的江滨城市,城市的规模在同类城市之中虽然并不太大,但是城市发展得却有声有色。然而,省委书记的权力更迭却打破了这个城市的平静。兴民省的省长换届选举的日子就要到了,但由于中央对兴民省的省领导班子极不满意,于是派孔彬任挂职副省长,对兴民领导制衡与监智作用。却不料这极大地触动了兴民省的既得利益集团,他们最终铤而走险谋杀了孔彬,并企图嫁祸给明天投资公司的投资总监林苑,并对其展开了一次又一次地追杀……

目　录

第一章 阴谋的酝酿

滨江市是兴民省的省会，是所在地区的中心城市，一条大江穿城而过，横贯整个市区，因此滨江市自古就有“江城”的美誉。滨江是所在地区的重要产业城市和经济中心，也是重要的交通枢纽。

自从被国家批准为沿江对外开放城市以来，滨江市一直是外商投资的热点地区。为此，滨江大力推进环境创新，投资环境日益改善。相继建成了滨江国际机场、机场高速公路、自来水厂、电厂、污水处理系统等一批重大的基础设施，极大地提升了城市综合服务功能。另一方面，政府对外来企业实行“一条龙”联合办公制度、市长对话会制度、受理投诉制度、投资环境责任制度等，一系列优惠政策吸引了众多外资，而大量外资的投入，吸引了大量的劳动人口，大量的人口又促进了服务业的蓬勃发展，服务业的发展为劳动者提供了更多的劳动岗位。这种经济的良性循环是滨江市经济社会健康发展的标志。

滨江市的经济经过一段时间的高速发展，也像其它很多大中城市一样，由于人们对利益的追逐，以及权力监督的失衡，悄然滋生着权力的腐败。权力之所以能产生腐败，是由权力的特性决定的。权力具有强制性、决断性、带利性和随意性的特点。当追名逐利的人掌握权力后，利用手中的权力作为谋私的工具，进行权力的幕后交易。多采取权钱交易、权色交易、权权交易的方式。比如，他们利用权力进行权钱交易，与不法商人勾结，大肆收受贿赂，吃回扣，甚至参股等，把别人的钱财收入自己的口袋中，使自己的私有财产暴涨。在权色交易中，他们利用手中的权力，养小秘、包二奶等，以满足自己的欲望；权权交易是官员与官员之间的交易，我利用权力为他服务、他利用权力为我办事，把权力的效用最大化。

官员大搞裙带关系，任用与自己趣味相投的官员，培育自己的势力，结成贪腐同盟，为自己的利益营造一个保护圈。他们为了自己的名利，可以全然不顾群众的死活，如强行拆迁、强行征地等，视人民群众的利益如草芥。他们把权力视为自己的生命，利用各种关系极力维护，用权时独断专行，把持有不同意见的人视为敌对势力予以打击，或残酷迫害，甚至不惜置对手于死地。

在滨江市，最近几年异军突起的地产大鳄——巨大地产集团，凭借其超强的实力在滨江的经济和政治领域发挥着巨大的影响力。巨大地产集团旗下拥有巨大房地产开发公司、巨大建筑设计研究院、巨大建筑施工公司和巨大物业管理公司。巨大地产集团年开发面积为600多万平方米，覆盖高端、中端及中高端地产等多个产品系列。是滨江最具影响力的房地产企业。

巨大地产集团的董事长欧阳山是滨江市人，欧阳山幼年丧母，家境十分贫寒，依靠父亲和两个姐姐没日没夜地干活供他读书。但是他们的收入实在太微薄了，欧阳山经常面临辍学的困境。上学的时候，为了省钱和填饱肚子，欧阳山每个星期都要带上十几个馒头到学校，夏天的时候，天气很潮湿，馒头放不到三天就发霉了。但是即使发霉的馒头，他也舍不得扔掉。很多年以后，每当想起这段经历时，他的眼圈就忍不住发红。

虽然生活很艰辛，但并没有使欧阳山放弃希望，反而激起了他改变命运的决心。在家人和亲戚朋友的合力支持下，欧阳山发奋读书，并在恢复高考后的第一年，以优异的成绩考上了滨江科技学院，终于学有所成。大学毕业被分配到一家国营企业工作。在国营企业工作期间，他从普通员工做起，通过自己的努力，升到主管、经理等职。

1992年，小平同志的南巡谈话，使欧阳山敏锐地察觉到新的机遇即将到来，他果断放弃了铁饭碗，到改革开放的前沿深圳去创业。对于已经做到经理职位、有丰富管理经验的欧阳山来说，创业似乎并不是特别困难的事情，但他还是决定先给人打工，再寻求适合自己创业的项目。欧阳山最初在举目无亲的深圳，东奔西跑了一个多月，还没有找到适合自己的工作。后来，他做了几份定位准确的简历，来到一个大型中高端人才招聘市场上碰运气。市场经济时代，市场的作用确实很大，很快他的工作经验就有几家公司关注到了，纷纷向他抛出了橄榄枝，邀请他去面试。

在几家公司面试时，欧阳山通过反复分析、比较，最后选择了一家中美合资的保健食品公司，他当时看中了它的发展前景，还可以学到先进的管理理念以及老板的胆略。后来每当谈起这段往事时,欧阳山总是庆幸自己当时的决定,他在这里学到的经营和管理经验对他后来创业的帮助很大。用他的话来说,使他少走很多弯路。就这样,他从这家保健食品公司的普通员工做起,靠着踏实、肯学和勇于开拓创新的精神,很快成为这家公司的行政部门的主管了。他善于处理复杂问题的工作能力大为老板赏识,成了老板的左膀右臂。

两年后,欧阳山已经是这家公司的副总经理了。这时候,随着市场经济和改革开放的发展,各行各业都呈现出一派欣欣向荣的良好发展局面,其中发展最为迅猛的当属房地产了。经过多次调研和论证后,老板决定派他进军广东的房地产市场。洞察力极强的他意识到广东经济的快速发展一定会带动当地房地产行业的红火,胸怀大志的他决意在地产界打拼一番。欧阳山立即收拾好行李,带着公司的委托和老板的信任去了广州。

欧阳山开始了他的创业征程,创业的艰辛是很难用语言来描述的。最初他只有三名员工:一个财务人员、一个后勤人员和一个销售人员。人不在多,而在精。由于他们创业的时机恰到好处,公司发展可谓异常迅速,经过一年多的努力,这家房地产公司已成为初具规模的地产公司了,欧阳山为公司创造了巨大的经济效益,同时自己的资产也有了积蓄。

这次为老板创业的经历,使欧阳山对自己的创业有了底气。他开始真正自己创业时,对房地产市场已经很熟悉了,他带着七八个人的团队创立了巨大房地产开发公司。虽然创业的资金不多,但欧阳山却凭借十多年所积累的丰富经验,精心打造了被誉为全省第一个楼盘的巨大远景花园,巨大房地产开发公司凭借这个楼盘一举成名。

两年后,在一次市政府举行的土地拍卖会上。当时,名不见经传的巨大房地产开发公司以 1 亿多元的较低价格拿到了白云区一家制药厂的地块,折合为楼面地价仅 600 元/平方米,土地出让金可在 1 年内分期缴付。正是这块当时没有人看得上眼的地块成就了欧阳山。

欧阳山在这块地上开发的富海花园以 2200 元/平方米的价格开盘。由于具有突出的价格优势,富海花园成为当年白云区销售最好的楼盘之一。据业界人士估计,富海花园让欧阳山有了三四亿的进账。这是他创业获得的第一桶金。白云区这块土地的成功运作,使欧阳山的信心得到极大增强。此后,他还创下了十多个楼盘同期开发的惊人纪录,创下了房地产开发的奇迹,而完成这一切只用了两年多的时间。

欧阳山后来的创业经历更让人叹为观止，他仅用十年的时间就将一家名不见经传的企业发展为拥有包括十多家下属企业的集团公司，成为广州市十大投资集团前茅企业和全国房地产百强企业。

有了钱,欧阳山神气起来了。他不甘心仅在广东当个大款,所以就萌生了回滨江市搞投资的想法。在市场经济时期,金钱已经成为衡量人的身份、地位和价值的主要标准了。于是欧阳山衣锦还乡,怀揣数千万元的资金,宣称要在滨江市投资。所以,一时间从政府官员到商贾名流纷纷和他洽谈投资问题,而且开出了很多优惠条件,有些官员甚至露骨地表示可以适当牺牲一些国家和集体的利益。

欧阳山在滨江利用政府给予的优惠条件，短短几年，资本翻了好几倍,成了滨江市赫赫有名的大人物,成了市政府、甚至省政府要员家中的座上客。身为巨大集团董事会的主席,欧阳山尽管实力雄厚,然而他为人却十分低调,无论对谁都十分客气,还积极参与慈善事业。欧阳山在滨江市的人脉很广,可谓上至政府高官下至普通群众都有不同程度地交往,并且各方面的关系处理得恰当好处。正是上通下达的关系网络,让欧阳山进行一系列“土地运作”时,得心应手,游刃有余。

在徐斌当选为滨江市东平区李庄村支书的时候,按照“要想富,先修路”的发展思路,上任伊始,就开始着手实施村道硬化工程。在得到欧阳山“按工程造价的10%给村干部回扣”的承诺后,徐斌将此项工程给了欧阳山。村里没钱,他与欧阳山约定,将村里的300亩的河坡地按每亩1万元的价格转让给欧阳山以抵工程款。

工程结束后,欧阳山如愿地得到了300亩坡地。他信守承诺,给了包括徐斌在内的八名村干部共计30万元的“回扣”。就这样,欧阳山买通村干部冲抵工程款的方式,非法从村拿到了第一块集体土地。

尝到甜头之后,徐斌决定帮欧阳山拿更多的地。

一年后,徐斌再次利用个人职权按每亩2万元的价格将另外一块600余亩的坡地卖给了欧阳山。当年年底,滨江市政府决定在李庄村和朱庄村征收1000亩“储备用地”,其中在李庄村计划征收800亩,其中包括欧阳山刚买到手的600亩。为了获取很大的利益,欧阳山索性让徐斌帮助其从村民手中“收”了200多亩。连同他中的600亩,刚好凑足800亩地,以每亩7万元的高价卖给了市政府。为了表示感谢,欧阳山送给徐斌200多万元的服务费。

事实上，从欧阳山为李庄村修路就有很强的目的性。按照土地法规定,农业用地和集体用地是禁止出让的。地产开发商之所以能在非法倒卖集体土地中获利,关键是通过收买相关的政府领导。买通村官只是欧阳山的第一步,国有土地管理部门是管理土地的主要部门,要想把土地合法转让出去,必须得到国有土地管理部门的关照。欧阳山决定把国土环境资源局局长卢亮拉下水,一起参与非法土地交易。虽然开始时卢亮的防范意识很强,但架不住欧阳山三番五次的极力拉拢,最终卢亮抵抗不了金钱诱惑被欧阳山拖下了水。随后,卢亮以其亲戚名义向欧阳山的账户打入500万元,作为"入股"的本金。

欧阳山拿到的第二块地,就是在卢局长的帮助下"漂白"的。此后,卢亮在得知市政府要在朱庄村北侧征地1000余亩，那里土地即将升值时,就将消息透露给了欧阳山。在卢亮的配合下,欧阳山迅速拿下该地块,并顺利被滨江市政府"收储",卢亮出面为欧阳山办理了征地协议书。此后,欧阳山在套得5000余万元的征地补偿费后,除了返还卢亮500万元本金之外,还以投资土地回报的名义给了卢亮500万元。

事实上,欧阳山和卢亮之所以敢这么大张旗鼓地炒地,是与他们强大的后台密不可分的。那么,谁是他们的后台呢?就是时任副省长的吴峰。吴峰是兴民省的副省长,是下一届省长的热门人选,他是个权力欲极强,利欲熏心的官僚。

群众的眼睛是雪亮的,他们这种倒卖土地的行为,引起了群众的普遍不满,一位大学教师为此向中央写信,揭发这种官商勾结、鱼肉百姓的行为。一天夜晚,这位教师家里突然来了两个陌生人,他们凶神恶煞地对这位教师说:"你是不是缺钱花呀?这里是十万元,希望你以后闭上你的乌鸦嘴,不要再胡说八道了,否则就别怪我们不客气了。"丢下钱后,他们就大摇大摆地走了。这位教师受到恐吓后,也不敢再上访了。

虽然在省市的领导干部中，并不是所有人都和欧阳山关系这样密切的,但是每个人都切身感受到,滨江市离不开这样的大企业家,否则滨江的经济将得不到足够的资金支持。在经济时代,金钱就是一切,经济是一切的基础,权力是为经济服务的。如果说经济是一栋大厦的钢筋和混凝土的话,那么权力不过是这栋大厦漂亮的外衣而已。所以,很多官员对这样的事情睁一只眼、闭一只眼,他们没有能力改变这种状况,更不想给自己找麻烦。因为这是很危险的事情,甚至会有生命之虞。毕竟个人的生命是最要的,谁愿意拿自己的生命开玩笑呢。虽然传统价值观要求各级政府官员把国家和人民的利益放在第一位,但这只是一种理论上的要求而已。在理论与现实严重脱节的社会里,理论的影响力已经严重滞后了。

人们常说凡事要给自己留退路,采取恐吓、甚至杀人极端的办法并不能堵住所有向上反映情况的渠道。中央通过各种渠道接到了大量反应滨江土地问题的群众来信或来访,受到了中央高层领导的高度重视,他们派调查组调查过很多次。但是由于滨江市的领导干部口径一致,每次调查都不能够深入下去。

一个省的省会城市出现了土地非法交易的事情,其影响是相当恶劣的。后来,中央高层通过反复讨论决定派孔彬到滨江市做挂职副省长,以了解土地非法交易的内幕。作为挂职副省长的孔彬,是中央某权力机构的一个领导,是个独立派,但有参政、议政,向中央高层汇报情况的职责,对滨江市的土地黑幕问题,经过相当一段时间的走访之后,他把发现的一些内幕报告了中央高层,这引起了黑团体势力的极大恐慌,他们决定除掉孔彬。

杨高明是欧阳山的得力干将之一,他是滨江郊区的农村人,小时候家境贫寒,父母离婚后,跟着外婆生活,连小学都没有读完,就辍学了。他小小年纪,没有什么技能,所以只能在街头流浪,靠偷窃和抢劫为生,为此,他没少进监狱,渐渐地他成了一个小混混。对于他来说,活着就是混一天算一天。

个体老板程亮的出现,改变了他的生活。程亮利用不正当关系做生意发了点小财,被工商局的一个小领导发现了,程亮为了宁事息人,给了这个小领导一笔钱,谁知这个校领导贪得无厌,多次敲诈他,忍无可忍的程亮恰好找到流浪街头、无所事事的杨高明,让他带上几个小兄弟,收拾一下那个人。并答应事成之后给他十万元报酬。杨高明没有费吹灰之力,就把这个小领导搞下去了。从此,杨高明走上了替人催帐,为人“打抱不平”的道路。

欧阳山把巨大地产集团总部迁到滨江市后，杨高明被欧阳山看中进了公司。欧阳山很清楚，做生意要黑白两道通吃，没有政府官员后台是不行的，同事培植自己的民间势力也是很重要的，这样竞争对手才不敢轻举妄动。于是他组织建立了风云帮。之所以起“风云”为帮会的名子，是为了显示他们呼风唤雨的决心。他们一面做生意，一面干见不得人的勾当：贩卖毒品、绑架、暗杀可谓无所不为；一些有政治野心的人，为了消灭异己，不惜和他们勾结起来，成了他们的保护伞。所以，他们更加肆无忌惮了，为了占地盘、抢市场，他们用尽了流氓手段，使人敢怒而不敢言。

在风云帮里，高明出生入死，立下了汗马功劳，现在他已经成为帮会的骨干了，但是他对风云帮的权力分配一直心怀不满。他认为在欧阳山周围那些指手划脚的人，从来不冒什么风险，可是得到的利益却总是最大的。而他们经常执行任务、出生入死的人，得到的利益却十分有限，有时还会被自己人暗算，实在让他心寒。最初加入帮会时，他们宣称组织帮会是为了铲除贪官污吏、不法奸商，为穷苦人出气的，但是现在，欧阳山却和官商勾结，为所欲为，甚至滥杀无辜。比如，这次插手官场权力斗争，为了自己方面的人控制滨江市的权力，而要弟兄们去厮杀。为了干掉孔彬，他们借口说他好色、贪污等，但这实际上是没有任何根据的，完全是由风云帮制造的流言，经纪委调查后发现都是莫须有的罪名。让他们想象不到的是，这些流言不但没有搞倒孔彬，反而使孔彬的威信越来越高了。

孔彬在滨江市的政绩确实很好，做了不少有益于群众的事情，受到老百姓的拥护。这样的好官居然要被风云帮除掉，高明实在很难想通。他认为巨大地产集团已经发展得这么好了，应该金盆洗手，丢掉贼的名头了。当然，这只是他的个人想法，因此他还是接受了欧阳山的指派，要竭尽全力去完成这次任务，因为除掉孔彬后，吴峰就可以做兴民省的省长了，这对风云帮以及巨大地产集团的前途将大有好处。

杨高明认为，当今世界，根本没有真理、正义、公平、平等可言，像他们这些没有靠山的流浪者，要想出人头地，获得竞争机会，几乎是不可能的。所以，他一方面诅咒自己和风云帮的罪恶行径；另一方面，他又必须执行欧阳山交给他的任务。尽管他是风云帮的骨干之一，显然也没有能力与欧阳山对抗。

提起林苑,明天投资公司的员工首先会告诉你她是一位美女。的确,她拥有美女的典型特征:亭亭玉立的身材、美丽的大眼睛、娇艳欲滴的皮肤,走在哪里,都拥有百分之百的回头率。如果单单把她看作一个美女,那就大错特错了。现年28岁的林苑还是一位海归,毕业于美国俄亥俄大学的商学院,拥有金融学的硕士学位。毕业后,她在美国的一家基金投资公司做了两年的投资顾问和一年的基金经理。正当她在美国的发展趋于稳定时,由于家庭的原因,她不得不结束在美国的工作,返回国内。

处理完家庭的事情后,林苑决定在滨江找工作。以她的条件在滨江找工作显然是非常容易的,在一次金融产业高级管理人员招聘会上,林苑被六家公司同时选中了,经过一番考虑后,她选择了明天投资公司,成了这家公司最年轻的投资总监。对于投资总监这个职位来说,风险大,从业门槛高,压力也很大。这个职业高手如云,从业者要有极高的思维力、判断力要求,需要通过长期而严格的专业化的训练,越往高端发展,越需要广泛的人际关系和掌握时机的能力。这些对林苑来说并不是什么困难的事情,她对自己很有信心。

林苑用她自己的话来说是个工作狂和完美主义者,对工作极端负责,不允许自己的工作出现一点差错。当然工作归工作,工作之余,她还是个懂得享受生活的人,比如她喜欢阅读诗歌,但她更喜欢健身运动。对她来说,健身也是工作的一部分,她的工作是典型的重脑力劳动。重脑力劳动者通常运动量不足。缺乏运动,肌肉就会萎缩,骨骼容易疏松,甚至代谢和循环会出现障碍。为了使自己保持健康的身体,林苑喜欢去天马健身休闲会所。

近年来,随着经济的发展,很多城市都建起了奢侈的消费场所,滨江市自然也不例外,比如天马健身会所就是这样的场所。天马健身会所位于滨江人民公园附近,依江而建,周围光景旖旎,地理位置十分优越。逾3000平方米的会馆综合恒温游泳池、健身房、瑜伽房等休闲娱乐项目。恒温游泳池,全年水温恒定在摄氏26℃左右,采用专业自动杀菌消毒系统和24小时循环水处理系统保证超标准的水质,无论春夏秋冬,均可在水中畅游,能够让人松弛日常工作中的压力,让身心回归静谧与舒爽……特设综合健身房,由天马健身会所专业的健身教练教授,让顾客尽可与家人、朋友共同分享健身操、踏板操、健身球操、肚皮舞、拉丁有氧操等时尚运动项目带来的乐趣，以健康犒赏自我。此外，会所开设热瑜伽、养生瑜伽、哈达瑜伽等多种瑜伽课程，可以满足各类人群的需求。

天马健身会所不仅是一个休闲娱乐的场所，它还是一个专属于社会名流的社交平台，在这里，顾客所遇到的是和他一样的城市精英、社会名流，他们通常所拥有共同的话题与思想境界。这样的平台，可以让人与人之间的交流变得简单和畅通。就是在这里，林苑结识了同样酷爱健身的滨江市挂职副省长孔彬。他们有很多相似的地方，比如两个人都是工作狂和完美主义者，都爱好读书、旅游和运动等，共同的兴趣爱好使他们成了忘年之交。

结识林苑，对孔彬调查滨江市官商勾结、鱼肉百姓的情况来说，可谓意义非凡。作为明天投资工资公司的投资总监，全市乃至全省的大型企业都是她的客户资源，所以她对这些企业的经营情况了如指掌。随着交往的深入，孔彬从林苑那里得到许多有价值的资料。欧阳山他们了解到这种情况后，对林苑恨之入骨。终于，他们在利益的驱使下，制定了阴谋的计划，准备行动了。

这是一个夏季的普通夜晚，刚下过雨的空气显得十分清爽，林苑感到心情轻松而愉快。晚上八点，吃过晚饭后，林苑驾驶着她的黑色本田车应孔彬之邀来到天马健身会所。她根本没有察觉到一场灾难就要降临了。

天马健身会所的三间平房是保安室，昼夜有人值班。白天一个人值班；晚上两个人分上、下半夜轮流值班。这天夜里上半夜的值班员是刚从武警部队复员的包武。七点多钟，他刚上班的时候，接到孔副省长办公室的电话，告诉他晚上八点左右明天投资公司的林苑要来健身，要求他将二楼省贵宾室的那间客房钥匙给她。省贵宾室是专门接待省政府领导的，省领导们有时候会在这里休息、会客，以及洽谈事务。

对于林苑，包武并不陌生。林苑多次到这儿来健身，包武认识她。所以，当林苑驾车来到值班室门前时，听到车声，包武还没有看清楚来人是谁，就把大门打开了。林苑驱车缓缓前进，包武从保安室出来，晃了晃手中的钥匙。

林苑急忙将车停下来，摇下车窗，向他微笑着说：“今天你值班呀！”

包武把钥匙递过去，回答说：“是呀，今天我值班，这是省贵宾室的钥匙。”

林苑向他道了谢,将车停在了不起眼的角落里,这样,从外面来的人一般注意不到她的车子。她是个低调的女孩,凡事不喜欢张扬。

随后,林苑进了健身室的大客厅。虽然客厅的主灯没有打开,只开了昏黄的夜灯。这是个相当大的客厅,足有两百多平米,四周摆着漂亮的沙发、茶几,还有两个精致的金鱼缸和一些绿色植物,两边巨大的落地玻璃墙上,挂着厚厚的帘幕,即使打开所有的灯,也不会透光。客厅两端,有通向东、西走廊的两道门,一楼的东边是六间小一点的专业健身房,西边则是三间大的健身房和一个大型的室内游泳池。因为是星期三,所以今天来健身的人不多。

林苑站在客厅中央,这里很安静,听不到一点儿声音,只听到自己嘭嘭的心跳声。这里实在太静了,以至林苑产生了一点儿害怕的感觉。因此,她没有停留太久,就赶紧拎着包走到楼梯处,去楼上的省贵宾室了。

楼上共有十二个房间,其中有包括超市、餐厅、咖啡厅和天马健身俱乐部的办公室,其余的公共休息室,最里面的两间是省政府的贵宾室。筹建时, 天马俱乐部的老板原本计划把它建成一个高级卧室, 给省领导使用。但是省领导担心被群众知道了,就会有人散布谣言说他们滥用职权,在健身会所修建“行宫”。

天马健身会所装修一套省贵宾室的事情, 是在孔彬被调到兴民省的消息传出后装修的。吴峰当时想拉拢孔彬,了解到他特别喜欢健身时,天马健身会所按照吴峰的指示装修了这套省贵宾室的。孔彬来到滨江后,知道这一情况时,非常气愤,曾经质问天马健身会所的负责人为什么要为省领导装修一套贵宾室。

这时候,吴峰副省长说:“是我安排装修的,与天马健身会所的负责人无关, 我其实早就考虑在这里装修一套省贵宾室了, 并不是专门给你用的,咱们滨江市是个旅游城市,星级宾馆相对较少,如果在旅游旺季,省里来了重要的客人怕住在宾馆里不方便,而且宾馆的价格昂贵,如果有些实干家不愿意住在昂贵的宾馆,就可以暂时住这里。这里环境优雅,我们的服务可以做得更细致一些,这也可以说是一种感情投资,如果我们能通过这种方式获得投资方的信任,谈判的成功率就会更大,既然有这么多的好处,我这样做有什么不妥呢?”

虽然吴峰的理由十分充分,孔彬也没有什么可说的,但是他没有在这儿住过一次，名誉却受到了损失，这是他无法释怀的；而且开发区投资的国内外投资方也没有人住过；其他省领导倒是有人在这里住过，但大多数时候却是没有人住的。不了解内情或者别有用心的人，坚持认为这是孔彬利用职务之便，在天马健身会所为自己建的“行宫”，这让他是十分气愤，却又无可奈何。

但是不管怎么样，林苑倒是有时候能到这里住上一次，享受一下贵宾的待遇。此时，林苑上了二楼，打开了最东边那套省贵宾室的门。

由于这里很少住人，里面几乎与她上次所住的时候一样，没有任何变化。套间的客厅在外面，面积大约有80平米，客厅的地板是用大理石铺成的，上面覆盖着厚厚的波斯地毯，全套黄花梨木沙发、桌子，墙壁上挂着的是著名书画家的作品，整个客厅显得古朴而典雅。套间的卧室在里面，陈设了五星级高档宾馆应有的设施。套间里有一个中型浴室，在客厅的西端。此外，卧室里面还有一个小浴室，有男女分用的马桶、女性专用的冲洗设备，还有男女共用的浴缸。

小浴室的设计十分精巧。这是个暗室，在一面挂着壁毯的完整的墙壁上，床头柜上有一个隐秘的按钮，只要轻轻一按，墙壁缓缓移动，小浴室就出现了。设计者当初考虑，这个卧室内的小浴室主要是供夫妻或女人专用；假如只住一个男人，可以不使用小浴池，用那间专用大浴室就行了；或者有特别要求的客人，不愿意使用那间带有公共性质的大浴室，卧室内的这间小浴室同样可以满足客人的需要。没有住过这里的客人，如果不告诉他这个秘密，他不会知道这间卧室里，居然会有这样精巧的洗浴间。

进了卧室，林苑并没有开灯，她不想让人知道今晚有人住在这里，所以她只开了地灯。随后，按了一下电钮，小浴室的门就打开了。她想先洗个澡，然后再美美地睡上一觉，等疲劳缓解了，明天再进行健身和游泳活动。小浴室里有放东西的地方，所以她将随身携带的包带进了浴室，她只带了一个小包，里面是内衣和化妆品之类的东西，都是马上要用的。

林苑在浴室里按了一下电钮，墙壁恢复原样了。她脱掉衣服，站在镜子前静静地欣赏自己洁白的肌肤、丰满的乳房和纤细的腰身。真是太美、太性感了，难怪身边的男人喜欢向自己献殷勤。然后坐进浴缸里，让温暖的水滋润、抚摸着自己的肌肤。她静静地躺在浴缸里，感到惬意无比，于是半闭着眼睛享受着这难得的平静，几乎就要睡着了……

第二章 副省长之死

不知过了多久,林苑被一阵脚步声惊醒了。确切地说,她感受到的是地板杂乱无章的震动,这让她知道有人进来了。她仔细听了听,确认是由远及近的脚步声。到底是什么人呢?她匆忙关掉水龙头,在里面将自动控制的门锁上(将门从里面锁上后,外面的自动开门按钮就失去作用了)。

正在林苑穿衣服时,来人已经进入贵宾室了。她慌忙穿上衣服,听到有说话的声音,使她更加震惊了,是什么人呢?听声音至少有三个人,如果是省直部门的人,也不会出现在这个套间里呀!因为她是经过孔彬同意的,而且是门卫把贵宾室的钥匙交给她的,知道她在卧室里,怎么还会让人到这儿来呢?女人的直觉告诉她,是不是发生什么意外情况了?

在她疑惑不解的时候,听到孔彬的声音:"我说得还不够明白吗?这里没有其它人。"

"你的小蜜呢?据说她今晚会来这里?"

"什么小蜜呀,我不懂你的话。"

"天明投资公司的林苑是你什么人呀?不是小蜜怎么能经常住在这里呢?如果没有人为什么客厅和楼上的地灯都亮着呢?你分明在说谎。阿赞负责搜查楼上,阿伟负责搜查楼下,务必把所有房间彻底搜查一遍,如果发现有人,立即处理掉。"

"你就放心吧,明哥。只要有人,他逃不了的,就是钻进墙缝,我们也要把他挖出来。"

一阵脚步声过后,卧室里沉寂了下来。林苑根据他们谈话的内容判断,孔彬可能被绑匪劫持了。劫持者至少有三个人,带头的叫明哥、一个叫阿赞、一个叫阿伟。虽然无法知道劫持者的目的,但是他们对孔彬显然很了解,对自己也了解。他们到底是什么人呢?什么居心呢?她后悔来这里休息和健身了,居然被人怀疑是孔彬的小蜜。她更担心的是今天晚上能否活着离开这里。这个小浴室虽然比较隐秘，但是绑匪如果知道呢？如果他们知道，进来搜查的话，将是不可能逃出魔掌的。当她想到这里时，强烈的恐惧感顿时袭上了心头。

忽然，孔彬的说话声，打破了寂静："你们到底是什么人？我并不认识你们，请问我什么地方得罪了你们？如果有什么事情需要我办理，你们尽管说，只要在法律许可的范围之内，我一定会尽力而为的。采取这种极端的办法，对你们有什么好处呢？这可是严重的犯罪啊！我现在还没有受到严重伤害，你们放了我还来得及，我可以原谅你们。如果你们执迷不悟，天网恢恢，你们必定会受到法律的严惩！"孔彬不愧是见过大世面的人，在这种危险的紧要关头，他居然还能控制住自己的情绪，从心理上给绑匪施加压力。

"都死到临头了，还这么多废话！你要搞清楚，究竟是你原谅我们，还是我们原谅你呀？给你留一点时间，有什么遗言，就赶快说，迟了恐怕就来不及了。对了，我警告你，我可没有时间听你废话。"

"你……你们……不要乱来……"孔彬显然意识到了事情的严重性。

一阵嘈杂的脚步声传来，接着听见一个声音说：明哥，楼上、楼下的房间我们都仔细检查了一遍，没有发现可疑情况。

"明哥，你放心好了，如果被人发现，出了变故，我们负全部责任。"另一个声音大言不惭地说。

这位被称为明哥的说："这个豪华套间还没有检查吧？你们赶快仔细检查检查，做事认真一点。"

听到要对这里进行检查，林苑十分紧张。她的身体开始发抖，呼吸也开始加快了。这间小浴室内，根本没有可以保护她的东西；即使有，她也不可能对抗三个犯罪分子。他们很可能是传说中的职业杀手，受人指使来杀害孔彬的，看来自己只能听天由命了。接着，她听到房间里开衣柜、挪动家具的声音。突然，浴室近处的墙壁"嘭"的一声，吓得林苑一下子跌坐在浴缸上。不过他们什么都没有发现，林苑好不容易才缓过神来。

"咱们还等什么，动手吧，明哥。"

"孔彬你听明白了，把你弄到这儿来，并不是我们的本意，我们是在执行任务。安乐死，对你来说，应该是可以接受的，你一点也不会感觉到痛苦，在睡梦中就可以安然离开这个世界了，相当痛快！再说了人总是要死的，你要想开点，不要记恨我们，到了阎王那里，不要告我们的状。你要知道，采取这种办法，已经对你很仁慈了。若干年前，你完整地来到这个世界，今天再让你完整地离开，并且还可以保住你的名节，让百姓以为你是误服大剂量安眠药而死的，你还能得到他们的同情。我们也可以采取残忍的手段，比如把你勒死、烧死、活埋等方法，不过那样做，你不仅身心痛苦，而且死后，老百姓会对你的死因说三道四，且不说身体得不到保全，名节也不复存在。所以，希望你老老实实地配合我们。”

听完绑匪的这番话，林苑倒吸了一口冷气，牙齿不停地打颤。她用双手捂住嘴巴，生怕控制不住自己发出声音。她很想知道他们为什么要这样干，到底是什么人在指使他们？但这时外面却没有了声音，仿佛陷入了死一般的宁静。这宁静让人感到巨大的恐怖，甚至让人感到窒息。

突然一声粗暴的怒吼，打破了这种宁静，只听这个人说：“不是在跟你说话吗？有话快说，有屁快放，别再这里磨蹭，我们可没有时间在这里浪费，明哥这样耐心开导你，你应该感谢才是，这样结束你的生命，是最人道的方法，你如果继续保持沉默，我们就不客气啦！”

听声音，这应该是那个叫阿赞的。

“你们到底想怎么样？就是死也应该让我死个明白，这样不明不白地死去，我怎么能甘心呢？你们告诉我，是谁指使你们这么做的，我怎么得罪他了，为什么要置我于死地？你们只要把这些问题清清楚楚地告诉我，我就没有什么可说的了。此外，我还要告诉你们，就算我犯下了不赦之罪，也应当由司法机关来处置，你们这样私设公堂、绑架并杀害人质，已经构成了故意杀人罪，所以我要劝你们三思而行。现在放了我，还来得及。如果你们将我杀害了，你们肯定逃脱不了法律的严惩。你们是在为人卖命，明白吗？”

林苑从孔彬不紧不慢、不亢不卑的语言中感觉到他的生命虽然受到了威胁，但却表现得异常沉着、冷静，没有丝毫的慌张和畏惧，这不由得让她从心底升起由衷地敬佩之情。

“你他妈的嘴还挺硬呀，都死到临头了还不明白，还想说服我们，看来你是不见棺材不掉泪呀。既然你问我们为什么要除掉你，我就告诉你：我们这样做完全是为民除害，替天行道。你是个什么东西，自己还不知道吗？你贪污腐败，可谓臭名昭著，却还要装得一本正经，我们最看不惯的就是你这样的人。这么大年纪的人了,却找了一个可以做女儿的女人做情妇,放在这里,金屋藏娇,真是个老风流呀!你这个副省长为百姓做过什么好事吗?没有!这是你的后台赏赐给你的。你有什么资格做兴民省的父母官呀?我们就是代表群众来主持正义的。

"本来我们只想教训你一下,没有料到你竟然这么顽固不化,敬酒不吃吃罚酒!至于会不会受法律制裁,不用你操心。不妨告诉你,近年来,滨江市发生的绑架、杀人大案,大多数是我们做的,不过我们没有伤害普通百姓。我们干掉的是都是贪官污吏和无耻奸商,就算受到法律制裁,我们也认了!好了,不跟你废话了,我最后问你:你是自觉服下安眠药,还是让我们动手?"

林苑在浴室里听得很清楚,说话者是那位叫明哥的。显然他们等不及了,如果孔彬不服从,他们马上就要下手了。想到这位可敬的领导就要在绑匪手中丧命了,林苑感到无限悲痛。她恨不得冲出去,和绑匪拼个死活,但是自己赤手空拳,此时冲出去,只能是白白送死,自己死了倒也不可怕。可怕的是,他们会以她在这里为说辞,毁坏孔彬的名誉,说他金屋藏娇,罪有应得。他们可以振振有词地污蔑孔彬:"是名副其实的腐败分子,我们除掉这样的官僚是替天行道、为民除害。"

不仅如此,绑匪们抓住她后,会凌辱她,甚至强奸她,那将给孔彬和自己造成极大的伤害,恐怕这是孔彬不愿意看到的。而且,最后他们都逃不过被绑匪杀害的命运。想到死前她和孔彬要承受被绑匪摧残的场面,林苑理智地想,既然绑匪不知道这间卧室里有这个秘密的小浴室,她就可以在这里继续隐藏,以探听绑匪的秘密,如果她能够活着出去,也许可以给警方提供线索,将这些残暴的绑匪绳之以法,到时候就可以为孔彬报仇雪恨了。如果自己贸然行动,不仅无法救出孔彬,自己也会命丧黄泉。到那时,如果没有人为警方提供破案线索,这件案子是很难侦破的,绑匪就会继续逍遥法外,危害社会。想到这里,她渐渐平静了下来。

林苑平静下来后,发现外面平静下来了。孔彬并没有对绑匪的最后通牒做出回应,也许他认为与绑匪没有什么好说的,他们的目的是要杀害他,之所以让他吃安眠药,不是为了自己不受痛苦,或者肢体完好、保持名节之类的,是因为这样做绑匪既杀了人又不用留下蛛丝马迹,使警方误以为孔彬是误服了安眠药或自杀而死的,拿不到杀人证据,歹徒就可以逍遥法外了。

此时,林苑恐惧、惊慌无助的情绪有所缓解,头脑渐渐清醒了,思维也更加理智了。她想这寂静的场面一旦结束,就应该是绑匪下毒手的时候了,她为自己不能助孔彬脱离魔掌而深感遗憾。

正在这时,随着动手的命令声,从卧室里传来:“你们要干什么?你们会受到惩罚的……”“老实点,喝下去……”“啊,哦……”之类的叫喊声,以及家具的碰撞声,大约两分多钟后,套间又陷入寂静了,像是什么都没有发生一样。

如果他们给孔彬吃的是安眠药,应该不会这么快就昏睡过去呀,为什么突然什么声音都消失了呢?难道他们给孔彬服的是烈性毒药,是用利器杀了他,或者用绳子将他勒死了?总之,孔彬显然已经遭到毒手了。但是为什么杀人者还不离开呢?为什么他们不说话呢?难道……

“明哥,他已经断气了,咱们赶快离开吧,可以回去向老大领赏了!”一个声音说道。

这句话非常关键,原来这个叫明哥的人并不是杀人主谋,他们背后的老大才是绑架和杀害孔彬的主谋。但是这位幕后老大是谁呢?老大背后是不是还有指使者呢?看来这应该是一起重大的政治谋杀案,孔彬挡了某些人在政治上飞黄腾达的光明大道,于是他们就理所当然地雇用杀手把他消灭掉。只能是这个解释了,他们的谈话中已经说得很清楚了,孔副省长成了权力之争的牺牲品。

只听那位明哥说:“事不宜迟,咱们把可能留下的指纹处理干净,立即就走。阿赞、阿伟,你们检查过了所有房间了,有没有遗漏的地方,如果没有绝对把握,咱们必须再仔细排查一遍,千万不能被人发现我们毒死孔彬的过程,否则我们不仅领不到奖赏,甚至我们的命都要搭进去。事实上,孔副书记和咱们无冤无仇,而且他给咱们公司帮过不少忙,比如那块地皮,如果不是他出面批示,早就被别人抢走了。他并没有向咱们公司索取任何东西,完全是秉公办事。有时候想想,我还是挺佩服他的。而要我们除掉他的那些家伙,个个都是标准的贪官污吏,咱们哪里是为民除害呀,分明是助纣为虐。如果不是老大坚持要咱们把他做掉,咱们也不会下如此毒手呀。但是谁让咱们哥儿几个上了贼船呢,只能服从命令了!”

“明哥,你放心吧,不要说人了,这里连一只耗子也不会有。咱们还是赶快走吧,已经在这儿待了个把小时了,不能再停留了。如果那个值班的家伙有什么怀疑,跑出去报警,咱们就惨了。虽然电话线被剪断了,还有人盯着那小子,我还是有些担心,他毕竟是武警出身,咱们出去时干脆把他也解决掉算了,以免留下后患。"这是阿赞的声音。

"那好吧,咱们撤!"一阵脚步声过后,卧室里又安静下来了。

林苑哆哆嗦嗦地按开自动门上的按钮,随着挂着壁毯的自动门墙缓缓打开,她看到卧室里灯火通明,只见孔彬僵硬的身体平躺在那张双人床上。

林苑顾不上害怕快步走到床前,这是一副不甘心的表情。他的眼睛没有完全闭上,眼睛里似乎还在射着愤怒的光;略略偏斜的嘴角渗出少许殷红的血液。难道他就这样死了吗?她想伸手摸摸他的心脏是否还在跳动,但是她没有足够的勇气,她害怕极了。她很清楚,孔彬确实已经死了。虽然绑匪说给他服用的是安眠药,事实上却是毒药。如果他还活着,歹徒们是不会离开这里的。不能在这里久留,等绑匪离开这里后,她必须赶快出去报警,然后逃到平山县干妈家住几天。她返回浴室,把自己的物品装进包里,准备离开了。她庆幸没有被歹徒发现,捡了一条小命回来。

林苑又回到床前,仔细看了看那张熟悉的面孔,忍不住泪水顺着脸颊向下直流。她对这位父辈领导,始终怀着深深的敬意。多么善良的女孩子呀,虽然她知道自己没有能力解救他,但她还是为自己在他生命受到危害的时刻,没有挺身而出而深感自责。

由于歹徒们离开时,并没有将卧室的门关上,林苑不能确定他们是否真的撤走了?为了避免被尚未离开的歹徒发现,她必须小心谨慎。

林苑走出卧室,来到二楼走廊,她看到一楼客厅的灯光很明亮,不过没有说话声,她以为绑匪们已经离开了,于是她缓缓走向楼梯口,准备下楼了。就在她的脚刚刚踏上台阶时,三个歹徒突然从外面冲进客厅,情急之下,林苑躲进二楼走廊一扇落地窗帘的后面。这时只听见明哥说:"你们简直是一对蠢货,差一点误了大事,让你们仔细检查,你们倒好,连她的汽车都没有发现,这女人肯定在这里,这一次,你们一定要给我仔细搜查,我在下面守着。楼上搜查完了,你们再汇合搜查楼下的房间。一定要仔细呀,找不到人就别回去了。还愣着干什么,赶快行动呀!"嘭嘭嘭,一阵脚步声过后，两个人匆匆从她面前经过。他们首先从里面那间卧室搜起，进去以后，里面立即传来翻箱倒柜的声音。

林苑惊慌失措，一时竟然不知道怎么办才好。走廊里根本没有可以躲藏的地方。她的脚已经暴露在窗帘下面了。那两个歹徒被明哥骂得狗血喷头，急于到房间搜查，没有注意到走廊的窗帘，否则她早就被发现了。

这个窗帘虽长，但并未完全落地，她的脚尖仍暴露在外面。歹徒搜查完房间后，必然会对走廊进行搜查，到那时，她一定会被他们发现。现在该怎么办呀？等下去，无疑是死路一条。她逃走的唯一通道已经被绑匪的头目高明控制了，恐怕很难有逃脱的机会。可是已经不能再等了，多站在这里一秒，就多一分危险。

林苑稳定了一下心神，告诉自己要沉着、冷静，害怕和犹豫不决只能葬送自己的生命。她握了握拳头，轻轻捶了胸口几下，做了几次深呼吸后，心脏的跳动才稍稍平缓了一些。随后，她从窗帘后面冲出来，悄悄踏上楼梯，曲腿、躬腰，小心翼翼地向下走。走到只剩下三四个台阶时，看见那个绑匪头目正背对着她坐在沙发上，手中摆弄着一件精美的石雕，显得很专注。不过，要从他眼皮底下逃出去难度是可想而知的。该怎么办呢？就在她进退两难之际，一件东西，让她的眼睛突然一亮——歹徒的手枪正在沙发的扶手上放着。如果能把手枪拿到手，就可以挟持他送自己到车子上了，一旦上了车，成功逃走的可能性就大了。

成败在此一举了，时间已经不允许她多考虑了。她蹑手蹑脚地下了楼梯，猫着腰，缓缓向沙发靠近。羊毛地毯帮了她，她在上面走动没有发出一点声音。高明似乎被那件玉雕艺术品迷住了，竟一点也没有察觉到有人会出现在他身后。

接近了，更接近了，林苑在高明所坐的沙发靠背后面蹲下来，手枪距离她只有不到一米的距离，只要一伸手就可以拿到。她稳定一下情绪，迅速思考了在射击俱乐部曾经使用手枪射击的情况，回顾了一下使用要领，做了一下准备后，就毫不犹豫地用右手轻轻将枪柄握住，食指搭在扳机上，猛地抽回身，迅速站起来，双手紧握手枪，枪口对准高明的脑袋，压住激动的心情，坚定地说：“把手举起来，不许动！听我指挥，否则我就开枪了！”

杨高明顿时傻眼了，他根本就没有预料这个女人会有这么大的胆量，这时轮到他惊慌失措,不知道怎么办才好了。他回头偷看了一眼,这个女人拿着他的手枪顶住自己的脑袋,只要她手指一弯曲,“砰”的一声,自己的性命就要交代了。不过,他不愧是经验丰富的黑社会的成员,很快就冷静下来了,他嬉皮笑脸地与站在身后的林苑打起了心理战说:“你是海威市电视台著名的节目主持人,怎么也和我们一样,干起不法勾当来了?我们有话好商量,你千万不要乱来,你就是打死我也逃不出开发办。这里有我的弟兄,门口也有我们的人,他们身上都有枪,你不可能逃得掉。如果你把枪给我,我会放你走,我们河水不犯井水。我们到这儿来,不是为了对付你的,如果真的想杀你,我们早就动手了,还会让你出现在这里吗?我们到这里来的目的是为民除害,不过不巧的是你在这儿,我们怕你泄露情况,所以才会搜查你,只要你不泄露今晚发生的事情,我们让你安全离开,总可以了吧。”

“少废话,你吓唬谁呀,谁会相信你呀,你站起来,跟我走,把我送到汽车上,等我安全离开这儿后,再放你。否则,我顾不了那么多了,先打死你再说,就算咱们同归于尽,我也没有遗憾了。”

此刻,杨高明感到被那冰冷的枪管抵住的头皮阵阵发麻。他清楚地意识到:这个女人显然对自己的危险处境有足够的认识,所以她才会不顾一切地想逃出这里,看来诱骗是不可能得逞的,在她高度精神紧张的状态下,很容易发生意外,目前只能先放过她了,等自己脱离危险后,再想办法除掉她也为时不晚。于是他故作轻松地说:“好吧!我答应你提出的条件,但是你不能乱来,你一旦开枪,我的弟兄们就会立即冲过来,到时候,你再想逃脱就没有这么容易了。”

林苑毫不示弱地说:“你赶快站起来,跟我走!我说话算数,不会伤害你的。但是你要确保你的手下不要阻拦我离开这儿。”

这位刚刚还耀武扬威地明哥,此刻只得乖乖地高举双手站起身来。林苑摆了摆手中的枪,示意他向门口走去。明哥走在前面,林苑紧跟在后面,枪口始终对着他的脑袋。

出了客厅的门,林苑命令道:“你先站住!”

然后,她走在明哥的前面,枪口对着他的前额,接着说:“跟我走吧!”说完,她缓步向后面退,明哥跟在后面,就这样慢慢向她的车子处走去。在距离她的车子大约10米处,突然从客厅传来喊声:“明哥,你在哪里?楼上已经彻底检查过了，没有发现那个女人。”“门开着，明哥可能到外面去了。”另一个人说。

林苑知道最危险的时候到了，她迅速绕到明哥身后，左手抓住他的衣领，将他的身子转向客厅大门，自己站在他身后，右手持枪，枪口使劲顶在他的后脑勺上，命令道：“让他们继续在楼下房间搜查，大声点，不要让他们出来……”

“我在外面，你……你们，在一楼……继续搜查。”

明哥的声音很大，但是变形的语调，引起了阿赞和阿伟的怀疑，他们俩毫不迟疑地从客厅跑出来。当他们看见明哥狼狈地被一个女人用枪顶住脑袋，被拖着向后退时，他们顿时傻眼了，这种震惊是巨大的。“哗、哗，”两声，两个家伙把子弹推上膛，一起迅速逼近林苑，林苑毫不示弱，大声喊道：“你们再向前走一步，我就要开枪了！”

明哥赶紧制止说：“你们不要过来，我和林小姐讲好了，我们让她安全离开这儿，她就会放过我。”

听到明哥的命令，阿赞和阿伟停止了前进，但他们仍然高举着手中的枪以保持警惕。林苑认为两支枪对着她太危险了，她用枪口使劲顶了明哥一下，对他说：“命令他们回到客厅，或者把枪放下，不然我就先杀了你，我只要上了车，就能保证你的安全。”

“我的手枪呢，你能把它还给我吗？”

“只要我安全走出大门口，就把枪扔到那里，我为什么要私藏枪支呢！”

“你们两个怎么还不退回去呀？”他看阿赞、阿伟都站在那里没有动，气急败坏地说：“你们不按我的命令办事，想害死我呀！”

听到杨高明这样的话，阿赞和阿伟只好退到了客厅门口，但是他们并没有把枪放下，继续瞄准林苑，向她施加压力。

林苑抓着杨高明的衣领继续向后退，退到距离汽车只有两三步的时候，她要求阿明站住，自己小心地往后退，枪口仍然对准阿明。退到车门前，她用左手取出车钥匙，打开车门，摇下车窗，不慌不忙地坐了进去，然后左手握枪，枪口仍对准阿明，发动汽车后，林苑才把枪收回，接着冲向开发办的大门。

看到林苑钻进了汽车，而且阿明没有受到伤害，知道他的危险已经解除了。阿赞和阿伟迅速冲出来，举枪就向林苑行驶的汽车射击，林苑不敢怠慢，按响喇叭，向大门驶去。突然，她的后车窗玻璃被射破了，但她已经顾不了太多可，汽车继续前进，阿赞和阿伟叫喊着在后面紧追不舍。

汽车开到值班室门口时，保安还没有睡觉，正在看电视，听见枪声，他急忙跑出来，见林苑的汽车冲了过来，他本能地按了一下电钮，自动门打开了，林苑的汽车呼啸着冲出了大门，迅即消失在马路上。

此时，阿赞和阿伟也追到了值班室门前。包武不知道发生了什么事，看见两个拎着手枪的陌生人，他怯怯地问："你们不是和孔副省长一起……"

保安还没有把话说完，阿赞气急败坏地走上前，给了他一记势大力沉的耳光，打得他口、鼻流血，头晕目眩。

阿伟愤怒地骂道："你他妈的谁让你开门的？她是杀人凶手，你知道吗？她勾引孔副省长，并把他毒死了！"

"你们……不是乘坐孔副省长的车一起进来的吗？还是我开的门，孔副省长还说你们是他的朋友，到开发办来健身的，怎么……"

他的话还没有说完，"砰"的一声，一颗子弹打在他的头部，他踉跄了一下，痛苦地倒在了地上，伤口朝向地面，鲜血喷涌而出，不一会儿就染红了一大片地面。

这是杨高明开的枪，他跑过来夺过阿赞的枪，把保安打死的，看来他已经没有耐心了。他认为事情发展到这种被动的局面，没有必要和值班保安废话，索性就杀他灭口了。

第三章 百密而一疏

犯罪分子们为了今天的行动费了不少的心思，这是一个最完美的结局，林苑从进入天马会所起，他们就知道，而且他们还知道林苑在会所的省贵宾室。当林苑在小浴室洗澡时，他们开始对孔彬下手了。

案发过程是这样的。三个犯罪分子埋伏在省政府办公室大门前面，等孔彬下班。他们对孔彬的行动极为熟悉，知道他每天都是很晚才离开省政府，为了不影响司机休息，他总是自己驾车会省委招待所。犯罪分子在门外左等不见人出来，右等也不见人出来，后来他们以找孔省长办事为由，骗过门卫，悄悄溜进省政府，神不知鬼不觉地钻进孔彬的汽车里，他们准备等他开车回招待所时，再进行劫持，然后让他把车开到天马健身会所。

孔彬像平常一样进入汽车时，并没有发现有什么异常。就这样，绑匪的计划得以实施，他们向他保证，决没有伤害他的意思，只希望他睁一只眼闭一只眼，不要把实际情况向中央高层反映。孔彬批评他们的手段是违法犯罪行为，他们坚持说暗箱操作太严重，他们也是不得已而为之，希望孔彬谅解。由于一路上没有发生争执，孔彬认为通过和他们耐心周旋，就可以摆脱他们，然后再设法将他们抓获，送到司法机关依法处置。所以在汽车开到天马健身会所大门口时，他对保安说："他们是我的朋友，来这里健身的，你好好工作吧，暂时不要让任何人进来。"他的意思是，即使林苑来了，也不要让她进来，他认为她不会这么早过来。她到这里时，如果保安告诉她省贵宾室有孔彬的朋友，她肯定会回去的。

在歹徒的计划中，他们不想伤害他皮肉，只想让他服安眠药而死，如果他反抗，就强迫他服下毒药，尽可能不留任何痕迹，给人造成自杀或误服毒药的印象。他们的计划进行得很好，放林苑逃跑，堪称是他们的计划中的亮点，唯一美中不足的是他们把门卫杀了。如果警方得到林苑的指证，他们必然会遇到麻烦。

听到枪声后，接应他们的同伙赶紧把车开了过来，停在开发区门前的马路上。杨高明摆了摆手，他们急忙出了开发办的大门，钻进汽车，汽车迅即消失在车流之中了。这时传来了警车的声音，为了避免与警车相遇，司机将车拐进一条小路，等警车过去后，才驶上大道。

直到他们脱离了危险了，司机说道："我以为你们对付他一个人绰绰有余，所以没有及时把车开过来，后来听到枪声，我才意识到发生意外了，到底怎么了，发生了什么事？"

杨高明平静地说："没有什么大不了大的事情，我告诉他们不要轻易开枪，他们不听劝告，结果把警察吸引过来了，现在栽赃林苑恐怕比较困难了，那个值班员知道孔彬是我们干掉的，所以只能把他干掉了。林苑劫持我，我们放她走，不是我们事先制定的计划吗？谁让你们开枪的呢？"

阿赞分辨说："我们就是担心她怀疑我们故意放她走，所以就胡乱开了几枪，你们不要担心了，没有人证、物证，公安局能把我们怎么样呢！再说了，公安局长关良还是我们的人，只要他把林苑列为犯罪嫌疑人就可以了。"

阿伟不服气地说："明哥，你是这次行动的负责人，我们都听你指挥，你只说要故意放她走，又没有说不让开枪呀！虽然关良是我们的人，但是这个人一点儿能力都没有，恐怕是不能信赖的，我们最好能跟踪林苑，将她处理掉。我最担心的是公安局的副局长李四海，他可是包青天一样的人物呀，林苑没有充足的杀人动机，他肯定不会同意将林苑列为重要犯罪嫌疑人的。"

阿赞说："阿伟不用这么担心，关良确实是个草包，我们不能指望他。不过，副省长吴峰不也是我们的人吗？他已经被确认为下一届政府的省长，有他为我们做后台，我们还担心什么呢。"

杨高明对阿赞和阿伟说："我们现在不要互相埋怨了。不管怎么说，我们的主要任务已经完成了，发生一点意外情况，也是在所难免的。现在当务之急是要将那婊子干掉，以免她被李四海抓到了。不过，我的手枪被她抢去了，有了这东西，她就可以和我们拼命了，这显然增加了我们消灭她的难度。另外，杀死保安的事如果被老大知道了，还不知道会受到什么样的惩罚呢，哎，为人卖命，真是猪狗不如呀……"

阿赞说："明哥说得很对，刚才我们说的都是气话，请明哥不要放在心上。我们都是为人卖命的,要在滨江站住脚,我们兄弟之间应该团结起来才对。如果没有弟兄之间的互相帮助,仅仅依靠老大肯定是不行的。他毕竟是有身份、有地位的人,我们算什么呢?”

阿伟说:“是呀,我们只有团结起来,别人才不敢随便欺负。”

阿明对司机说:“阿涛,我们说的话你都听见了,我们可没有把你当作外人啊!咱们四兄弟团结起来,是一股不小的力量。你再绕一圈,如果没有人跟踪,咱们就回公司去。”

为了逃避侦察,汽车在车流中故意绕了几个圈子,在确信没有别的车跟踪的情况下,他们才转入通向巨大地产集团总部的专用道路,大约10分钟后,他们进了公司大门。

他们都是这个公司的员工。不过,他们平时并没有在这里上班,而是在该公司的一个下属分公司工作,地址也不在滨江市,而是在离滨江市大约二百公里外的平关市,这次他们被公司老板调过来执行暗杀任务,完成任务后,他们将返回平关市,但是现在暂时住在公司为他们准备的宿舍里,杨高明、阿赞、阿伟住在一个单元里。由于出了小差错,所以汽车进了公司大门后,他们的心情变得沉重起来了。

大概夜里两点多钟,高明、阿赞和阿伟一块儿走进巨大地产集团总部的会议室。公司董事长兼总经理、被人称为老大的欧阳山,此时正端坐在宽大的座椅上,看桌子上的文件。以致几个手下进来时,他连看都没有看他们一眼,而是继续把眼睛聚焦在文件上。让进来的几个手下感到无所适从,气氛显得比较沉闷。

这时,欧阳山的秘书任萍小姐进来,她快步走到欧阳山近前,把嘴贴近欧阳山的耳朵,耳语了几句,只见欧阳山的眉头锁得更紧了,右手握住左手的指关节,发出刺耳的声音。高明清楚,老大十分生气。阿赞、阿伟、阿涛也都很害怕,一个个紧张地低着头,看都不敢看欧阳山。任萍向老板报告情况后,转身离开了会议室,快要出门时,欧阳山叫住她说:“你等一下!我们要继续追踪,她逃到哪儿,就追踪到哪儿。她是逃不掉的,她是从滨江市下的高速公路,那她肯定在滨江市,让几个兄弟在路上守着,发现她的车子,立即向我报告,他们要紧紧跟上,不能再让她逃走了。”

高明一伙明白欧阳山不仅已经掌握了他们今晚执行任务所出的差

错,甚至还掌握了林苑出逃的方向和地址,而他们几个当事人却没有能够跟住林苑,这个错误实在太重大了。难怪老大生那么大的气,这是完全可以理解的。所以,他们毕恭毕敬地站在办公室里,准备接受惩罚。

欧阳山气愤地扫了他们一眼厉声说:“你们都傻站着干什么?今天的任务最简单,弟兄们把孔彬的行动掌握得一清二楚,让你们毫不费力地就上了他的汽车,所以他上了车,立即就被你们控制起来了。

“临走时,我反复交代阿明,不要轻易开枪,你们不但和她发生枪战,还枪杀了保安,就不怕暴露自己吗?你们怎么这么愚蠢呢?一群酒囊饭袋!你们居然还敢回来见我,我真是无话可说了。堂堂风云帮的骨干,却连这么一点儿小事都办不好!

“你们真他妈的太让我失望了,现在我们的计划完全失败了,本来我们策划的是副省长被他的情妇毒杀的,现在却变成了一个没问题的市长被歹徒毒杀,毒杀他是为了灭口,还打死了值班保安,它将成为引起全市、全国震动的大案件,中央领导肯定会问,公安部会组织精干力量来指导破案,我们要对付的就不仅是滨江公安局一家了,事情闹得太大了,这种被动局面怎么收拾?我要请教你们,这到底是怎么回事?我要你们给我一个满意的答复。”

杨高明他们战战兢兢地呆在原地,动也不敢动。他是这次行动的负责人,因此负有重要责任。此刻,他被老大训斥了一顿,满面羞愧,眼睛望着自己的脚尖,感到无地自容。

欧阳山见他们没有人敢说话,明白他们很内疚,看来他们还有点自知之明。想到这里,他愤怒的情绪才有所缓和。他盯着高明说:“这次行动是你负责的,我不怪你怪谁呢?我们知道林苑今天晚上去天马健身会所了,你们处理完孔彬的事情后,放她离开的时候,就不应该开枪,更不应该杀死保安。你们开枪后,肯定会惊动周围的人,这样你们不是暴露了自己了吗?”

欧阳山问杨高明:“你看怎么办吧,怎么才能收拾残局?”

杨高明抬起头,望着欧阳山惭愧地说:“老大,你批评得完全正确,怎么惩罚我们都没有怨言。出了这么大的差错,责任完全在我,与兄弟们无关,我错就错在太大意了,认为任务很简单,在正常情况下,我一个人就可以解决了,当初你派我们四个人去时,我还认为你小题大做呢。我们在省政府对面的茶馆里等到十点多钟，他还没有出来，后来我们只好骗过门卫，藏在他的汽车里。10多分钟，他才下来，见我们在他车上，他先是愣了一下，以为自己上错了车，马上就要下车，被我们阻止了。这时，阿赞枪顶在他后背上，他见抵抗已经无用了，就问我们要干什么。我们说在这里谈不方便，要到天马降生会所去谈，那里比较清静。

"他没有办法，只好开着车子带我们去了天马健身会所。在保安室门口，值班保安看见是孔副省长的车子，什么都没有问，就把自动门就打开了。那个值班保安根本不知道车子里还有我们三个人。到了客厅，我问孔彬，今晚会不会有人来省贵宾室？他说最近大家都很忙，应该不会有人来，我还特意问他，明天投资公司的林苑不是你的情人吗？今晚她不来吗？他说，林苑只是他的好朋友，根本不是他的情人，由于喜欢运动，所以经常来健身。不过今天不是休息日，她应该不会来，当然这都是我们故意讲给林苑听的。当我们解决了孔彬，准备离开时，我们又大张旗鼓地在搜了一遍，林苑听说我们要搜查，就从省贵宾室逃了出来，我们担心她报警，就本能地向她开了几枪。由于值班保安看到了我们后，准备报警，我们只好把他干掉了。"

杨高明这一番说辞，为了开脱罪责，隐瞒了许多重要的事实，居然把欧阳山给蒙住了。欧阳山心想，事已至此，一味责备他们已经于事无补了，当前最重要的问题是找到解决问题的方法。

人们并不知道欧阳山就是风云帮的老大，但是巨大地产集团总裁的身份在滨江市却是赫赫有名的。这是一家从事房地产开发、机电产品进出口的贸易公司，在滨江市名头很大，尤其是房地产开发规模很大，三个搬入新居的滨江人，就有一个人住的是巨大地产集团的房子。滨江人要想实现居者有其屋，就离不开巨大地产集团。而欧阳山理所当然地成了当地声名最为显赫的大人物。他的头上有很多光环，比如，省政协副主席、市人大常委、市工商联主任委员、全国优秀企业家等。为了提高自己的名誉，他积极参与公益事业。以他名字命名的街道、学校就有好几个，什么欧阳山景观大道、欧阳山希望小学，什么欧阳山基金会等。他在电视上的曝光率很高，报纸上经常把与他有关的消息刊登在头版头条。

在阿明、阿赞和阿伟的眼中，欧阳山就是老板，不仅是他们的老板，而且还是整个滨江市的大老板。他打一个喷嚏，滨江人就会感冒。但是欧阳山让人感到奇怪的是，他却经常在他们面前说“你们完不成任务，我怎么向老板交代”。那么，欧阳山所谓的老板是谁呢，他们虽然不知道。当然，欧阳山也不允许他们问，这是帮规。他们虽然不知道是谁，但这个人肯定是兴民省的某个掌握实权的人物，他们认为最有可能的是吴峰，欧阳山同他的关系最密切。巨大地产集团之所以能在滨江市壮大、发展同欧阳山过人的胆识和不怕风险、敢于干那些别人不敢干的事是分不开的。但是如果没有实权人物暗中支持，尤其是没有吴峰的支持是不会发展得这么顺利的。

从这个意义上讲，风云帮的实际大老板不是欧阳山，而是吴峰。比如，在短短半年时间走私韩国汽车几万辆，赚了十几亿，上面派人来调查，很多兄弟都为欧阳山捏一把汗，可是他却像没事人一样，派几个弟兄，包括杨高明，逼迫几个危险人物自杀或干脆把他们干掉，将证据毁灭掉。这时，吴峰通常会站出来为风云帮开脱，然后事情就不了了之了。事后，欧阳山让高明等人给死去的人家属一大笔钱，就算完事了。欧阳山有句口头禅：“谁挡我们的道，谁就没有好下场！”事实上，如果没有吴峰的鼎力相助，是根本不可能做到的。杨高明他们一干手下都心知肚明。比如，眼前这次杀害孔彬的任务，很可能就是吴峰布置的。

欧阳山无奈地对他们说：“我们要把罪责推到这个女人身上，将她干掉，不能让她落入警方特别是李四海手中。她由于担心警方拿她当替罪羊，所以现在不敢报案。一旦消除了恐惧心理，她选择和李四海合作，我们就更加被动了。明天，省委省政府的领导班子就要听取汇报了，下一步他们必然要求抓紧破案，在这种情况下，老板也无法阻止公安部门侦查。据我们的人了解，那女人连夜逃到了汉广市，你们三个人立即赶去，就地把她解决掉。如果这次再完不成任务，你们就别不要回来见我了。”

杨高明听到还有将功补过的机会，就兴奋地说：“放心吧，大哥。我们一定保证完成任务，不成功，便成仁。谢谢大哥给这次我们机会。阿赞、阿伟，事不宜迟，我们立即就走！”

杨高明他们走后，欧阳山轻轻骂了一声：“几个蠢猪！”随后，他按了一下电铃，一分钟后，秘书任萍来到办公室。欧阳山问她：“早间新闻有什么重要内容吗？”

任萍甜甜地说：“我正打算告诉你呢，所以听到铃声就赶快过来了。电视台的早间新闻把它作为头条报道了，电视台记者做的是现场报道，画面上有五六辆警车，十几个警察在那里忙忙碌碌，那个负责刑事大案的李四海副局长与警察在一起，公安局一把手关良也在现场指指点点。大概七点多钟省长方建军、副省长吴峰都来到现场察看情况，他们指示公安局一定要尽快破案。这显然都是摆姿态。尤其是吴峰，我看他脸上有一股说不出的表情，你说他悲伤又不像悲伤；你说他不悲伤，他又紧锁眉头，装出一副悲伤的样子。就像一位领袖说的一样，演反面人物演惯了，演正面人物总是不大像。吴峰干吗要到现场去？去表演吗？居然不怕被别人看出破绽。电视报道的目的很清楚，发生这么大的案子，省委领导当然要亲自到现场去看看，以示重视。其实，公安局的警察们昨晚已经忙活了一夜，不过，在电视上没有看到赵军和马锡良这对黄金搭档，说不定他们已经去汉广市了，他们可以通过高速公路自动监控系统知道林苑到哪里去了。我刚才告诉过阿明了，要他们警惕警方的人，说不定警察已经走在他们前面了。”

听了秘书的话，欧阳山有点坐不住了。他在办公桌上重重擂了一拳愤怒地说：“我真想拔了那几个蠢货的皮！我反复强调不要打草惊蛇，杀死孔彬后，把杀人的罪名让林苑承担，我们派人跟踪她，把她控制在我们手中，他们倒好，居然闹出了这么大的事情，还让她脱离了我们的控制范围。如果林苑落入赵军和马锡良之手，事情就很难办了！

任萍说：“老大，风云帮自成立以来，从来没人背叛过你。你就不要多心了。我认为高明他们主要是太大意了，认为对付孔彬不过是举手之劳，他们根本没有把那女人放在眼里，才发生了这样意外的事情。只要现场没有留下痕迹、物证，就不用害怕。林苑虽然目睹了他们所干的事，但是她不不能认出他们，何况他们都掩盖了自己的真面目，有头发的变成了光头，没有胡子的有了胡子，又是夜晚，在紧急情况下，我不相信她能分辨得那么清楚。再说，她向警方告发，出庭作证，人们会问：半夜三更你到省贵宾室去干什么了？你和孔彬是什么关系？她如何作答？不到万不得已，她是不会去公安局报案的。阿明他们出生入死，为风云帮发展壮大，做了很多贡献，不能因为一次失误就不再信任他们了，那样做，太伤害大家的感情了，你不能因小失大，寒了弟兄们心呀。俗话说，用人不疑，疑人不用，这是用人之道。我可以用人格作担保，高明他们是忠于风云帮的，大可不必怀疑。”

有道是听人劝吃饱饭，听了任萍的分析，欧阳山的火气消了不少，他点点头表示同意任萍的看法。

任萍进一步说："老大，你可要沉住气，不能性急。以前我们太顺利了，没有遇到过大的麻烦，没有经受挫折的考验，思想准备不足。我感觉我们这次遇到的麻烦不会小。挂职副省长被杀，有关方面是不会轻易放过的，公安局也不会放弃侦查，甚至公安部都会派人来协助侦查。今后我们要格外小心。警方不是要打击黑社会吗？这次干掉孔彬正好可以作为突破口？这样做，虽然对吴峰副省长接班有利，对我们的今后的发展却十分不利！因为这会引起有关方面高度警惕，对发生在滨江的一些奇怪事情不会轻易放过，我们就不可能像以前一样为所欲为了。可是对我们不利，实际上对吴峰也是不利的，他只顾自己早日接班，不顾形势严峻，冒这样的风险，代价实在太大，一旦出现闪失，后果真是不堪设想。"

欧阳山看了看任萍，点了点头，表示非常赞成她的看法。他对这个女人能有这样深刻的看法，感到很欣慰，就更加对她刮目相看了。他叹了一口气，说："我开始不想答应，也和他讨论过了。但是他就是不听，他说他已经认真研究过了，时间不允许再等了。说等他当上了兴民省的第一把手，整个滨江就是我们的天下了。现在中央派孔彬来调查官商勾结的事情，对他的仕途构成了最大的挑战，所以只有把他解决。他还说量小非君子，无毒不丈夫，在政治斗争上不是你死就是我活，没有什么客气可言。至于风险，他说办什么事都有风险，只要不怕风险、认真对待风险，就能化险为夷，就是英雄，否则就是懦夫。他这样说，我没有后退的余地，只好答应了，做了过河卒子，只能拼命向前了。事到如今，只有一不做、二不休，干掉那个女人了！"

"我们会胜利的。因为我们不仅仅只有风云帮，我们在市里有当权者支持，所以不会轻易失败的。我们垮了，就意味着他们的利益也受损了，拯救我们就是维护他们自己的利益，难道我们两股力量合在一起，还对付不了小小的公安局？何况公安局的一把手还是吴副省长一手选拔的呢。难道他们不听吴副省长的话？"

看到任萍胸有成竹的样子，欧阳山愤怒的情绪渐渐平息了下来。

任萍是欧阳山的秘书，她毕业于滨江大学。任萍在滨江大学读的是会计专业，她大大的眼睛、高高的鼻梁、瓜子脸、尖下巴，是滨江大学的三大美女之一，她的身材虽然不高，比例却恰到好处，被人称为魔鬼身材，这大概与她小时候家庭经济不太好经常劳动的原因有关吧，所以她的皮肤不是白皙的，而是呈现出性感的巧克力色。无论什么场合，任萍都是受关注的对象。这种关注，渐渐让她养成了清高、孤傲的性格。高中时，很多男孩子追求她，可是她无论那些男孩子多么优秀，她却连正眼看他们一眼都不看，似乎没有人配得上她一样。

大学二年级时，任萍在巨大房地产开发公司做兼职会计。有了收入，她的虚荣心渐渐滋生了。比如，她开始买起名牌化妆品和服装了，整天把自己打扮得花枝招展的，吸引得那些男生天天围绕着她转。任萍喜欢化妆，但她更喜欢戴假发，有了收入后，她买了各式各样的假发，在出席一些晚会或者与朋友聚会时，她喜欢以不同的面目出现，以至于让不太熟悉的人认不出她来，她嗜好以这种方式作弄别人。

在巨大地产开发公司，任萍的美貌和工作能力得到欧阳山的赏识，他甚至认为任萍的精明不在自己之下，所以任萍毕业后，欧阳山就把她留在身边做了自己的秘书。

第四章 漏网之鱼

林苑驾车冲出天马健身会所后，担心犯罪分子追杀自己，就顺着宾汉高速公路，风驰电掣般地向汉广市前进了，仅用了三个多小时就跑完500多公里的路程。她坐在汽车里，手握方向盘，小心谨慎，防止发生事故；同时，眼睛始终不离后视镜，密切注视有没有速度更快的车子追上来。这条高速公路的最高限速是120公里，而她却开到了180公里，分明是在玩命。如果还有人把车开得比她还快，那必定是歹徒在追杀他。

一路上，她没有发现有人把车开得比她更快，才稍稍放了心。车到汉广市，下了高速公路，她才想到应该把车开到哪里去。

汉广市是林苑的老家，她有很多朋友都生活在这里，她想找谁，只要打一声招呼，就会受到欢迎。这里有高档次宾馆，可以供她选择。但是今晚她既不能找朋友，也不能住宾馆，因为歹徒随时有可能出现在她面前，这样不仅害了自己，也连累了朋友。她要先找个安全的地方躲起来，然后再思考下一步怎么办。她之所以毫不犹豫地把车开到这里，是因为她本来就打算回家休息两天的，出了这件突发事件之后，她应不应该回去呢？回去肯定会给舅舅带来麻烦，她犹豫了，可是已经来到这里了，如果不回去，能到哪里去呢？她感到自己仿佛已经走投无路了一样。

汉广市淮水县幸福镇有个叫张庄的小村子就是林苑的家乡，这里是丘陵地带，人口稀少，全村只有二十来户人家，分散住在附近的几个冲子里。林苑的舅舅张占成，今年六十多岁了，他一个人住在半山腰的三间砖瓦房里。舅舅家原来有六口人，60年代闹饥荒，孩子都病或饿死了，不久妻子也因病去世了，全家只剩下他一个人了。他只身一人生活，没有再娶老婆。改革开放后，他已经五十多岁了，跟着村里人在京城干建筑，曾经给处于困境中的林苑以很大帮助。他赚了一些钱后，考虑到年纪大了，就回到家乡了。

舅舅回到家乡后，林苑给他了一些钱，他自己拿出一点，在这环境优美的半山腰上盖了三间瓦房。房子的外表虽然很普通，但里面的装修却很考究，因为室内的装修是林苑自己设计的。舅舅说他死后房子就留给林苑。

在舅舅心中，林苑是个可怜的孩子。她的父母原是幸福镇红星水泥厂的职工，在一次爆炸事故中双双遇难了，那年她才十岁。后来，她就跟舅舅一起生活了，18岁时，她则考上京城的一所知名大学，毕业后她又去美国读了硕士，之后又留在美国工作。她之所以放弃美国的工作，是因为舅舅病了。林苑觉得舅舅毕竟这么大年龄了，自己不在身边，万一出了事情，将来肯定会后悔的。所以和男朋友关海龙商量后，他们决定回来工作。

回到滨江市工作后，她经常回家看望舅舅。但是她很少与同事说过自己的这个家，只有她的男朋友知道。她认为歹徒虽然不知道她在张庄的家，但是他们神通广大肯定会查到这里来的，经过一番考虑后，她决定先回家把自己遇到的情况告诉舅舅，然后马上离开，去淮水的湖心岛风景游览区找一个地方暂时躲起来。

半夜时分，林苑才到达张庄。看到林苑一副失魂落魄的样子，而且车子的后窗玻璃被打碎了，舅舅就知道外甥女肯定出什么事了，但是他并没有直接问。林苑见到舅舅后，什么话都没有说，就满腹委屈地扑到舅舅怀里。

舅舅怕怕她的头问："小苑呀，你这么晚回来，是不是发生什么事情了？"

林苑调皮地看了看舅舅说："舅舅，我打算辞掉工作，回来陪伴您，您没有意见吧？"

舅舅说："孩子呀，我能有什么意见呢，真要是向你说的一样就好了，我知道你一定是受什么委屈了，你这么年轻，又这么漂亮，在这山沟里陪我这么个不死不活的人，我能安心吗？你不必告诉我今天晚上发生了什么事，但是舅舅相信，你是个心地善良的好女孩，你不会做坏事，是不是哪个混小子，不怀好意，欺负你了吧，你现在不是总监了吗？我听别人说你这官挺大的，他们还敢欺侮你呀？你不用怕他们，遇到他们纠缠、捣乱，就直接到公安局报案，我不相信公安人员连总监的事情都不管。"

"舅舅！我以后再告诉你发生了什么事，你让我一个人在家好好静一静;家里有没有可以吃的东西,我都饿了。”

“你等一下,我去给你下碗鸡蛋面。”说完,舅舅转身离开林苑的房间,到厨房忙活去了。舅舅以前是不会做饭的,但是自从舅妈病逝后,舅舅只能自力更生了,现在舅舅的厨艺非常厉害,林苑最爱吃的就是舅舅做的手工鸡蛋面,那种清新可口的味道,在城市里是根本吃不到的。

舅舅离开后,林苑悄悄来到门外,察看周围有没有异常情况。

由于他们家建在半山腰,观察的角度很好,假如有人要追杀她,开汽车来,很远就可以看见汽车的灯光。当晚天空乌云密布,大地漆黑一团,远处偶尔可以看见一二处摇曳不定的灯火,那是从农家透出来的灯光。听不到狗吠声,听到的只是秋虫在哀鸣,把这寂静的夜晚变得更加寂静,使人有点毛骨悚然。这里没有大城市的喧嚣,空气也特别新鲜,如果不是发生这样的突发事件,这里的确是休息、静养的好地方。

林苑心想,这次如果能安然度过难关,她一定要辞职,住在这里,一边陪伴舅舅;一边从事文学创作,把人世间的苦难生活写出来,说不定能搞出点名堂来呢。她已经厌倦了城市,厌倦了污染,厌倦了城市的争名夺利,厌倦了城市的交易,厌倦了城市的冷漠。每当夜深人静的时候,回想起小时候在农村时的生活场景让她动容。那时候,人与人之间的关系多么亲近,多么单纯呀。她有几十万元的积蓄,维持生活还是绰绰有余的,只是不知道关海龙会不会支持自己。

林苑正在胡思乱想的时候,没有注意到舅舅站在她身后了。舅舅看到林苑的车子后,吃惊地问:“小苑,你是不是在路上遇到抢劫犯了?怎么车窗玻璃都被打烂了,以后不要这么晚回来了。如果白天回来,抢劫犯是不敢动手的,但是晚上就不敢保证了。那些车匪路霸,都是在晚上干活的。我经常看电视,知道这些情况。咱们回屋吧,我已经把面条给你煮好了,赶快趁热吃吧。”

说着,舅舅拉着她的手,发现她的手还在颤抖不已。

“小苑,你实话告诉舅舅,到底发生了什么事了?”舅舅脸色严肃地问。

林苑见不能再隐瞒了,只得把晚上发生的事向舅舅详细讲了一遍,舅舅吃惊地问道:“就是你上次提到的挂职副省长吗?你怎么没有报警却躲到这里来了呢?就不怕耽误公安局破案吗?你的手机呢?赶快给公安局打电话,把你看见的情况告诉他们,好让他们捉拿凶手呀!”

“舅舅！我不是不想报案，我怕说不清楚，因为他们毒死人时，我就在浴室里，假如他们逮不到罪犯，一定会嫁祸于我，甚至明知不是我干的，为了向上级交待，他们也会把罪责强加给我，更重要的是，歹徒是黑社会组织，政府和公安都有他们的人，如果我报警了，不是自投罗网吗？我可不愿意白白送死呀！”

林苑很快就把舅舅说服了，但是她不理解林苑为什么要到健身会所。于是就问道：“孔副省长赏识你，那是应该的。但是在晚上，一个女孩子到健身会所，就不应该了。在这种情况下，你确实很难说清楚。小苑呀，你是装糊涂还是真糊涂呀！有权势的人靠不住。孔副省长对你很好，但他是有家室的人了，凭什么还打你的主意呢，被人毒死活该。他大概比你大二十多岁吧，你怎么就不想想呢？”

舅舅显然误解她了，但林苑并没有马上辩解，因为一时根本说不清楚。她平静地说：“舅舅！你知道我不是那种人，我只是偶尔去锻炼身体，刚好碰上他被犯罪分子劫持，所以犯罪分子当时并不知道我在浴室里，否则他们怎么会放过我呢。”

舅舅相信自己的外甥女，但是他又觉得事情发生得太意外了，一时之间让他难以接受这样的事实。于是只好说：“舅舅相信你。不要说这些了，你快点回去吃饭、睡觉吧，明天咱们再想办法。我们住在这儿外人不知道，他们很难找得到。”

回到屋里，林苑只吃了几口面条，就放下了碗，虽然面条挺好吃的，但是她实在没有胃口。舅舅看在眼里，心里很着急，不过他不想给外甥女太多压力，所以什么话都没有说，只是摇摇头叹了一口气。

林苑为了不让舅舅担心，微笑着说：“舅舅，你先睡觉吧，我来洗碗筷，你不要为我发愁，总能找到解决的办法。因为我没做违法的事，公安局能把我怎么样呢？我担心的是那些歹徒，为了杀人灭口，他们肯定会四处追杀我，所以我要躲开他们，等公安部门破了案，我就没事了。”

舅舅默默地将碗筷收拾好，离开时他对林苑说：“早点睡吧，小苑，现在已经是凌晨三点了，一会儿天就亮了。你放心睡吧，我会注意动静的，如果有人敢来伤害你，我和他们拼了。”

林苑回到自己的房间，简单洗漱后，她坐在书桌前，冷静地分析了一下形势，得出如下几条结论：孔彬被害，会震动全市、惊动中央，政法部门会全力以赴,组织力量,侦破这起杀死两人的特大案件;她虽然没有杀人,但是案发时,她在杀人现场,和匪徒发生过枪战,现场会留下指纹等痕迹,没有破案前,她会被作为重大犯罪嫌疑人受到调查。由于绑匪作了充分准备,现场不会留下太多有价值的物证,公安局一时很难破获这起重大案件,加上他们是一群黑社会分子,神通广大,政府和司法部门可能都有他们的人,要抓住他们几乎是不可能的。

这种情况下,司法部门为了平息舆论的指责,向上面交差,很可能把她作为替罪羊,到那时,她将有口难辩。如果她现在向公安局报案,公安局会马上将她拘留审查,提审她:"你为什么要到天马健身会所的省贵宾室?遇到歹徒行凶为什么没有及时报警?歹徒毒杀孔彬时,你为什么没有救人?你的枪是从哪里来的?你既然有能力劫持职业杀手并安然逃离,为什么不能救孔彬呢?歹徒的相貌,你能描述吗?你既然劫持了歹徒头目,缴了他的枪,那你对他的体貌特征应该很熟悉,那么你能描述犯罪嫌疑人吗?"

于是就把她带到几个莫名其妙地嫌疑人犯那里,让她指认,一旦林苑指认不出来,就认定林苑在撒谎,根本没有什么歹徒,全是她胡编乱造的,是她自己对同孔彬发生的那不正当的关系后悔了,又摆脱不掉,所以只好毒死孔彬后,打死门卫,杀人灭口,企图逃避法律责任,所以编出了歹徒杀人的故事。如果公安人员这样推理,那将怎么辩解呢。

林苑现在既不能到公安局报案,又不能上班,她甚至成了公安局和歹徒都要寻找的对象。为了不给公司造成混乱,她打算给明天投资公司人事部发一封辞职快递,以说明自己的情况。

想到这里,她立即拿出纸,在上面写道:

田副总经理您好!十分感谢公司领导和同事对我工作的大力支持,但是我不得不遗憾地告诉您,从现在开始,我要辞去投资总监的工作。我知道,肯定会有人对我的行为做出种种猜测,但是请您和同事们相信我,我是一个遵纪守法的人,与发生在天马健身会所的惨案毫无关系,时间将会还我清白的。林苑。

林苑反复读了几遍,确定没有问题后,她用电脑把辞职书敲下来,打印了一份,装进特快专递袋里,写上邮递地址、姓名,封好。

这时,舅舅轻轻敲了敲门进来了,林苑急忙迎上前说:"舅舅,你也睡不着吧,我影响你睡觉了,我马上就走。明天早晨,如果你没有什么要紧的事，就到城里把我这封信发出去，我等一下就离开家了，家里太危险了，舅舅多注意身体，不用太担心我，我相信上天会还我公道的。”

舅舅什么话都没有说，拿着林苑的信件，离开房间，关上门，转身走了。

舅舅走后，林苑感到心里轻松了许多。因为她经过思考，心里已经有计划了，今后按计划行事，应该不会有太大问题。

但是，林苑还是不想睡，她拿起手机，给她男朋友关海龙打电话。

电话接通后，关海龙没好气地说：“你是谁呀！怎么这么没礼貌，深更半夜地就把人家吵醒！”由于林苑换了电话号码，关海龙手机上显示的是一个陌生的号码，他还以为谁打错电话了呢。

林苑对着手机小声说：“海龙，你先醒醒，我是林苑，找你有急事。”

“啊，林苑呀，你怎么了，出什么事了，你现在在哪里呢？”

林苑急忙说：“海龙！我遇到大麻烦了，具体情况我以后告诉你。我已经向公司提出辞职了，早上你帮我办一件事，我的工作服里有我办公桌抽屉的锁钥匙，你早点去我们公司，趁大家还没有到时，打开抽屉，那里有我宿舍门和保险柜的钥匙，拿到后，赶快到我宿舍，将保险柜里三万元现金和二十万存折拿出来，放在你家里，我今后就要靠它了。海龙，明天你就会知道滨江市发生的大事了，虽然和我无关，可偏巧被我碰上了，所以不得不暂避一时。等事情解决了，我再把详情告诉你。我现在在老家，有时间我再联系你。你注意一下省政府和警方的行动，你会相信我、帮助我吗？”

沉默了一会儿后，关海龙焦急地说：“林苑，你说些什么话呀？我不相信你还能相信谁呢？我理解你这样做肯定有你的理由，一点儿也不觉得有什么奇怪。你放心吧，我一定按你的要求办，你有什么困难一定要及时告诉我，我早就提醒过你，不要跟孔彬走得太近。我知道你想为揭开滨江市的官商勾结的内幕做贡献，但是这样做实在太危险了。我马上买个新手机号码，有事情咱们及时联系。”

关海龙是滨江市人，比林苑大两岁，是林苑的大学师兄，比林苑高一个年级。他们的相识颇具有戏剧色彩。林苑喜欢运动，有一次，她在操场上和室友打羽毛球，打了差不多一个小时的时候，把室友累倒了。这时候，恰好关海龙在操场上打篮球，他无意中看到这种情况后，就接过林苑室友的班，和林苑打起球来。他们一边打球，一边聊天，玩得十分开心。后来，他们经常一起打球、一起玩游戏、一起去图书馆,成了无话不谈的好朋友。彼此之间都有感觉,但是却一直没有建立进一步的关系。直到林苑去美国读硕士后,遥远的距离却让他们的心灵走了一起。

本来他们决定:林苑硕士毕业在美国稳定后,关海龙再过去,两个人一起在美国发展。但是计划赶不上变化,结果林苑提前回国了。林苑和关海龙是一对思想保守的年轻人,他们没有像大多数年轻恋人一样同居。林苑认为自己刚回到国内,好好奋斗一年,两个人结了婚,再住在一起,关海龙同意了林苑的观点。所以,对于关海龙是林苑的男朋友这件事,很少人知道,林苑甚至没有和舅舅说,她认为时机还不成熟。

五点左右,重要的事情基本上已经处理完了,林苑才稍稍轻松下来,她把受损的本田车放在车库里,骑着舅舅的电动车,直奔淮水县湖心岛风景区而去了……

第五章 张庄之惑

天马健身会所发生枪战后，被附近一家娱乐城的值班保安听见了，他立即报了警，时间是晚上十一时五十分。滨江市公安局接到报警后，不到十分钟就赶到了现场。当他们在天马健身会所保安室门前发现一具男尸时，明白这里刚刚发生了杀人案件，公安干警一方面打电话给刑侦处，一方面做好现场的保护工作，禁止闲杂人员出入。

刑侦处的高级侦探赵军和马锡良，立即会同法医、痕迹检验人员到达现场。他们先在保安室门口对值班员进行了检查，他是脑部中弹而死的，尸体还没有僵硬，时间应当不超过半个小时。根据在现场采集到一枚六四式手枪子弹壳判断，他是被人用六四式手枪击中头部而死的。

正当技术人员在对尸体进行详细检查时，市政府值班室打来电话，说孔副书记明天要到远宁县了解扶贫脱困情况，晚上一直在办公室处理公文，十点多钟才离开办公室，刚刚给他在市委招待所的房间打电话，没人接听，据招待所的服务人员说，他自从早晨上班直到现在还没有回来，他们问孔副省长是不是在天马健身会所的省贵宾室。

挂了这个电话后，赵军看到省贵宾室灯火通明，而门口发生命案竟然没有一个人出来。如果里面没有人，省贵宾室的灯为什么是开着的呢？如果有人的话，怎么没有人出来呢？这里面一定有问题，该不会是孔副省长遭遇不测了吧？想到这里，赵军心里咯噔一下，脸色顿时大变。

赵军一边要求法医继续对尸体进行检查，一边要求马锡良和其他干警将健身会所包围起来。当他发现孔副省长的专车停在这里时，一股不祥的预感立即浮现在心头。他用扩音器向房子里喊话，依然没有人应声。这时，他们在一楼大厅门口，发现了六个子弹壳，这与报案人声称听到十来声枪声是吻合的，经过仔细搜寻，还可能会发现更多子弹壳。赵军和一个侦查员一起进入客厅。他们握紧手枪，猛地将掩着大厅的门踹开，然后隐蔽到一边，见客厅里没有反应，他们迅速冲进大厅。这时赵军让两个侦查员在外面担任警戒，其他的人全部进入大厅。分两组先对一楼东西两边的办公室和健身房进行了搜查，在确任没有异常情况时，他让两个警察留在大厅待命，他和马锡良带领其他人到楼上来察看。

赵军紧握着手枪，走在前面，马锡良紧跟在后面，到达二楼时，由于每个房间的灯都亮着，门也都开着，他们只需从走廊通过门和窗户，就能看清楚里面是否有可疑情况就可以了。他们发现所有的房间里都没有人，而且所有房间里的门都敞开着，看来已经有人搜查过了。当他们走近最里面的省贵宾室时，门也敞开着。他们走到门口，看到卧室外间的家具摆放得十分整齐，也没有什么异常情况。卧室里间的门半掩着，马锡良悄悄靠过去。

突然，马锡良大喊道：“里面有人吗？”没有回音，他一脚把门踹开，闪到一边，仍然没有动静。这时，他迅速向里面扫了一眼，只见一个人直挺挺地躺在双人床上，身上还盖着一层薄被单。马锡良对赵军说：“这里又死了一个人。”随后，他们顺着墙壁，走近双人床，揭开被单，一张熟悉的面孔出现在他面前，两人不约而同地说：“孔副省长被害了。”

赵军又走到床边，用手摸了摸孔彬的额头，凉凉的，捂了一下鼻孔，已经完全没有鼻息了，嘴里有少许血凝块，这是典型的中毒死亡症状。他们大体检查了一下尸体，死者的面部和头颈部没有任何伤痕，房子里也没有搏斗的痕迹，据此判断，死者可能是中毒而亡的。马锡良戴着手套触摸了一下他的手，还没有完全僵硬，判断死亡时间大概在一个小时之内。卧室里那间设计精巧的小浴室的门也开着，他们向里面看了看，没有进去，他们要等待专业人员进去检查。

赵军回到大厅，让法医尽快查明死亡原因，他立即打电话向副局长李四海报告孔彬被害的情况，并建议李局长立即向市委市政府的主要领导汇报。李四海问他，能否确认孔彬是被人害死的，赵军对此作了肯定的回答，至于死因，初步判断是被迫服用了剧毒化学品，并把判断的理由向副局长作了说明，说法医很快就能确定。赵军还告诉李四海，天马健身会所的保安包武被人用六四式手枪击中头部而死亡的消息。据此判断，这两人都是死于同一伙犯罪分子之手的。据报案人称，当时发生了激烈的枪战，警方已经收集到七颗手枪子弹壳。据报案人介绍说，他听到枪声，赶紧出来看发生什么情况了，只见从天马健身会所内冲出来一辆黑色本田车，接着有三个人从天马跑出来，他们手上有两支枪，看来是追前面那辆车的，追到大门口后，前面的车逃掉了，这时保安走出来，和他们说了些什么，三个人中有人向保安开枪，保安应声倒下了。这时又来了一辆小汽车，停在天马健身会所前面的马路上，这三个人出来坐上车子就离开了，他则立即打电话报了警。报案者名叫韩旭，警方已经把他找来了，正在接受讯问。

李四海问道："韩旭是否看清楚了那两辆车的车牌号？"

"韩旭说，由于光线不好，车子开得又快，他站在他们的单位的围墙边，离天马健身会所的大门大约有七八十米远，所以没有看清楚。不过，那辆逃跑的本田车后车窗玻璃被击碎了，有几块玻璃掉在开发办的院子里，我们已经通知交警，查控这辆车子了，也许很快就会有线索。"

李四海听过后对赵军说："我立即向市委市政府报告。赵军呀，这是我市自建市以来发生的最大的一起案件！会引起极大震动，甚至中央领导都会关注案件的进程，这肯定是一起非常复杂的案件，对我们是一次严峻考验。你们要有心理准备，一定要把现场保护好，仔细提取物证，禁止任何不相关的人进去。我赶快去汇报，汇报完毕后，我马上过来，和你们一起分析案情，研究破案措施。"

现场勘查正在细致地展开。法医通过便携式检测仪器检验证实，孔彬服了过量的氰化钾中毒而死亡的。在卧室里面的小浴室里，发现有洗过澡的痕迹，从浴缸内发现了几根女人的长发。健身会所外面的停车场里停放着孔彬的车子。据他的司机讲，事发当晚下班时，孔副省长告诉他，要他先回去，自己在这儿加一会儿班，并要司机第二天八点以前到招待所来，一起到滨江市下属的远宁县去视察工作。此外，在健身大楼后面，有刹车和停车的痕迹。从痕迹处通往保安室的路上，距离不等地散落三枚六四式手枪子弹壳，连同健身大楼门口的七枚子弹壳和保安室门口的一枚子弹壳，一共收集到十一枚子弹壳。

勘查工作告一段落后，大家坐在健身大楼一楼的大厅里，一起就案件发生的过程展开了讨论。这时，从门口传来一阵熟悉的汽车发动机声。赵军站起来走向大厅门口，还没等他走出去，李四海已经来到大厅门口了。对于天马健身会所，李四海并不陌生。他在这里参加过孔彬主持召开的会议，研究如何搞好滨江市的安全工作。

大家见局长来了,纷纷站起来表示欢迎。李四海笑着说:“怎么,你们都站起来干吗,赶快给我坐下来,继续讨论案情吧。保安员的尸体我已经看过了,现在赵军带我上楼查看一下孔副省长的遗体。”

说完,李四海和赵军上楼了,马锡良对大家说:“局长来了,有什么观点大家可以说出来。只要有道理,局长肯定会采纳的。这件案子很复杂。凶手究竟是谁?他们杀了人,为什么又发生了枪战?枪战的双方是什么关系?同孔副省长谋杀案有什么关系?杀害孔副省长的到底目的什么?为财?为仇?为女人?还是为了达到不可告人的政治目的?只有找到杀人的动机,我们的侦查工作才有方向可循。”

侦查员柳春阳说:“你不要只提问题,也应该谈谈你的观点。比如到这儿来的女人是谁?浴室里怎么会有她的头发,她和孔副省长是什么关系?开丰田车逃跑的是不是这个女人?那三个男人会不会是女人的丈夫雇用的杀手专门对付孔副省长的?毒死孔副省长时,恰好他的情妇来和他幽会,于是双方就发生了枪战,所以双方都没有向警方报案。”

“春阳,你的推理很好,接着说下去。”

李四海不知什么时候从楼上下来了,他接过柳春阳的话,让他说下去。

柳春阳急忙站起来说:“李局长,我这可不是什么推理,只不过是讲个故事而已。这是马锡良给我们出的难题,他自己却什么都不说。他和赵军是大侦探,却要在这里卖关子,分明是考我们嘛。”

赵军说:“我们才不是大侦探呢,我和小马受到的批评你们没有看到罢了。说实话,对于这件案子我心里一点底都没有。到天马健身会所省贵宾室的女人究竟是谁?她和孔副省长的关系怎么样?孔副省长在天马健身会所建这么好的省贵宾室究竟是做什么用的?是不是用于金屋藏娇,那女人到底是不是他的情人?我认为春阳的推理有根据,值得我们思考。现在我们一定要找到这个女人,不管是不是她毒死孔副省长的,只有找到她才能找到那三个男人,才能确认杀人凶手。”

李四海说:“大家一定要抓紧时间研究案情,省委市政府的领导还等着我向他汇报案情呢。明天上午八点钟,省委班子还要听取案情报告呢。现在,根据现场初步勘查到的情况,请赵军同志先谈谈他的观点,然后大家再补充和讨论,集思广益,形成比较合理的意见,我好向上面交差!”

赵军说:“对于这件案子,我确实还没有成熟的意见,全当为大家提供思路吧,根据目击者提供的情况和对现场勘查,我初步判断,孔副省长被毒杀和值班员被枪杀,都是那三个持六四式手枪的人干的。案发过程大概是这样:那个驾驶本田车逃走的女人,可能是得到同意来天马健身会所健身和洗澡的,至于是不是与孔副省长约会我们就不得而知了。

“据孔副省长的秘书和司机证实,下班时孔副省长还在加班,他是省政府有名的工作狂,经常加班加点。可能在他回招待所时,被杀手劫持了,带到开发办。先到的女人看见有人来了,就躲在什么地方了,大概目睹了他们毒杀孔副省长的过程。她悄悄溜出来,坐进自己的汽车,准备逃跑时,被杀手发现,开枪拦截,想杀人灭口,那女人开枪还击,路上散落的子弹壳就是证据。

“这三个嫌疑犯在毒杀孔副省长时,没有认真检查,或许检查了,但是没有发现女人藏身的地方。从保安被杀的时间和报案人的描述来看,他是在那三个人和女人发生枪战后,追到门口和犯罪嫌疑人理论时被杀害的。从这一点可以判断,保安对这几个犯罪嫌疑人要对孔副省长下手并不知情。但是他们进入健身会所,必需经过保安室,值班的保安显然不认识他们,否则他们不会把他干掉,因此我认为孔副省长是被劫持到天马健身会所的,歹徒坐的是他的车子,在经过值班室门口时,保安见到是孔副省长带的人就放行了。那个女人应该是健身会所的常客。保安肯定认识她,否则她是进不来的。

“至于杀人动机是什么,目前还无从判断。假定事发当晚孔副省长和林苑约会,林苑先到的,而林苑的男朋友策划干掉孔副省长,所以雇用别人来执行,时间就选在今天晚上,这就是情杀。然而林苑与孔副省长是不是情人关系,目前没有搜集到有关证据。

“据健身会所人说,他们没有发现孔彬与林苑有不正常的关系,所以也许是一起政治阴谋,毒杀孔副省长要达到某种政治目的。女人是不是林苑,很快就能查清,我们已经派人到明天投资公司了,从林苑宿舍的梳妆台上提取毛发或皮屑,同留在浴室内的毛发进行比对,就能确定了。

“如果这个女人不是杀人凶手,那么她为什么不向警方报案呢?这里有两种情况:一是她与孔副省长确实有情人关系,怕报案之后,暴露了自己与孔副省长的关系,今后难以做人;一是她与孔副省长没有情人关系,但是怕说不清楚，被人怀疑，或者怕杀手报复，或者怕我们与犯罪分子有利益关系，因而放过犯罪分子，把杀人的罪名嫁祸于她。

"总之，在目前的情况下，我们必须尽快找到那个女人，否则杀人凶手是不会放过她的，一旦她被杀了，案子就无从侦破了。说不定他们现在已经在追杀她了，所以我们的行动一定要快，要赶在杀人凶手之前找到她。我建议，我和马锡良立即去寻找那个女人的下落，其他同志分成两组，分别到明天投资公司、天马健身会所深入了解情况。此外，法医和痕迹检验员继续做好现场勘查，写出勘查报告。鉴于这起案件重大程度，一定要做好保密工作。我们在这儿分析案情，凡是涉及的人，都要严格保密，不管是领导还是新闻记者，询问这件案子的情况，都要说正在侦查，目前还没有发现有价值的线索。

"在我们找那个女人过程中，很可能会和杀人凶手遭遇，甚至会发生枪战。大家要提高警惕，做好战斗准备，我们的对手是一群极其凶残的人物，我们必须高度注意，克服轻敌麻痹思想，在紧急关头，要敢于先发制人，以避免不必要的伤亡。"

赵军一口气说了这么多，嗓子都沙哑了，他停顿下来，喝了一口水，看了看李四海补充说："刚才在楼上，我向李局长汇报下一步行动的方向时，李局长提出一定要把找到那个女人作为侦破这起案件的突破口，我的思路是在李局长的提示下形成的。"

李四海摆了摆手说："好了，由于时间紧迫，我们不能在这里继续讨论了，案件就先分析到这里吧。赵军和马锡良立即去寻找那个女人的下落，其他同志分成两组，分别到明天投资公司、天马健身会所了解情况。大家立即行动吧！"

赵军和马锡良研究过案情后，从高速公路管理局收费站的监控处得到了一条消息，一辆号牌为滨A00651的本田车，夜里一点十分上了宾汉高速公路，向汉广方向开去了。收费员收费时没有太注意，等汽车离开收费站时，她向汽车瞥了一眼，才发现这辆车没有后窗玻璃，她感到有点奇怪，还向同时值班的小邹说了，小邹出去看时，汽车已经不见踪影了，但是监控处的记录是不会错误的。然后他们通过车辆管理所，查出这辆车确实是明天投资公司的投资总监林苑的车子。她上高速公路的时间大约在开发办发生枪战后的二十分钟左右。

如此一来，犯罪分子追杀的对象就是林苑了。为了进一步证实他们的判断，警方通过到明天投资公司查找林苑，她家里的电话没人接，手机关机，派人到她宿舍去找，她也不在。于是赵军和马锡良得到李四海的同意，立即驾车，向汉广市进发。但是他们还是晚了一步，就在他们上了滨汉高速公路时，杨高明、阿赞和阿伟已经到达汉广市了。

现任高速公路的电脑工程师的黄义原本是巨大地产集团的职工，他是欧阳山的心腹。建设滨汉高速公路时，建设单位公开招聘电脑工程师，欧阳山动员黄义应聘。当时，他不解地问："大哥对我有意见，不用我了吗？"

欧阳山说："不是不用你，而是要你打进高速公路管理局，掌握他们的工作内容，将来肯定会有用的。我们要想在滨江站住脚，必须把触角伸到各个部门。虽然你离开了公司，但仍然是公司的人，公司保留你的基本工资，这样你可以拿双份工资，还不满意呀？"

就这样，黄义就进入滨江高速公路管理局的电脑控制室，做了一名工程师。每天通过这条高速公路的汽车，都在他的监控之下。当欧阳山得知他的弟兄们在开发区发生枪战的消息后，就立即通知黄义密切注意可疑车辆。黄义很快就将一辆滨 A00651 牌号的本田车经过的影像资料送给了欧阳山。欧阳山要他继续监控，如发现警车，立即通知他。黄义因为又能为巨大地产工作而感到十分兴奋。

赵军和马锡良心里很明白，他们极有可能在追寻林苑时，与追杀她的匪徒遭遇，所以他们除了时刻做好战斗准备外，也做了一些隐蔽工作。比如，他们进行了适当化装。赵军小平头变成了长头发，右脸颊处添了一颗惹眼的黑痣；而身材较低的马锡良则扮成一个女人，他的短发变成了披肩长发。两个人都戴着墨镜，打扮成一对情侣。他们乘坐的是奔驰越野车。所以，尽管黄义一眼不眨地盯着监控画面上来来往往的汽车，却始终没有发现滨江市公安局的车辆。他不敢怠慢，迅速把这种情况报告给欧阳山。

赵军决定到汉广市去搜寻林苑时，已经通知沿途的交巡警了，要他们密切注视一辆牌号为滨 A00651 的本田车的去向。但是由于林苑是夜间行车，路上没有交警值勤，所以这辆车到了广汉市以后就不知去向了。而杨高明他们在海滨市转了几圈后，没有发现林苑车子的踪影，直觉告诉他们,林苑是不会藏在这个小城市里的,城市虽小,但人多眼杂,很容易暴露自己,她很可能在附近的农村躲藏起来了。不久,他们接到任萍打来的电话,说她得到消息称,林苑的老家就淮水县幸福镇,具体在什么村庄他们就不清楚了,因为她没有告诉过其他人。得知这一情况后,杨高明一伙立即驾车到达淮水县,暂时住进了华府宾馆。

赵军他们到达汉广市后,通过市公安局紧急布置,秘密出警上百人次,在大街小巷、单位、住户,寻找林苑的车子。他们认为,只要找到车子,就一定能找到人。然而经过两个多小时的紧张工作,仍然一无所获。他们判断,林苑肯定不在汉广市。那么,她究竟到哪里去了呢?

就在他们束手无策时,淮水县的一位交警带来消息说:"我在淮水路过华府宾馆时,被两个戴着墨镜的人拦住了,其中一个人向我询问一个叫林苑的女青年,在美国留过学的。"

马锡良紧接着问:"你知道林苑的情况吗?告诉他们了吗?这两个人什么样子?多高的个子?从口音上,你能分辨出他们是哪里人吗?"

"我告诉他们林苑是我们淮水县幸福镇的,至于她是哪个村的,我不大清楚。他们肯定不是淮水县人,口音很奇怪,我说不准他们是哪里人。他们穿着运动鞋、牛仔裤,都戴着墨镜,个子比我高、比我壮。"

赵军说:"谢谢你提供的情况,他们就是我们要找的人。"

说完,赵军对马锡良说:"这儿的查证工作就交给汉广市公安局办理吧,我们到淮水县查看一下。"他转向刑警支队长说:"告诉你们局长,要注意监控滨A00651牌号的汽车,一经发现,立即将人和车扣留,并及时打电话给我们。说着,两个人钻进奔驰车,向淮水方向驶去了。

淮水交警提供的向他打听林苑的那两个人,正是阿赞和阿伟。他们住进华府宾馆后,不知道下一步该如何办,因为线索中断了。由于一夜未眠,用了早餐后,杨高明感到实在是太困,就对阿赞、阿伟说:"我们也应该休息一下,养精蓄锐,不然支持不下去了。"没等他们表态,自己就回房休息了。杨高明自己住一间房,阿赞和阿伟合住一间。

阿赞和阿伟回到房间后,躺到床上,却怎么也睡不着。阿赞说:"我有个毛病,办一件事情,哪怕困难再大,危险再大,都没问题,就怕晕头转向地没有一点线索。这种情况下哪里还能睡得着觉!现在已经十点多了,这样拖下去,今晚看来要住在这里了。不如我们下去看看,同别人聊聊天,或许能得到点消息。”

说完，阿赞起身走出了房间，阿伟一句话没说，跟他下了楼。宾馆大厅没有顾客，同值班接待员聊了几句，什么也没得到，于是他们来到宾馆门口……

当赵军和马玉洁驾驶着那辆豪华的奔驰车到达华府宾馆时，看见两个戴着墨镜的男人正在和一辆出租车司机在交谈什么，看情况好像在讨价还价。这一情况马上引起他们两人的注意，这同交警向他们描述的那两个人一样，看来他们是在做调查。

同样，当奔驰车停在宾馆，从车上走下一对时尚的青年男女时，引起了阿赞和阿伟的注意。旁边停着一辆出租车，那司机的眼睛盯着奔驰车，情不自尽地说：“这车至少值三百多万吧，把它送给我，老子就不用这么辛苦开这破出租了。”他的声音相当大，以至被阿赞和阿伟听到了。

阿赞和阿伟对那车子似乎兴趣不大，对从车上下来的人却颇为关注，目不转睛地盯着他们，两人心里都在犯嘀咕：不会是警察吧！赵军和马锡良是两个男人呀，难道是……怎么可能呢！阿赞向阿伟使了个眼色，向宾馆大厅走去。阿伟则继续和出租车司机交谈。

阿赞来到宾馆大厅，赵军和马锡良很清楚他要做什么，但他们并没有正眼看他。服务员正在给他们办理住宿登记手续。一面登记，一面解释说：“不好意思，没有大套间了，你们俩先住在 715 房间吧，等 306 房旅客离店后，我们一定把套间房整理好，请你们住进去。像你们旅行结婚的都愿意住套间，但我们宾馆的套间实在太少了。

赵军说：没关系，我们就住一二晚。亲戚家住房条件太差，只好住旅馆。只要干净、卫生就行，房子小点没关系。

赵军说的不是滨江话，而是地道的河南话。阿赞的怀疑消失了。他主动答讪说：“二位挺浪漫呀！自驾车旅行结婚。不过怎么跑这么大老远，到这种小地方呢？”

赵军笑笑说：“我们到这儿来看我姨妈的……”服务员给他们办好住宿手续后，马锡良拿着钥匙，挽着赵军的胳膊，转身走了。

他们乘坐电梯，直奔 715 房间，关上门后，赵军分析说：“这两个家伙到底是什么人？会不会是犯罪嫌疑人？如果是的话，他们的情报是相当准确的，看来林苑确实在淮水，不过看来他们还不知道她确切的藏身地，正在查找呢。从交警提供的情况看,林苑是当地的'明星'人物。一个小县城出了一位去美国留学的人确实不简单。"

马锡良说:"这两个家伙一看就知道不是正经人, 你看那贼头贼脑的样子! 和出租车驾驶员鬼鬼祟祟的。他们自己的车分明就停在院子里,他却跟出租车司机唠叨个没完? 我们一定要注意他们的行动。"

赵军点了点头。他走到窗户前,打开窗帘一角,恰好看见那两个人正在向出租车里扔进一个手提袋,并且坐进去了。赵军说:"快走,他们行动了,我们跟上去。"说着,迅速穿上风衣,从手提袋里取出手枪,塞在身上,转身就走。马锡良比他的行动更快,已经率先出了房门。他们下楼后,看见一名男子出了宾馆大门,径直走向那辆牧马人吉普车,等他坐进汽车,那辆出租车在前面带路,牧马人则跟在后面。

马锡良跑到宾馆门口,看两辆车驶离的方向,与此同时,赵军则驾驶着奔驰来到他身边。马锡良钻进车里说:"我们向右拐,跟上去。"奔驰车轻巧地转了一个弯,就快速行驶在宾馆右边的大道上了。追了不过三分钟,就能看见前面那辆牧马人了。

赵军疑惑不解地说:"他们自己有车,为什么还要乘坐出租车呢? 那两个坐出租车的人上车后并没有马上把车开走, 而是等那个驾驶牧马人的一起走,这说明他们三个人是一伙的,难道他们就是在天马健身会所杀人的三个家伙? 但是不管是不是,我们一定要跟上去看个究竟。"

马锡良说:"我感觉一定是他们,不然他们打听林苑干什么呀。你开慢点,不要被他们发现了。这里岔路不多,我们能跟上他们。"

汽车跑了大约半个多小时,上了一条弯弯曲曲的土路,通向十几里外的丘陵地带。由于多日没有下雨,路上有很多灰尘,汽车驶过,尘土飞扬,形成浓密的灰尘弥漫在空中,由于没有风,灰尘久久不能散去。不过灰尘起到了很好的掩护作用,这对赵军他们跟踪前面的人极为有利,既不会被对方发现,又不会被对方甩掉。

这里是淮水县西北的丘陵地带,属于经济欠发达地区。这里的村名大都以村里的主要姓氏为首,后面加上"庄"字。比如,村名大多是张庄、李庄、王庄、赵庄、曹庄等。他不知道那三个家伙这次会去哪个庄子。要找林苑,大概应该到林庄吧。

又走了一段时间, 前面的灰尘突然停止向前蔓延了, 马锡良对赵军说:“他们停车了,我们也要停下来,不然会被他们发现。”

赵军放慢车速,向周围看了看,寻找停车的地方。这儿一直是上坡,周围都是荒山坡地,崎岖不平,这条土路多数路段只能单车行驶,很难找到合适停车的地方。

正在他们发愁时, 前面大约三十米紧挨路边的地方, 有一个小茅草屋。赵军加快车速,开到跟前,将车停在茅草屋前面大约十平方米左右的空地上。这时从屋里走出一位年约七十多岁的老人,他很诧异地望着眼前这两位年轻人,显得有点吃惊。

赵军微笑着说:“你好大叔,我们是来游玩的,暂时把车停在你这儿可以吗?”

老人爽快地说:“停车可以呀,而且还不收费。”

马锡良问道:“大叔,请问前面是什么村子?”

“前面是张庄,有十几户姓张的。我就是那个庄子的人。”

赵军接着问:“大叔,这里有林庄吗?”

“这里没有林庄,倒是有个李庄,离这儿有5里路。但是这条路到张庄就是尽头了。如果你们要到李庄,必须从另一条路上走,不过也不远,步行差不多要三四十分钟。”

马锡良问:“大叔,你们这儿虽然不富裕,但是空气很好,住在这儿能长寿呀。不知道有没有城里人到这儿建别墅的。”

“没有,我们这穷地方哪会有别墅呀,张庄不少人还住在草房子里呢,只有张占成老汉家的房子还可以,由于妻儿死得早,他到京城干了多年的建筑,后来年纪大了,干不动了,回到家盖了三间砖瓦房子,已经是村里最好的房子。据说还是他的外甥女给建的,他外甥女可厉害了,还去美国读过书呢!她干女儿与他的感情很好,经常会开车来这里住几天。”

赵军和马锡良几乎不敢相信自己的耳朵。他们什么话都没说,就快速地向山上跑去。他们的举动,让张刚迷惑不解。他摇摇头,做自己的事情了。

他们没有沿小路走,而是沿着路边灌木林向前走,树木、杂草不时与他们身上的衣服产生亲密接触。他们紧握着手中的枪,好像随时准备投入战斗一样。

大约在早晨六七点多钟的时候，阿赞和阿伟出现在了林苑家的院子旁，他们看见她家的门从外面锁着，断定她家里没有人。由于多日没有雨，天气干旱，林苑的车回来时没有留下痕迹，而那辆被打碎后窗玻璃的本田车由于被张大爷盖上了稻草而没有被他们发现，让这些把找车作为突破口来追踪她的人，无法判断林苑在不在家里。

杨高明把他们那辆牧羊人停在离林苑家不远的路边，旁边有些杂树将它遮住了，从下面来的人，不仔细看，不太容易发现。高明坐在车上，阿赞、阿伟则分散在张大妈家房前和屋后搜寻着。林苑家的房子建在张庄的最高处，并且同别的村民离得比较远，处于孤离的状态。这是建房子时，林苑特意要求的。张大爷开始不同意，说那样太孤单，如果身体有病，夜晚找个人帮忙都不方便。林苑说，等舅舅身体不好时，她找个保姆在家里照顾他，或者让舅舅到城里跟她一起过日子，这房子就是充当他们的乡间别墅。

阿赞、阿伟在房前屋后来回不断地走着，走到草棚前，阿赞突然说："我太累了，一夜都没有睡觉，看见这堆草现在真想睡一觉！说着，他顺势往草棚地上一靠，盖在汽车上的草滑落下来了，阿伟大声喊道："她在这里！她在这里！"说着，他拔出手枪瞄准露出车盖的汽车。

阿赞听他这么一喊，身子像触电一般跳了起来。随着他身体的碰撞，盖在车上本来就不多的草，全都滑落下来了。根据被他们击碎脱落的没有玻璃的后车窗，毫无疑问这确实是林苑的车子。

两支手枪对准车子，但是随后他们就清楚地看见里面没有人。持续了一会儿，阿赞对阿伟说："你赶快告诉明哥，她开车回来了，车子停在草棚里，人可能藏在屋子里，也可能出去了，但是不会走很远，我们分头查找。今天，必须除掉她。"

杨高明听了阿伟的汇报，高兴极了，他马上从车上跳下来，到草棚看了看，心想：没错，就是它了！昨天晚上，他被林苑劫持到这辆车子前，离它只有几米远，他看得很清楚，绝对不会错。杨高明扬了扬手，命令道："我们走！这次一定要捉住她。"说着，他们来到张大爷房子的大门前。

杨高明对阿伟说："你翻墙进去看看林苑是不是在家里，随便搜查一下我那把手枪，把枪弄回来，我们就没有危险了！"

阿伟答应了一声，助跑了几步，身体向上一跃、两手抓住墙头上的砖，双臂用力一撑双腿就骑在墙上了。就在这时，阿伟突然听到有人大喊一声："她在那儿,赶快卧倒。"话音刚落,门外就响起了枪声。

听到喊声,阿伟急忙从墙上跳下来,阿赞迅即向他扑过来,把他扑倒在地,阿赞急促地说："她在那里！"阿伟顺着阿赞手枪所指的方向,看见一个穿风衣的女人在距他们50米左右的一棵大树后面。阿伟见状迅速从墙上跳下来,三人一起卧倒在地,三支枪口一起对着那个藏在松树后面的女人。事实上,这个女人是马锡良装扮的。

马锡良和赵军从护林员张刚的茅草屋上来，得知杀手们已经找到林苑的藏身之所，他们心中十分着急。林苑绝对不是这三个犯罪分子的对手。虽然在天马健身会所她能逃出魔掌,其中肯定有很大的运气成分,或者是犯罪分子有意为之。现在他们必须赶在杀手得逞之前,给林苑提供帮助。只要她能活下来,就能彻底破获发生在天马健身会所的杀人案。

他们看见张大爷家的房子时,赵军说："我们分头行动,你悄悄靠近张大爷家,我从左边绕过去,我们俩一个东、一个西,互相配合,使他们两面受到夹攻,这样,我们才能更安全些,才能完成保护林苑的任务。"

他们俩分开后,马锡良快速接近林苑家的院子,他想先从外围观察一下犯罪分子们的位置,当他一个箭步闪到一棵比较大的松树后面时,响声立刻被眼观六路、耳听八方的阿赞听到了,同时马锡良也发现了他们。他将身体紧贴着树干,一只眼斜视着目标。双方持续了大约十几秒钟,马锡良的风衣被吹,下摆飘动了一下,阿伟以为林苑又要逃跑了,于是扣动了扳机,接着杨高明和阿赞也射出了几颗子弹。马锡良深知这么远的距离,射击的准确程度比较差，但是为了压制他们，使之不能分散开来去包围他,所以只好开枪还击了。

枪声传到赵军耳中,他迅速向枪声处接近。为了不暴露自己,在关键时刻出奇制胜,他小心翼翼地趴在地上,匍匐前进。

马锡良用女人的声音喊道："我是警察,你们被包围了,放下武器投案自首,你们将受到从宽处理。"

杨高明听到马锡良的喊话后骂道："这个婊子还要冒充警察来吓虎我们,她忘了昨晚劫持我的时候说的话,我断定就是她。这次要让她跑了,我他妈的就去自杀。"说罢,他按下扳机,用子弹作为回答。

高明深信她就是林苑,只要消灭了她,就没有隐患了,他们回去就可以向欧阳山交差了。他明白必须速战速决,否则公安局接到报案,很快就能赶到,那时候还不能解决问题的话,麻烦就大了。于是他对阿赞和阿伟说:“你们从东西两个方向去包围她,我在北边,咱们形成三面夹攻。否则,有那棵树作掩体,她能坚持很长时间,如果村民报案,警察很快就会到。因此我们必须在十分钟内解决战斗!”

阿赞和阿伟立即分开,从东、西两个方向接近他;杨高明则从正面向他开火,子弹不时从马锡良身边呼啸着飞过去。

马锡良发现了他们的阴谋。他知道赵军距离他还有一段距离,中间隔着张大妈的家,不能迅速与他会合。他现在必须一人面对三个人的进攻,形势对他很不利。好在马锡良战斗经验丰富,他明白两军对峙,谁占领了有利地形,就能对付多于自己几倍甚至几十倍的敌人。他向南望了一眼,距地势最高的地方最多只有三里路,山后面是一条河流,如果她能转移到高地上,埋伏在岩石后面,就不会惧怕他们了。而且在他身后,有一条通向高地的坑道,这是用来疏通雨水的,由于年久失修,坑道内淤满泥沙。这仍不失为撤退的掩体。没有时间考虑这么多了,马锡良悄悄把风衣脱下,挂在附近的树上,然后一转身跳进坑里,急速向高地冲了过去。

马锡良的动作,被远处于较高位置的赵军看得一清二楚,他赞许地点点头。不过赵军明白此时他还不能暴露自己,对手是三个人,火力很盛,如果开枪不能击中目标,可能会陷入与对方的缠斗之中。侦查工作要求侦查员运用自己的智慧来战胜他们,不能采取和犯罪分子拼命的办法。他埋伏在林苑家西北边约30米的一丛毛栗树后面,从这个位置能清楚地看见阿赞、阿伟从南北两面向马锡良所在的地方逼近。他非常赞许战友把风衣挂在树上迷惑敌人的明智行为。就在阿赞、阿伟完成东西夹击,杨高明也从北面攻了上来,形成三面合围之势的时候,杨高明大喊一声:“打死她!别让她跑了!”密集的子弹一齐射向马锡良用以掩身的那棵松树和挂在树上的风衣。一分多钟时间过去了,风衣被击落在地上,歹徒们以为他已经被打死了呢。

杨高明命令道:“阿伟!你到前面看看。”阿伟接到命令后,一骨碌身从地上爬起来,弯着腰,紧握手枪,向目标走去。他不放心,一面走,一面向风衣掉落处开枪,仍然没有还击。他似乎明白了什么,不再害怕,跑到前面,看见一件被击穿很多洞的女性风衣掉在地上,他狠狠跺了几脚,骂道:“妈的，又让她跑了。并大声喊道："明哥！咱们上当了，又让她给跑了。跑到高处去了。"他看见那条坑道，立刻就恍然大悟了。阿伟很着急，没有等杨高明发话，顺着坑道，就向马锡良撤退的方向追去了，杨高明和阿赞也追了过去。

丘陵高处没有较大的树木，多是些马尾松和杂草、杂树之类的。歹徒们的动向，立即被马锡良发现了，他凭借有利的地形，加上赵军在旁边策应，并不感到害怕。但是一个人对付三个人，他还是十分谨慎。最重要的是不能让他们太接近自己。最好能够一枪结果他一个，至少打伤一个，使他们不敢继续前进。

杨高明他们三个人也没有乱开枪，而是步步向上逼进。距马锡良只有40米左右的时候，他们停下来，观察了一会儿，他们的配合很默契。这时杨高明、阿伟故意在那里一会摇树枝、一会扔石头，以吸引马锡良的注意力，阿赞则悄悄躲在树后面，慢慢向前移动。眼看阿赞距他只有20米的距离了，如果他突然站起来，马锡良就完全暴露在他枪口之下了。当然，他自己也暴露在马锡良的枪口之下，但是由于主动权在他手上，他可以发动突然袭击，成功的把握是相当大的。可是接受了两次教训的阿赞，表现得异常冷静，他没有急于求成，他要在相对安全的情况下解决战斗。马锡良趴在一块环形石头后面，如果阿赞再向右走10米，那里有一棵大点的树，可以掩护他，而马锡良的侧面由于没有环石保护，阿赞就可以不用站起来向他射击了。杨高明为了配合阿赞，盲目地向马锡良开了一枪。马锡良以为他们要发动进攻，紧紧盯着杨高明。

马锡良上当了，阿赞按计划完成转移，他瞄准马锡良的头部，手指搭上扳机，然而就在即将发出枪声的一刹那，啪的一声，阿赞的手枪掉在地上，他握枪的右手鲜血直流。他明明看见马锡良正聚精会神注视着杨高明和阿伟，侧面完全暴露在他的枪口之下了，这一枪是怎么来的呢？他困惑地想："是谁开的枪击中我的呢？"

这一枪把阿赞打醒了：附近藏着一位射手，看来林苑不是一个人，她有同伙，我们可能进入他们的伏击圈了。他大喊一声："注意，她有同伙。"

杨高明和阿伟也感到有人在向阿赞开枪了，阻止他有效地射杀林苑。他们有多少人呀？假如他们事先策划好陷阱，那我们不是中计了吗？想到这里，杨高明不寒而栗，林苑之所以把汽车藏在草棚的稻草下面，说明她早就预料到他们要来，所以做了充分准备来对付他们。怎么办？我们应该马上撤退。他向空中放了一枪，这是他们撤退的信号。阿赞和阿伟迅速向杨高明靠近，会合后，快速向牧马人越野车的方向逃去。

赵军看见他们步步逼近马锡良，他从侧面接近他们，实际上就跟在阿赞的后面。他知道阿赞的鬼计，但是苦于没有合适的地方隐蔽自己，不能接近他，向他射击又没有把握，冒然开枪，就会暴露自己，引来他们的注意。当他看到阿赞准备攻击马锡良时，他开枪了。

马锡良在高处，看见他们消失在密林深处，不一会儿，又听见汽车发动机的声音，然后是尘柱直窜空中，他知道自己的危险解除了，随后他来到阿赞向他射击的地方，看见地上血迹斑斑，他大声叫道："赵军，他们撤退了，有个家伙被你击中了，流了很多血。"

赵军说："小心，我们不要中计了。"

"不用担心了，三个家伙都坐汽车走了。"

赵军这才直起腰，走向马锡良。

当他来到马锡良跟前，看见地上还没有完全凝固的血液时，仔细地打量着他，问道："你没有受伤吧？"

马锡良心有余悸地说："我只顾正面两个家伙，忽视了潜伏在这里的杀手，如果不是你开枪击中他，把他打伤，我肯定没命了。你看，他留了不少血呢。他发现我不是一个人，估计很难取胜，所以就撤退了。如果他从这里向我射击，位置真是太好了。"

风刮起来了，丘陵上一片松涛声，淹没了马锡良激动的声音。他与杀手对峙，枪战了半个多小时，高度的紧张情绪，消耗了太多的精力，但是他看到这地上的血，再从这地方向山头上他躲藏的那块环形石头上看时，他无法抑制激动的感情，全身似乎涌起一股力量，他猛地向西北方向跑去。赵军知道自己这位搭档是一个极重感情的人，他没有阻止他表达自己的感情。他跟在他后面，跑到西边的高地上。

赵军对搭档说："咱们还到先林苑家看看吧，经过这么一番大战，她即使在这里，恐怕也已经逃跑了。再说了，如果她不愿意见我们，找也没有用。她熟悉地形，随便藏个地方，就够我们找的了，更何况她现在不信任我们。如果她不在家里，咱们可以留下一张纸条，说明利害关系，以获得她的信任。"

马锡良说:“好的,我们查看一下,赶快走吧,由于来的时候没有与当地警方取得联系,现在报警已经来不及了。我们没有料到会这么顺利地碰到杀手,并且和他们发生了枪战。一定是杀手把我当成林苑了,而且他们以为林苑有同伙相助,以后他们肯定不敢轻举妄动了,这样林苑就会相对安全一点儿。可是,她会逃到什么地方呢?”

两位侦探来到林苑家时,林苑的舅舅刚从县城为林苑发快递回来。张大爷显然对发生在他家附近的战斗一无所知,他对眼前这两位陌生人表现出了极不信任的态度,任凭他们怎么解释,他只是说林苑把车放在家里后就离开了,他根本不清楚林苑发生了什么事情,更不知道林苑去了哪里。他们简单在林苑家里检查了一番,没有发现任何有价值的信息。

所以,他们好先返回滨江市公安局休整,思考接下来的行动。

第六章 派系争斗

副省长孔彬被杀后,在全国引起了巨大震动,成为最受关注的新闻事件,人们纷纷痛斥犯罪分子的恶劣行径,同时对省里的派系斗争表示了极大地愤慨。中央高层更是对发生这样的事情大为震怒,为此指示兴民省的省委省政府,要他们尽快破案。省里的主要领导忙得不可开交。事情发生后的第三天,他们齐聚在省委会议大厅里,准备听取市公安局副局长李四海的汇报。

由于时间短,案情又比较复杂,李四海费了很大力气,综合各方面调查的结果,整理了一份汇报材料。汇报材料如下:

前天晚上十一时五十分,警方接到娱乐城值班保安韩旭的报警电话,他在电话中称天马健身会所的院子里发生了激烈的枪战,他目击了健身会所的保安被人开枪打死的过程。

接到报警后,我局立即命令距天马健身会所最近的派出所出警,市公安局刑侦处的侦探和技术人员随后也迅速赶赴现场。派出所民警到达现场后,立即打来电话,报告他们在天马健身会所值班室外面发现保安头部中弹,已经死亡。

随后民警封锁了现场,原地待命。刑侦处侦查员赵军和马锡良接到命令后,立即带领法医和痕迹检验人员赶到现场。他们首先在天马健身会所对死亡的保安进行了检查,发现他头部中弹,脑浆溢出,流在水泥地上。死亡时间大约在半小时之前。在离死者不到一米处,捡到一枚六四式手枪的子弹壳,经检验正是杀死值班保安的那颗子弹壳。经天马健身会所的人辨认,死者是当日值班保安包武。

此时,健身会所省贵宾室内灯火通明,侦查员们从值班室门口,逐步向通往贵宾室的路上进行勘查,先后发现散落在地上的三颗六四式手枪子弹,在健身会所一楼大厅外面的水泥地上,在半径不足四米的范围内,一共捡到七颗六四式手枪子弹。贵宾室外面,停着孔副省长的车子,侦查员们大声喊叫:屋里有人吗?没有人答应,他们感到有问题,遂踹开一楼大厅的门,进入里面,灯全亮着,室内整洁、有序。侦查员们,先将一楼的办公室和健身房、游泳池,进行检查,没有发现异常情况。于是他们上二楼检查,在其它房间里,没有发现可疑情况;当他们进入省贵宾室套间时,发现一个人躺在双人床上,身体僵直,上前查看,正是孔副省长。他是和衣躺在床上的,经检查,已经没有脉搏跳动,瞳孔也已经放大了,法医确认死亡。由于他全身没有任何伤痕,只是嘴角有一点儿血迹,故怀疑可能是中毒死亡。经化验,是剧毒的化学物质氰化物。

据孔副省长的秘书、驾驶员和省政府办公室人员提供的情况证实,孔副省长昨晚下班前对秘书说,他晚上在办公室处理公文,要晚些时候回招待所,要他先回家,不必等他。他需做些准备,次日到远宁县了解扶贫脱困情况。同时让司机也回家了,他要自己开车回招待所。过去他也经常这样做,除了必要的应酬,他几乎每天都要加一会儿班。

报案人韩旭是附近娱乐城的值班保安, 该娱乐城同天马健身会所仅一墙之隔,听见枪声后,他出来查看,看见一辆本田轿车从天马健身会所冲出来,三个男人跟在后面追赶,并向那车子开了几枪,但是车子开得很快,到达值班室门口时,自动门开了,车子离开了。这时,那三个追赶的人,也追到值班室门口,值班保安出来,和那三个人说了些什么,刚说了两句话,其中一个人从另一个人手中夺下手枪,走到值班保安身后,向他开了一枪,保安就中弹倒下了。韩旭看到这里发生了杀人案,他迅速返回值班室,报了警。打完电话他又出来时,看见从马路上开过来一辆吉普车,停在天马健身会所外面的马路上, 那三个人迅速跑过去, 钻进汽车扬长而去了。由于光线不好、距离比较远,两辆汽车的车牌号,都没有看清楚。

我们对现场进行详细的勘查、检验,提取痕迹和物证等,除了捡到十一颗子弹壳外,没有发现其它有价值的东西。

警方认为包武是被三个嫌疑犯枪杀的,孔副省长不是自己服毒死亡,而是被人强迫服毒而死的,因为他没有任何服毒自杀的理由。那么是谁害死了孔副省长,是开车逃走的人,还是追他的三个人?孔副省长和这几个人是在什么时候、怎么来到天马健身会所的?那三个人和开车逃走的人是什么关系?他们为什么发生枪战?这些问题,我们现在都不清楚。只有抓住他们当中的一个人,才能弄清整个案发的原因和过程。因此,目前侦查工作还没有头绪。

鉴于这起案件的复杂性,李四海不愿意把警方对这起案件的分析和判断说出去。他深知兴民省的领导班子内部充满了矛盾和明争暗斗,有的人甚至和犯罪分子相互勾结。一旦会议内容和研究的问题传了出去,犯罪分子掌握了他们的计划,就会给他们的破案工作带来不利影响。

省长方建华是这次会议的主持者,他的任期很快就要到了。他多次向省委建议,他退下后由副省长吴峰接任,理由是他是当地人,不但对兴民省的情况非常熟悉,而且年轻有为,文化程度高。他认为兴民省的工作要靠兴民省的干部做,如果从外面调人来担任主要领导,可能会挫伤兴民省干部的积极性。他这些冠冕堂皇的话听来有一定道理。但是促使他不遗余力推荐吴峰的并不是这些理由,而是作为副省长的吴峰为他办了所不能办的事。

在短短几年之内,吴峰把他那个没有考取大学、在社会上游荡的儿子方磊,一步一步推到滨江市国际信托投资公司的总经理的宝座。方磊经常跟父母说:“爸爸和妈妈给了我生命,我感激你们;但是吴峰叔叔给了我前途。如果只有生命,没有前途,那生命还有什么价值呢。所以我的再生父母是两对,而不是一对。”不仅如此,方建华的女儿方玉,原是幼儿园老师,吴峰利用各种关系是把她送到美国上大学,临走时给她拿了近18万美金,并且告诉她说:“如果钱不够用,就给叔叔打电话,不必向你爸爸要。他是书记,不方便,不能给他添麻烦。只要他不出事,什么事情都好办。”

当然,作为回报,方建华在领导班子内部给吴峰做了大量工作,为他接任下一届省长基本上铺平了道路。就在吴峰踌躇满志准备接任省长位置的时候,中央却派孔彬来挂职副省长,让他调查省政府官员的腐败情况。不仅吴峰强烈不满中央决定,其他领导也很不满意,他们上书中央,认为这样做会破坏省政府的团结,但是中央的决定显然是不能轻易更改的。后来,方建华联合省人大主任杜国力联名上书,坚决反对孔彬调查省政府官员的腐败情况,直到受到中央严厉批评后,他们才作罢,虽然这些地方大员没有得到中央的支持,但是事情并没有结束,他们仍然耿耿于怀。

孔彬到兴民省后,慎言慎行,认真工作,平易近人,不仅让反对他的人无话可说,还赢得了不少人的支持。三年时间过去了,眼看孔彬就要揭开某些省政府领导的丑陋嘴脸了，这时吴峰坐不住了，他担心一旦孔彬把掌握的材料向中央汇报后，距自己垮台也就为时不远了。而在他的保护网下富起来的那些人，更是着急，他们纷纷摩拳擦掌，要吴峰采取行动。吴峰犹豫了一段时间，最后决定让巨大地产集团的老板欧阳山执行除掉孔彬的任务。这家公司从他那里得到的好处最大，当然他从这家公司得到的回报很可观，实际上这个公司就是他和欧阳山的。欧阳山手下有几个心狠手辣的打手，把任务交给他们应该没有问题。欧阳山虽然担心风险，不想接受，但是迫于吴峰的压力，同时也出于对自身利益的考虑。他还是接受了吴峰安排的任务。他非常清楚，一旦吴峰垮台，他的公司不仅不能继续违规操作，甚至以前他们巧取豪夺得到的利益也会受到损失，甚至他们的安全都将受到威胁。他本来以为解决孔彬是易如翻反掌的事情，没想到却出了差错。

作为省委书记，方建华违心说了几句让听者感动的话："孔彬同志来兴民工作的时间虽然不长，但是他高度的政治觉悟，满腔热情的工作精神，孜孜不倦的工作态度，平易近人的工作作风，廉政勤政的高尚情操，为我们树立了当代官员的价值观，兴民的人民是不会忘记他的，我们作为他的志同道合的战友，更不会忘记他。他不明不白地死了。他是怎么死的，公安局还在积极侦查案件。我一向认为，在没有证据的情况下，不要随便下结论。虽然有人证明在开发区办公室里发生过枪战，但这同他的死有什么必然联系吗？如果是被人毒死的，那么我要问，目的是什么？没有证据说明是为了图财害命，孔副省长很廉洁，没有多少私人财产，谁去冒这个风险；他为人忠厚，没有对立面，仇杀也不存在嘛；他作风正派，不近女色，争风吃醋而引起的情杀就更没有可能了。所以我认为，也许他误服什么毒药而发生的意外也不是没有可能。至于发生枪战，保安被打死，另当别论，公安局可以进一步调查。中央很重视，一位领导打电话问过我，我告诉他事情还在进一步调查中，很可能是意外事故。你们想，如果我说孔副省长是被人毒死的，那不就成了兴民省的耻辱了吗，副省长的安全都得不到保障，谁还敢来兴民投资？我们要维护兴民省的良好形象，不能主观臆断，轻易下结论。我们要认真给孔彬同志开个追悼会，尽量满足家属提出的合理要求。对于孔副省长的死，我很痛心。我们要化悲痛为力量，继承孔副省长的遗志，把兴民的事情办好。"

事实上，方建华已经从李四海的汇报中感到孔彬可能死于某种阴谋活动之中。虽然他不喜欢孔彬，但是也不支持别人毒死他，那是极为严重的犯罪行为，一旦事情败露后果不堪设想，他很快就要退休了，不希望在自己任期结束时出现不好的现象。他担心这件事可能与吴峰有关，自己是他的支持者，如果他有什么意外，一定会牵连到自己，所以这件事给他的心理蒙上了一层阴影。在这件事情的态度上，他希望大事化小，小事化了，不想把事情弄得沸沸扬扬，不希望中央插手这件事。这样在自己的控制之下，事情就容易摆平了。如果确实是吴峰指使别人干的，他只能假装不知情，然后从中帮助吴峰度过难关，以实现自己的愿望：即由吴峰接班，在他退休后，保护他和他家族的利益。

接着是省人大主任杜国力讲话了，他说："我对孔副省长同志不幸遇难，深感悲痛。希望公安部门尽快查清死因，好向全省人民交代。我十分赞同方建华同志的意见，在证据不足的情况下，不要乱猜测，更不要乱说话，如果有人问，就说可能误服什么药，公安局正在调查了解。孔彬是个好同志，可惜他只身一人来到滨江，还住在招待所，生活很不方便，结果出了这么大的事。如果家属子女在身边，恐怕就不会发生这样的意外了。可是事已至此有什么办法呢，中央不肯听从我们的意见，在中央工作不是挺好嘛，那里能充分发挥他的才华，偏要把他调到兴民省来。好了，不说这些没用的话了，否则有人要批我们盲目排外了。省政府要做好准备，开一个隆重的追悼会。我看这件事就由吴峰同志全权负责，悼词要写好，方建华同志恐怕要亲自致悼词了。"

"可以，我已经想过了，到时候追悼会由吴峰同志主持，我致悼词。"方建华当仁不让地说，他要以这种方式尽快结束这件麻烦事。但是能否如他所愿，他心里实在没有底。

省政协主席石辉说："现在研究如何开追悼会，恐怕为时尚早。当务之急，是要尽快查清孔副省长死亡的原因，这是必须要解决的问题。不然，中央向我们询问情况时，我们应该作何回答呢？开始你可以说，可能是这个原因、可能是那个原因，但是，最后必须有个交代，不是吗？我认为孔副省长死得确实很蹊跷，我倾向于认为这是蓄谋已久的谋杀。据我了解，他身体很好，很少吃药，怎么会误服什么药呢？而且公安局经过化验证实，他是被巨毒药氰化物毒死的，他不应该有这种毒药，这说明他被强迫服下毒药而死亡的。人命关天，何况还是我省的副省长呢，没有明确的结论，老百姓是不会答应的。当前犯罪活动猖狂,带有黑社会性质的团伙犯罪更是肆无忌惮,时刻威胁着我市的稳定和经济发展,并且群众由于缺乏安全感,怨声很大,我们应该以此为契机,把广大人民群众组织起来,开展一次打击黑恶势力的专项斗争,彻底扭转对犯罪分子打击不力的被动局面,还百姓一个安全稳定的生产生活环境。”

石辉的话掷地有声,引起部分与会者的共鸣。但是由于省委书记、人大主任想急于早一点了结此案,他们的意见明显不一致,支持谁的意见好呢,拿不定主意,只好沉默。从现实看,方建华是兴民省的一把手,影响力肯定比政协主席石辉大,在强调党的一党制领导的中国,他的权威性是不容置疑的。但是,石辉在兴民决不是一个可有可无的人物。他曾经在上届政府中,担任过政府省长。在任期间,他积极推行改革开放政策,为兴民省的发展打下了良好的基础,国家很多改革方案都是从兴民开始试点,然后推向全国的。兴民的老百姓一直怀念这位老省长,所以他在兴民省的影响力仍然是不能忽视的。尤其是最近几年,省城滨江市的腐败现象越来越严重,社会治安令人担忧,经济发展停滞不前,群众怨声载道,人们怀念过去,希望像石辉这样正直的官员站出来重新掌权。

吴峰听了方建华的话,心中暗自欢喜;杜国力的话,与方建华的话大同小异,他强调不要对孔彬的死大肆渲染,要尽快结束调查,在没有证据说明是被人毒害的情况下,作为事故处理,开好追悼会,给家属一个安慰。可石辉这个老家伙,却不识时务,讲了这么多废话。他心中暗想:等这次危机过去,我一定要把你拿下去!他心里恨得咬牙切齿,但是表面上,仍然带着微笑,认真倾听石辉的发言,还不时在笔记本上记着什么。

方建华无法驳斥石辉的话,他想寻求支持,但是他不能让吴峰发言,因为孔彬的死很有可能是他策划的。大家都清楚他曾经竭力反对孔彬来兴民调查官员的贪腐情况,并且全力维护吴峰。现在孔彬死了,从中得到最大好处的是吴峰,如果让他发言,岂不是让人怀疑自己与吴峰一起谋害了孔彬。

想到这里,方建华清了清嗓子说:“今天是由四大班子参与的碰头会,主要听取市公安局关于孔副省长死亡情况的汇报。省委、省政府、省人大、省政协对孔副省长的死十分关注,我很高兴大家能够畅所欲言,有什么不同看法尽管说出来,当然这不是最后的结论,最后还是要靠证据说话。如果我们没有证据可以证明孔彬是被人害的，即使找不出意外事故的理由，也只能当意外事故来处理了，所以追悼会还是应该尽快准备的。当前各个系统的工作都很忙，我们不能被孔副省长的不幸去世而影响了省政府的工作。”

石辉心平气和地接着说：“我并不是要求大家都不干工作，只专注于孔彬的死。查清这起案件是公安的职责，并不要我们省委书记、省长去办理。公安机关机关要按照法律程序进行调查、搜集证据，但是必须要拿出一个让人满意的结论。否则这件事在政协会议上是无法通过的。杜主任，如果召开人代会时，人大代表向你提出来这些问题，你应当怎么回答他们呢？难道我们能用几句赞扬死者的话搪塞过去吗？最近几年，在每次两会上，代表们意见最大的就是腐败、社会治安问题，法院、检察院的工作报告，如果不是反复做他们的工作，根本通不过；很多时候即使通过了也很勉强，赞成比反对的票数只多十几张。如果公安机关不能尽快破获案件，关良这个公安局长就不要当了，人大代表肯定会要求罢免你，不信你就等着瞧吧！老李，你是老刑侦专家，这次就要看你们的了。我们在这儿纸上谈兵也不起作用，你要把你那两个得力干将都派去，一定要查个水落石出，不辜负省城人民对你们的期望。”

现任公安局长关良，是经方建华和吴峰提名，从下面调上来破格担任公安局长的。当时在提请人大常委讨论时，先后两次被否决。后来杜国力分别找常委们一个一个做工作，才以一票的优势获得通过。他担任公安局长后，深知自己不懂业务，所以他紧紧抓住人事大权不放，把主要精力用在出头露面上，他周旋于方建华、吴峰身边，对他们可谓言听计从。侦查破案、治安管理等这些繁重的工作，他都交给李四海去处理。听了石辉这些话，关良浑身直冒冷汗，但是他又不知道怎么办，因为他对侦查破案一窍不通，所以也说不出任何想法。但是在这种场合，身为公安局长，又不能不说话。犹豫了半天，他说：“查清孔副省长死亡的原因和侦破发生的枪杀值班员的案件，是公安局的职责，我们义不容辞，我们将全力以赴办好这件事。我负责全面工作，刑事侦查和治安管理是李四海同志负责的具体工作，他是老公安，经验丰富，我是个新兵。不过我可以从人力和物力上支持他，只要我们团结一致，通力合作，一定能把事情处理好。”

吴峰听关良这样说，心里很着急。他认为把侦查权交给李四海对他们是非常不利的，他希望通过关良，把调查发生在开发办的案件，掌握在自己手中，这无疑于自己作案、自己破案。他们可以用拖延、转移、毁灭罪证，向欧阳山通风报信等办法，使之不了了之，让自己得以顺利接任下一届省长。

吴峰无疑是个超级演员。他眼中闪动着泪花，哽噎着说："我简直不敢相信这是真的，昨天上午，我还到他的办公室和他研究下一次市长办公会议的议题呢，怎么就突然离开我们了呢？我真的不能接受这一事实，我感到这好像是在做梦。可我和方建华同志到现场亲自看了，又听了李局长的介绍，和各位领导的发言，我不得不相信这是真的。不管他是怎么死的，都要搞清楚，如果是被人害的，一定要把凶手揪出来；如果是意外事故，我们也要向他家人和全市人民交代。但愿这是一起意外事故。至于枪战啦、值班员被打死啦，没有什么值得大惊小怪的，这种事情，不但我们这里有，其他地方市同样也有，甚至比我们还严重。话虽这么说，但它毕竟不是好事，是坏事，我们还是要高度重视。所以我认为，作为职能部门的一把手，关良同志不能推卸责任，要亲自挂帅，把这事情追查到底，查个水落石出。你是第一责任人，你不管怎么行呢？李局长可以协助你。你要进入角色，不能总是依靠别人。不会就学，从实践中学，不能甘当外行。我建议成立专案组，我任组长，关良任第一副组长，李四海同志任第二副组长，展开彻底调查。"

方建华听到吴峰愿意担任专案组长，对他就不再怀疑了，认为他不可能和这起案件有关系了，他不至于为了当兴民省的一把手，采取卑鄙手段来消灭对方，为自己扫清道路。如果是那样，不是太可怕了吗？他认为吴峰不会堕落到那种地步，虽然这种现象现在屡见不鲜，但毕竟是极少数坏典型，没有普遍性。想到这里，他的心情渐渐安定了下来。他以赞许的口气说："吴峰同志主动承担调查案件的重任，这很好嘛！体现了党委政府的重视，将来我们也好向上级领导和群众交代。他提出的意见我完全同意，就这么办吧。具体怎么办，你们下去再讨论。"

在这种级别的会议上，公安局的副局长李四海是没有什么发言权的。他汇报以后，就一直坐在自己的位置上认真听领导讲话。他除了对政协主席的话比较感兴趣，认为讲得比较有道理，而方建华、杜国力们到底在说什么，他实在搞不懂。在如此庄严的省班子领导会议上，听取震动全国大案的汇报会议上,主要领导们竟然说了那么多漫无边际、无关痛痒的话,他们到底是怎么啦?是智商有问题,还是有意躲避责任,也许这就是让人费解的政治吧。这更让李四海认识到孔彬的死,决不是一个孤立的事件。从吴峰自愿担当案件负责人的职责来看,他确实太性急了点,他把刑法、刑事诉讼法撇开到一边,提出从省委省政府和公安局抽人组织专案组来调查、侦破此案,其目的不是要控制住侦查权吗,他为什么要这样做呢?难道怀有不可告人的秘密?他要达到什么目的?除非他是……李四海不敢再往下想了。但是他不会就这样轻易把侦查权让给吴峰的。他不是公安执法人员,所以没有侦查权,搞群众专政的把戏,已经行不通了。如果自己掌握了充分的证据,一定要挫败吴峰的阴谋。

李四海在等待说出自己观点的时机。不过,他还没有说出来,就已经有人迫不及待地开口了。

省政法委书记的安泰,虽然一直没有发言,但他却是正直而明白事理的人。当然了,正直的人大都明白事理。他认为孔副省长被害、值班保安被杀,显然系同一伙人所为,是一起特大的故意杀人案件,党委政府的主要领导召开案件情况汇报会议是很有必要的,是为了更客观地了解情况,以示重视,尤其是副省长级别的政府高官被害,必须汇报。但是侦查破案应该按照法定程序来办,不能越过权限限制。吴峰主动请战,虽然得到了省委书记的支持,但确实不合法定程序。因此他说:“省委省政府的领导们都很忙,如果具体领导某个专案,精力恐怕不能保障;至于从省委省政府抽调人手更要慎重,因为这是执法破案,不是搞一般的行政事务,这要牵涉到执法权问题,所以我建议这个案子还是应该交由公安局全权负责,政法委负责协调公检法之间的关系,减少不法事件的发生,如果遇到解决不了的问题,属于法律方面的应请示上级政法部门,牵扯到干部管理权限方面的问题,及时报省委省政府讨论决定。”

听到安泰的一番话,省人大常委会的主任杜国力这时才清醒过来,认识到自己作为法律执行监督机关的负责人,应该强调依法办事。他说:“我同意安书记的话,我认为案子由公安机关独立办理比较合适,如果有问题,我们人大常委会还可以监督嘛!如果吴副省长带领一帮人去办案,那不和文化大革命时一样了嘛!这样显然是行不通的。我不是说省委省政府不能管理,不过这时的管理以督促他们依法办事为主。”

安泰和杜国力恰到好处的一席话，让李四海感到十分振奋，不用他说话，问题就已经解决了。但是他很清楚，关良是这个案件的第一负责人的情况没有改变，在这种情况下，吴峰可以利用他来达到自己的目的。李四海和关良表面上互相尊重，但是他们从来没有深入交谈过。关良对吴峰趋之若鹜，在是非面前，他能秉公执法吗？这让人颇为怀疑，如果关良不讲原则，那么自己该怎么办呢？想到这里，李四海感到自己的责任更加沉重了。

会议结束后，在回公安局的途中，关良对李四海说："老李呀，你是多年的刑侦专家了，开发区这个案子还是要靠你组织指挥，我仍是挂名的总负责，实际工作还是要靠你干呀！如果出了什么问题，我承担主要责任就是了。有什么具体困难，我们可以随时向吴副省长寻求支持。"

李四海很清楚，最后一句话，才是关局长的真正意图。作为主管刑侦工作的副局长，负责侦破案件是他的职责，不管怎么样，他都要负责到底。侦破案件的关键在于能摆脱干扰，避免四处受制于人。他决心依法独立此案，狠狠打击猖狂至极的黑社会团体，维护滨江市的社会稳定。在向省班子主要领导汇报后，他们的发言给他留下了挥之不去的印象，除省政协主席石辉外，其他人都要求大事化小，小事化了，说什么不要损害所谓的兴民的光辉形象。难道一个省的光辉形象是靠无辜的生命建立起来的吗？如果是这样的话，这样的光辉形象不要也罢。他虽然不能断定是谁策划谋害孔副省长的，也不能肯定吴峰就是幕后指使者，但这肯定是一起政治谋杀案，因为孔彬自从调到兴民后，就成了一些人憎恨的对象，他们用了很多手段都没能把他赶走，现在他要调查他们的经济问题了，敌对势力只有采取极端措施才能阻止这种行为，他们就毫不犹豫地痛下杀手了。以前针对孔彬的造谣中伤等卑劣手段，都是在某些领导的默许下进行的，现在他被害了，他们却妄想以表彰死者的丰功伟绩，以廉价的同情来转移人们的视线，以此延缓警方追破案的进程。即使他们当中没有人策划这样的阴谋事件，但孔彬的死，还是符合他们的利益的。因此，除政协主席外，没有人强烈要求公安局一定要破案。在这种复杂的情况下，李四海是不可能向关良局长敞开心扉的，因为他有自己的立场。

李四海笑着对关良说："你挂帅当然最好不过了，我和刑侦处的同志研究一下详细的方案，到时候再向你汇报。昨晚我们研究了个初步方案，把主要精力用在现场勘查上，仔细搜集痕迹物证，从现场分析中制定下一步工作计划。目前还没有找到有价值的物证,因为时间还短,只要我们下工夫,总会有收获的。同时我们要向基层公安派出所和交巡警发出通知,要他们注意与此案相关的线索。我相信只要我们工作做得足够细致,侦破案件的任务还是可以完成的。”

李四海转移了向吴峰请示、汇报的话题。他没有把赵军和马锡良去汉广市追寻林苑的情况告诉关良。最近恰好汉广市局刑侦处通报了一起重大盗窃文物案的主要成员被抓获的消息,他们是以审讯犯人为名去的汉广市的,实际上是为了寻找到林苑,先对她实施保护性拘留,以避免林苑被杀手灭口。

关良说:“我们要随时向吴副省长汇报,按他的指示办理是不会有错的,他现在主持省委省政府的日常工作,向他汇报,可以给我们提供帮助,使我们少犯错误。”

李四海点点头,什么话都没有说。他很清楚,这时候与关良挑明分歧显然是不明智的。

第七章 最危险的地方

杨高明、阿赞和阿伟到汉广市袭击林苑,却误把警察当作目标,在进行短暂的枪战后,以阿赞受伤不得已撤退而收场。他们于当天下午返回滨江市,没有敢见欧阳山,在公司的会议室里商量对策,讨论行动计划失败的原因,以及如何向老大交差等问题。他们给欧阳山的秘书任萍打电话,请她帮他们度过老大这一关。

任萍到了以后,他们把汉广之行,如何发现林苑,将她包围,发生枪战,阿赞如何接近林苑,在差一点将她击毙的情况下,隐藏在附近林苑的同伙,突然向阿赞开枪,将他打伤了的情况向任萍讲述了一遍。

他们判断林苑的同伙众多,而且他们占据了有利的地形,做了充分准备,继续打下去获胜的把握不大,加上担心派出所很快就会派人去,在不得已的情况下,他们只好选择了放弃。他们现在不知道下一步该怎么办,更不敢见欧阳山。他们不知道为什么林苑会有同伙,而且这么快就同她汇合一起对付他们了。

杨高明说:“我们要重新认识林苑,看来她不是一个孤立的人,说不定她也和我们一样,有一个组织。现在当务之急是要搞清楚她是属于哪一个组织,一共有多少人,他们的宗旨是什么,我们应该采取什么样的对策。”

任萍对杨高明的话不置可否,她根本不相信林苑会有和他们一样的组织这种鬼话。在滨江,以前确实有很多组织,但是在风云帮的打击下,大多数已经完全土崩瓦解了,现在还会有什么组织呢?她怀疑林苑已经向公安机关报了案,或者公安局用她作诱饵引诱杨高明他们,好从中擒获他们,哪怕抓住他们当中的一个人,就可以一举破获天马健身会所的命案了。这说明即使林苑报案了,但是由于没有足够的证据,警方是很难查到杨高明他们的,所以杨高明等人的担心显然是多余的。目前公安部门在情况不明朗的情况下,只能暂时放过林苑。不过,警方一定会暗中保护她。

想到这里,任萍安慰他们说:“你们在执行任务过程中,虽然有很多差强人意的地方,而且又让林苑逃跑了,但是你们都化了装,现场也没有留下什么证据,即使让林苑当面指认,也认不出你们,我们不用过分担心林苑,她显然不信任警方,不会轻易与警方合作。我们暂时放她一条生路,以静制动,观察她有什么举动。至于老大,你们的担心是很现实的,他肯定会批评你们,不过你们不应该计较,他是老大,不能不从全局考虑问题,即使骂你们,给你们一点处分,都是应该的。我们毕竟是一个组织,没有一点规矩怎么能行呢!这样吧,你们先休息一下,不要这么紧张兮兮地,我从中调和一下,应该能帮你们度过难关。"

任萍这一声情并茂地演讲,给担忧害怕的杨高明等三人以很大的安慰和鼓励。他们非常感激这位大美女,她总是在最困难的时候帮助他们。所以,他们信誓旦旦地说愿意为她做任何事情。

任萍笑了笑说:"你们这样说有点不妥吧!我们拿的都是老大的钱,所以我们都是老大手下的人,我们都应该尽心尽责地为老大做事情,否则我们不是在另立山头吗?你们不要把我推到老大的对立面,那样的话,恐怕我们都没有活路了。看来你们做事就是不喜欢动脑筋,所以说话也没有分寸。如果这些话被老大知道了,我们可能会有生命之虞。你们以后无论做事或说话一定要小心谨慎。"

任萍的批评,让几个久经沙场、见过世面的亡命之徒都惭愧地低下了头。

事实上,任萍经过仔细分析认为,这根本不是公安部门设定的计划,一定是他们行动时又出了差错,或者公安部门的人也在追林苑,双方在林苑家狭路相逢,于是发生了一场混战。但是这话绝对不能跟欧阳山说,否则他一怒这下,什么事都能干得出来,如果大家互相残杀,那么风云帮就危险了。她要把杨高明他们到汉广行动的情况报告欧阳山,并按照她给杨高明他们分析的情况对他说,使他不必过分担心公安局会查出杨高明他们三个人,因为他们没有在现场留下任何证据,即使林苑向公安局报案,公安局也没有办法。

任萍把精心设计好的故事告诉欧阳山之后,他的心情很平静,没有发脾气,他接受了任萍的意见。要杨高明他们暂时不要轻举妄动,并表示自己一方面通过各种途径打探林苑的动向,另一方面向吴峰探听公安部门的侦查计划。等待时机出现时,再采取行动。

任萍自从做了欧阳山的秘书后,以她过人的智慧和精明,为公司争取到了很多额外的利益,深得欧阳山器重。公司的决策不论大小都有她的意见在里面。有人说,任萍在公司的作用,其他人是无法相提并论的。任萍和欧阳山是事业上的盟友,虽然两个人相互欣赏,他们之间确实有暧昧关系。但是他们却刻意保持距离,不敢越雷池一步。因为欧阳山是典型的妻管严,他的妻子徐倩掌握着公司的财务大权,她不怕任萍这位年轻貌美的女人亲近自己的丈夫。徐倩曾经警告欧阳山说:"你只要头一天晚上同任萍上床,第二天我就把你赶出家门,让你成为一个穷光蛋。你要记得,没有我就没有你的今天。"

原来在广东时,欧阳山因涉嫌土地犯罪,而被关在了监狱里。当时他的事业刚刚起步,如果在监狱里待两年,恐怕他的事业就无从谈起了。这时候,妻子徐倩站了出来,她跑前跑后,通过各种关系,费了九牛二虎之力,终于将欧阳山救了起来,此后欧阳山对于妻子除了夫妻感情之外,还多了一份感恩之情。但是这份感恩之情能抵御美貌和情感的双重诱惑吗?欧阳山委实不敢想象。

林苑连夜躲在湖心岛以后,在一家宾馆住了下来。暂时脱离危险的她,感到浑身乏力,精神恍惚,所以她连衣服都没有来得及脱,就躺在床上睡着了。

不知睡了多长时间,她被一个奇怪的梦惊醒了。

在梦里,林苑正悄悄地躲在一片密集的栗树丛中,她的身后是一条深沟,这是为了排水而修建的。如果受到攻击,她可以跳进沟里,保护自己。她藏在那里,观察到警察和歹徒的战况。她明白这些人都是为她而来的。她憎恨这些凶残的杀手,也不信任警察。不但杀死了德高望重的孔副省长和无辜的保安,还要到处追杀她。所以,当她发现一个杀手占据有利地形,准备向警察开枪时,她毫不犹豫地给了他一枪。她离杀手很近,完全可以打死他,但是她不想杀人。林苑认为人是上帝创造的,只有上帝才有权力剥夺人的生命。

林苑不希望与犯罪分子结冤太深。从案发时他们与孔彬的短暂谈话中,林苑知道他们的组织已经渗透到党政机关和各个部门了,副省长都敢杀,可见他们的权势很大,她如果杀了他们的人,必定会受到他们疯狂地报复。她想活下去,就不能和他们结怨太深,不把他们打死,只是阻止他们杀害警察，然后一走了之，就算他们还会继续追杀她。再说，即使把他们三个人都杀死，又能怎么样呢，仍然不能摧毁黑社会势力。要彻底摧毁黑社会势力，只有依靠正义的力量才能实现。但是警察代表正义的力量吗？他们真的靠得住吗？但是不管靠得住靠不住，救人还是应该的。

当杀手主动撤退后，马锡良发现林苑救了自己，心情非常激动。他在树林里四处寻找林苑，要求林苑走出来。他呼唤的声音，嘹亮而真切……

林苑被梦中警察的喊声惊醒了。她看了看时间，已经是下午三点多了，她拿出手机，看到十几个未接电话，除了男朋友打来的之外，那些陌生的座机号码，应该是舅舅用镇上的电话打来的。可是由于自己太累了，没有接到，这多少让林苑感到有点遗憾。他们还会打过来的。

想到这里，林苑简单梳洗了一下，打电话要了一份快餐。该吃点东西了，她感觉自己太饿了。快餐真的很快，三分钟后就送到了。在她吃饭的时候，舅舅的电话果然来了。

舅舅说："小苑呀，早晨我去给你发快递的时候，警察和歹徒来咱们家抓你了，听咱们村的人说，双方还发生枪战了，最后歹徒被警察打跑了。后来，警察来到咱们家调查情况，我什么都没有说。你在什么地方呀？安全不安全呀？"

听了舅舅的话，林苑大惊失色。倒不是因为害怕，而是舅舅描述的场景跟自己的梦太吻合了。难道这就是第六感觉吗？真是太神奇了！一阵感叹过后，林苑对舅舅说："舅舅不要担心，我在淮水县城湖心岛风景区的宾馆里。既然警方和歹徒已经找到这里了，我觉得再待下去肯定很危险，一会儿我回家把车送到修理厂，然后就离开这里。"

舅舅焦急地说："我也觉得你在这里很危险，正打算劝你离开呢，可是你去什么地方呀，身上的钱也不多了吧，家里的钱都在银行呢，也取不出来呀。"

林苑平静地说："舅舅你不用担心，我会有办法的。好了，我挂电话了，有什么事等一会儿回家再说。"说完，林苑把自己的东西收拾好，办理了退房手续。

回到家后，林苑安慰舅舅不要担心她，有什么情况，她会及时跟他联系的，如果有人找他，只管装聋作哑就可以了。然后，在对一些小事情做了安排之后，林苑就驾车出发了。在路上林苑不停地琢磨，车子究竟开到哪里去呢？县城以上的城市是不能去的，公安人员早就在等她了。哦，对了，开到镇汽车修理厂去。事实上修理这辆车，只要装上后窗玻璃就可以了。但是现在即使装上玻璃后，也已经不能再开它了，因为警察和歹徒，都会密切关照这辆车，一旦被他们发现，必定会遭到拦截。所以林苑决定把车子开到修理厂后，暂时放在那里。

打定主意后，林苑迅速将车开到镇汽车修理厂，这是一家设备简陋的小修理厂，她谎称自己要出差一段时间，汽车修好后，暂时放在这里，等她出差回来后取，到时候她付停车费。修理厂老板什么都没有说就爽快地答应了。

处理了汽车之后，她用公共电话给舅舅打了个电话，告诉他不要担心，她的事情很快就会澄清的。可是，下一步该怎么办呢？要到哪里去呢？

随后，林苑到小集镇上的饭馆，简单地要了一点儿东西。她一面吃饭，一面思考下一步的去向。她明白要躲过劫难，就必须离开滨江，而且越远越好，否则时刻都有被他们发现的危险。公安人员和歹徒都在寻找她，她一个女人很难对付这两股力量。要远离这儿，就必须有足够的钱，可她身上，只有几百元的零用钱了，一二天就要花完了。怎么办呢？去哪里弄钱呢？打电话让男朋友汇过来？那样肯定也不行，那样容易暴露自己。看来必须回滨江一趟，从关海龙那里拿点钱，然后再想办法。

林苑现在考虑的是怎么回滨江，回去有没有危险？公安人员正在全力以赴地寻找她，歹徒们更是急于要除掉她。回去当然有危险。但是，公安人员和歹徒是不会想到她刚逃出滨江又自投罗网的。俗话说："最危险的地方才是最安全的地方。"不过，她必须适当改变一下形象。她走进一家发廊，这些路边店她从来没去过。

进去后，一个30多岁的女老板打量着她问："你来做头发？"

林苑微笑着点了点头说："是的，帮我剪短一点。"

女老板不解地问："这么漂亮的头发，打算要我怎么剪呢？"

林苑笑了笑说："头发太长了，还要经常打理，太不方便了。现在我新换了一份工作，是一家纺织企业，头发太长了容易出事故，所以厂方要求女工必须剪掉长头发，我只好把头发剪掉了。"

离开发廊后，林苑戴上墨镜，在集镇上摆地摊卖服装的小贩那里，选了一套土气十足的衣服，讨价还价后，林苑付了钱。拿着衣服在一个公共女厕所换上，她掏出镜子照了照，感觉不熟悉自己的人，已经不可能认出自己了。但她还是不太放心,就又到药店买来胶布和棉纱,贴在额头上,将面容掩饰起来。然后,她乘坐出租车到达汽车站,买了晚上 9 点开往滨江市的汽车票。

坐上汽车后,不久就上了高速公路。她坐在汽车最后一排,眯着眼睛,似睡非睡。紧紧地抓住装有手枪的手提包,丝毫不敢放松。有了它,就有胆量;有了它,对手对她采取行动时,就不能肆无忌惮了。她庆幸自己在滨江射击俱乐部练就了一手好枪法。她做梦也不会想到,枪法还能派上用场。今后与歹徒遭遇时,更离不开这把枪了。她已经想好了,到了万不得已的时候,就用这把枪结束自己的生命。她不想与歹徒结怨。

汽车在路上行驶了五个多小时,于第二天凌晨两点,到达了滨江市汽车站。

林苑下了汽车,喊来一辆出租车。

这辆出租车的司机嚼着口香糖,漫不经心地看林苑一眼,见她穿得这么土气,不觉皱了一下眉头,冷冷地问:“你去哪里呀?”

由于之前没有想好,林苑竟然一时语塞,不知道要去哪里了。

司机不耐烦地对她说:“你要看好了,起步价 7 元,然后每公里 2 元。坐不坐,不坐就下去!”

林苑气愤地说:“我到紫金山酒吧。”

出租车开动后,司机冷冷地说:“准备 45 元钱吧!”

林苑没好气地说:“怕我付不起车费还是怎么呀,你只管开车吧!不要耽误了我的时间!”

出租车很快就到了紫金山大厦,林苑给了出租车司机一张 50 元人民币,对司机说:“不用找了。”说着,林苑头也不回地走进了紫金山酒吧。

林苑走进大厦,并不是闲逛。她走到一个安静的角落,拿出手机,给男友关海龙打电话。电话接通后,林苑说:“喂!海龙吗?我是林苑。你快点过来接我吧。”凌晨两点多的电话,着实让男友吃了一惊。

过了一会儿,关海龙开着自己的车来到了紫金山酒吧。他在一楼转了一圈,没有发现林苑;实际上他刚到酒吧门口,林苑就看见了他。她之所以没有立即跟他打招呼,是为了观察一下是否有人跟踪他,同时她也想试验一下,自己的精心打扮能否蒙混熟悉她的人。有两次,关海龙从她面前经过,还扫视了她片刻,却没有认出她来。她深信,自己这身装扮,男友都没有认出来,别人就更难认了。为此她感到很有成就感。

当关海龙第三次从她面前经过时,林苑扯了一下他的衣角说:“海龙,你把钱带来了吗?我要离开这里,这儿不能待。”

关海龙吃惊地看着她,不住地点头说:“你真行!连我都认不出来了。只是这对大眼睛,要仔细看才能认出来。先到我家去吧,有事咱们再商量。”

见林苑犹豫,关海龙说:“快点上车吧,还犹豫什么呀!我一个人住,最方便的了。不要在这儿浪费时间,有话到车上说。”说着,不管林苑愿意与否,拉起她的手,走出紫金山酒吧,坐进了汽车。

关海龙扭过头开了林苑一眼说:“孔副省长案件发生后,整个滨江市像遭到原子弹袭击一样,群众十分恐慌。副省长的安全都得不到保障,老百姓还有好日子过吗?公安局向明天投资公司了解你的情况,随后又到你的宿舍去寻找,都没有找到你,于是他们就怀疑是你把孔副省长引诱到天马健身会所,然后由歹徒们将他毒死的,后来又故意装成与歹徒发生了枪战,为了灭口,打死了值班保安。滨江市的大街小巷传诵着这样的故事。你看清楚没有,歹徒到底是什么人?”

林苑无奈地说:“等会儿到你家后,我再详细告诉你。现在公安局和歹徒都在寻找我,到了你家,万一走漏了风声,不是给你添麻烦吗?案发当天我连夜逃到老家,昨天早晨,公安局的两名警察和三个歹徒都赶到了张庄,幸好我没有在家里停留,歹徒把一个警察当作是我,他们之间据说还发生了枪战。如果他们找到这里,会给你惹麻烦呀。”

“这你不用担心,他们是人,不是神,怎么会知道你会突然出现在这里呢?再说,咱们的恋爱关系知道的人也不多,他们是不会到找到这里的,你就放心吧。”

关海龙是滨江人,是一个非常优秀的年轻人。大学毕业后,他就出来工作了,没有继续读书,他认为尽早获得工作经验更重要。他在一家医疗器械公司从业务员一直做到区域销售经理,靠自己工作挣的钱,买了一套房子,从家里搬了出来,自己一个人住。他的父母开始不同意儿子搬出去,老两口就他一个孩子,哪里舍得让他离开呢。但是,关海龙希望独立的愿望非常强烈,他不愿意生活在父母的保护下,后来他终于说服了父母,自己一个人住一段时间,如果想家的话,就回家住上几天。

这是一个三室一厅的房子，林苑以前来过。当他们到达后，一进屋就关上门，关海龙迫不及待地问林苑："你枪法很准，这我知道，市业余射击比赛你获得过第一名。但是你从哪里弄到枪支？枪带在身边吧，快让我见识一下。"

林苑把枪从手提袋里拿出来，扣上保险，递给关海龙，并微笑着说："这枪是我乘歹徒不注意时拿到手的，然后……"

林苑把案发当晚到天马健身会所，遇到凶手劫持并毒杀孔副省长，自己如何得到手枪、劫持匪首、逃离健身会所，以及怎么连夜逃到老家，以及歹徒和公安侦探到张庄追她、发生枪战的过程，向男友详细讲述了一遍。

关海龙深夜接到林苑的电话时，想了很久，他除了担心林苑的安全，还认为这应当是一起政治事件，决不是一般的刑事案件。他对林苑说的话不是突然想到的，对干部制度上的腐败，他心知肚明，不过从来没有和林苑谈到过，这起涉及女朋友的案件给了他很大触动。他预感到一场权力之争的序幕已经悄然拉开了，他希望林苑的问题能尽快得到解决。为此，他时刻在向公安局工作的一个哥们了解情况。

林苑深情地看着男友说："海龙，你把我的钱给我，为我买一张到京城的火车票，夜里过路的火车就行，只要是卧铺就可以了，我觉得还是早一点离开这儿比较好，这里实在太危险了，免得给你添麻烦。"

关海龙回想起他与在公安局工作的哥们的谈话，从哥们既没有肯定、也没有否定的话语中，知道他有难言之隐，从而说明自己对孔副省长被杀案的分析是有道理的。林苑肯定是无辜的，但是围绕这个案件的斗争，林苑很有可能被当作了替罪羊。她不与公安局报警，显然是不信任警方。关海龙认为他要尽自己最大努力帮助她，不让她陷入坏人的魔掌。可是在这种时候，林苑却还说给他添麻烦之类的傻话，让他感到非常生气。于是他表情严肃地对林苑说："咱们是什么关系呀？再说你并没有杀人，怕添麻烦为什么要给我打电话呀？要我为你做这做那不是已经给我添麻烦了吗？为什么现在还要说怕我添麻烦呢？这不是虚伪吗？你什么时候学会虚伪了？你不要因为被人污蔑为犯罪分子，就自认为低人一等好不好？"

看来关海龙真急了，这一番话也把林苑弄糊涂了。自从林苑与关海龙确认恋爱关系以来，他从来也没有对她发这么大的火。她一时不知道发生什么事了，难道关海龙变了，不再视她为女朋友了？或者是公安部门给他做过工作，要她协助公安部门找到并说服她，劝她到公安局投案自首的吗？不然他为什么在这危险关头坚持要自己到他家来呢？林苑绝望了，如果男朋友都不理解她，她还有洗清罪名的希望吗？她摸了摸身上的手枪，想从男友这里取到钱后，将钱汇给舅舅，然后到郊区自杀。

想到这里，林苑伤心地说："海龙，你把钱给我，我到公安局自首去，他们怀疑我、拘捕我，我都不怕；他们要是认为那两人是我毒死、枪杀的，那么就让他们判我死刑好了，我承认不是他们的对手，在这弱肉强食、适者生存的社会里，我不想反抗了。"

林苑说自己不想反抗了，实际上当然是不甘心的。只是她认为世界上她最值得信赖人都对她漠不关心了，仿佛反抗突然没有了意义。

林苑说要到公安局自首并接受拘捕，关海龙简直不敢相信自己的耳朵。他从沙发上一跃而起，站到林苑跟前，大声质问道："你既然要到公安局报案，为什么不早去，枪战发生时你就去不是最好吗？公安局可以根据你提供的情况，及时捉拿凶手，你为什么要连夜跑到老家呢，害得警察四处寻找你。你自以为没有害人，公安局就不会把你怎么样，那你不用不东躲西藏了。赶快去吧，也许公安局还会奖赏你的！"

关海龙愤怒的表情让林苑迷惑不解。她瞪大眼睛看着他，一时不知说什么好。两行热泪像泉水一样从脸颊流了下来。

关海龙见林苑这样伤心，感到自己的话太重了，刚才不该发火，不该讽刺她，不该在她遭遇如此艰难处境的情况下，居然这么没有耐心。他上前一步，把林苑抱在怀中，双手拨弄着她被剪短的头发，心里隐隐作痛。多么令人羡慕的一头长发，却因飞来的横祸，不得不把它剪掉。他佩服她一天来在遇到巨大危险的情况下，沉着应战，丝毫不乱，做出的选择和行动可谓无可挑剔。她说给他找麻烦，可能恐惧心理在作怪吧，因为确实存在着巨大的危险，他理解她。

关海龙在林苑耳边柔声说："好了，别伤心了。我刚才不该发火。我知道你是为我着想，不让我牵连到这桩案子里去。但是你想想，这个时候我不帮你，谁帮你呀？我绝对相信你是无辜的，帮你也是伸张正义呀！你不要着急出走，咱们好好商量商量，计划下一步怎么办。他们一时不会找到这里，现在谁会相信你敢回到滨江呀！"

林苑破涕为笑，叫了一声"海龙"，这对恋人亲密地拥抱在了一起。

第八章 扑朔迷离

案发一个星期了,侦察情况进展缓慢。中央高层领导多次催促兴民省委省政府抓紧时间办理案件。省委领导班子坐不住了,今天他们在省委办公室商议对策。

省委书记方建华看了一眼坐在自己对面的吴峰,那眼神仿佛在问:"你老弟不会与这起案件有牵连吧?"

吴峰以为老书记示意他表态,于是他假惺惺地说:"孔彬同志被害,我还没有从悲痛中摆脱出来。公安机关正在全力以赴地开展侦查工作,我作为省委省政府领导成员,对侦破此案负有不可推卸责任。但是鉴于案情复杂,公安机关没有找到有价值的线索,所以侦破工作进展缓慢。现在只知道案发那天晚上,明天投资公司的投资总监林苑到过健身会所,而且还在二楼卧室的卫生间洗过澡,她丢在里面的头发证实了这一点。案发后,她不知去向,前几天公司负责人又接到她的辞职信。所以我和公安局关良局长一致认为,她有重大犯罪嫌疑。至于发生枪战是怎么回事,我们虽然没有弄清楚原因,但是肯定与她有关,或者他们共同害死了孔彬后,又由于相互之间的矛盾,而发生了枪战。我们现在不清楚孔彬同志生前同林苑是什么关系,大家知道,林苑和孔彬平时接触多,孔彬的老婆不在身边,而林苑又是单身,这不能不让人产生这样的怀疑:孔彬同志生活不检点,被坏人利用了。所以,要破获这起案件,必须将林苑缉拿归案。但是她身上有枪必定会负隅顽抗,在捉拿时要特别谨慎,必要时可以当场将她击毙,这样,我们就可以给中央一个圆满交代,因为我们找到了杀害了孔彬同志的凶手,并将她正法。至于和她反目的同伙是谁,能弄清楚当然好,弄不清楚,也不影响我们向中央交代。我建议让公安局全力以赴追捕林苑。我拥护中央领导的批示,我们有信心侦破此案。而且我认为这个案子并不复杂,不会有什么黑社会参与,要相信我们省委领导班子是坚强有力的,不会为黑社会所左右。林苑杀害孔彬是他们之间的矛盾激化的结果,只有抓住她,才能知道内幕,其他都是猜测,不足为凭。”

吴峰把自己的观点说出来后,让方建华松了一口气。他认为吴峰分析得很有道理,孔彬确实不该同单身女性走得太近。所以他遭毒杀,自己应负主要责任。中央领导在没有调查研究的情况下,就断然做出这个案子有黑社会在里面插手的论断,未免太主观了。想当初中央派他来兴民就是个错误,分明是不相信兴民的省委领导。派就派吧,还派一个见到漂亮女人就走不动路的人,现在出事了,反而责怪我们,真是毫无道理!方建华似乎一下子腰杆硬起来了。他提高嗓音大声说:“同志们有什么想法都可以说,不要因为中央领导说了,自己有不同看法就不敢说了。比如说,黑社会问题,我不赞成把普通的刑事杀人案同黑社会联系起来。谁是黑社会?在座的有支持黑社会的吗?不能把我们的领导看得漆黑一团,最了解情况的是我们自己,而不是别的什么人。当然我们也应该理解中央领导的意图,即让我们警惕黑社会组织渗透到各级政府组织里面。”

人大主任杜国力把吴峰和方建华的话加以对照,觉得都有一定的道理。一时间他不知道怎么说才好。但是他始终认为,无论孔彬是不是林苑毒杀的,只要将她抓住,一切都会明白了。所以他赞成吴峰的意见,想尽一切办法,捉拿林苑。如果她没有问题,为什么不到公安机关报案呢?看来这女人确实有重大嫌疑,因此不能放过她。想到这里,杜国力说:“我拥护中央领导的批示。我们要积极理解批示精神,不能消极理解。中央领导是要我们重视这个大案,限期破案也是为了稳定我市大局。这件案子不破,群众就没有安全感,我们也无法向上级领导交代。至于黑社会的问题,我们也不要太敏感。黑社会到底有没有,要从长计议,如果将来查到谁同黑社会有牵连,那么他就一定会受到党纪国法处理。如果这个案子破了,是林苑因为在同孔彬关系中产生矛盾而毒杀了他,她又没有黑社会背景,我们总不能给她安个黑社会的头衔吧。我们是唯物主义者,要实事求是。没有根据,不要乱扣帽子。”

这就是三位实权人物为杀人案定的调子,他们从不同的角度对这起大案进行了分析,婉转地反驳了中央领导批示的有黑社会参与的可能性,他们企图证实:孔彬被害在于他生活不检点,并且把毒杀他的人认定为同他有私情的林苑。一时间,林苑成了头号犯罪嫌疑人,是个危险分子,对她绝不能手软,因为她手上有枪,必要时可以将她击毙,案子就算告破了。这就是他们的逻辑。

政协主席石辉虽然有不同看法,但是他不愿意说,他只有参政议政的权力,自己的看法上次已经说过了,当权者不听,他也无可奈何,帮忙不要添乱,不要让人感到讨嫌。

四大班子其他成员感到没有多少话要说。他们都或多或少感到孔彬遭毒害,是他自己惹的祸,咎由自取,根本不值得同情。都说了一些拥护中央领导批示,严惩凶手之类的套话。

方建华看到气氛对他们有利,于是问道:"安泰同志、关良同志有什么话要说,尤其是公安局的同志,你们要认真贯彻省委的精神。中央不是要我们限期破案吗?给你们三个星期的时间,捉拿林苑,活要见人,死要见尸,希望你们能按时完成任务。"

方建华这是要公安局领导表态的,要他们把林苑作为唯一的犯罪嫌疑人,加以拘捕或击毙,就算完成任务。根据吴峰的说法,她有枪,是穷凶极恶的杀人凶手,对她不能手软,最好能将她当场击毙。

政法委书记安泰平时与公安局联系较多,对破案有些经验。他从公安局得到的信息是,这个案子真正作案人应该不是林苑,而是追杀他的人。把林苑作为犯罪嫌疑人加以捕杀,完全是轻率的、不负责任的行为。但是,主要领导已经表了态,如果他反驳,他这个政法委书记的位置就难保了。所以他并没有急于说话,而是把球踢给了公安局。他说:"案子要靠公安局来侦破,应当请公安局的两位领导详细谈谈,我可以做一些补充。"

关良立即说道:"我到公安局的时间不长,业务不熟,我说不出多少道理。但是我拥护中央领导对这起案件的批示,也赞成各位领导的意见。至于下一步工作怎么开展,请李四海同志具体谈谈,他是我局分管刑侦工作的副局长,是我们公安系统有名的侦查专家,我市发生的大案、要案都是在他领导下侦破的,我们要信任他。"

有了政法委书记的话,副局长李四海觉得自己有话要说。他从侦查工作的角度,不同意几位领导定下的调子。他先让一把手关良发言,以示尊重。但是,关良表示完全同意几位领导的意见,他知道李四海肯定有不同意见,他是侦查专家,国内闻名,自己则是刚到公安局不久,连基本侦查程序都不太清楚,如果说不好,李四海不同意,就会陷入僵局。他深知要驾驭这样一位专家,决不是一朝一夕的事。不过,李四海认为,在这种场合,既要坚持原则,不随声附和,又不能把侦查手段和措施都说出来,那样很快就会被对手掌握。如果对手采取反侦查措施,对破案十分不利。他要利用国家法律赋予公安机关侦查权、不受任何人干扰的规定,来对付某些人不负责任地定调子。

想到这里,他说:"我完全拥护中央领导的批示。从近几年的公安工作实践中,已经证明,黑社会组织在我省城确实存在。去年一年,我们就破获了有黑社会参与的大案7起,有2起还与境外的黑社会有联系。有4起案子,经法院判决已经生效。所以中央领导批示这起案子可能有黑社会插手,值得我们警惕。由于案件刚刚发生,我们还没有收集到足够的证据,现在还不能肯定谁是重大犯罪嫌疑人。我们现在知道的情况是:案发那天当晚,孔彬一直在办公室处理公文,他和司机、秘书说,他要加班到晚上十点以后才能回招待所,省政府值班员证实,他一直加班到晚上十一点左右才下楼回去。实际上他没有回招待所,而是在开发办被人毒死了。据我们分析,他是被人劫持去的。劫持者可能事先潜入他的汽车,当他进入汽车里,即被强迫开车到开发办,加以毒害。他同秘书、司机都说好了,第二天要到乡下检查扶贫情况。在这种情况下,他是不可能去开发办的,因为开发办当天放假了,他显然不会去那里,因此我们判断他是被人劫持的。我们认为,劫持他的人,就是那三个追杀林苑、枪杀值班保安的人。案发当晚,林苑确实在天马健身会所。至于她去的真正目的是什么,我们暂时不知道,但是现在没有任何证据能证明她就是毒杀孔彬的犯罪嫌疑人。至于她与孔彬没有利害冲突,我们也没有找到她与孔彬有不正当关系的证据。我们经过调查,健身会所的工作人员都认为她和孔彬并没有特别的关系。我们把她当作嫌疑人,是她没有到公安机关报案以及突然辞职的行为。但是经验告诉我们,她肯定有顾虑而不愿意到公安机关报案。警方需要她向我们提供犯罪嫌疑人的情况。所以,我们必须设法找到她,作为证人,拘捕真正的犯罪分子。我们不能随便将她击毙,除非有证据证明她是犯罪分子,同时又暴力反抗,我们才能考虑使用武器。我们一定要按照国家法律赋予我们的职权行事,接受检察机关、人大的法律监督,坚定不移地按照制度办事。"

与会的四大班子主要成员,听了李四海的讲话,都知道同三个主要官员的意见是不一致的，而且态度坚定，毫不妥协。他摆出了事实，搬出了法律作为武器，而且表示要接受检察机关和人大的法律监督，这种说法完全符合宪法和法律的有关规定，要批驳他，显然很困难。

吴峰感到如果就这么下去，省委省政府对这个案子就要失去发言权了。失去了控制权，对他将是他十分不利的，所以他认为必须扭转这种不利局面。他态度严肃地说："李四海同志，你是刑侦专家，我们尊重你的意见。但是你要明白，这是市委常委扩大会议，主要是听取中央领导的批示。公安局必须按照市委扩大会议精神办事，不能自行其是。你刚才闭口不谈省委主要领导和人大主要领导的指示，而是一口一个依法办事，好像我们办事都不符合法律似的。假如你感到有困难，可以提出来，让其他同志领导破案。绝对不能对抗省委领导。"

办公室的气氛一下子紧张起来，吴峰怎么这么不冷静呢，把话说得这么严重。有不同意见说出来，不对可以批评，但不能一下子上升到对抗省委领导，如此说来省委书记的话就是法律了吗？与会的其他人虽然有不同的看法，但是不愿意说。他们知道孔彬死后，吴峰十有八九是下任省长的接班人，他这是想拿李四海开刀，树立自己的威信。他们明白吴峰还有另外一个目的，就是要在上台前，就把公安机关的权力控制起来，为他日后上台扫清道路。

李四海不仅没有生气，反而显得很高兴，因为这证实了他的推测：孔彬被害是一场政治阴谋，而不是一般的刑事案件，后台很可能就是吴峰。只有他能从孔彬的死当中获得最大的好处。他并没有急于反驳吴峰失去理智的指责，而是准备听听其他领导的观点。

此时大家都不愿意发言，气氛显得有些冷清。方建华作为省委书记对吴峰这种感情用事、不讲策略、用党的领导来压人的做法，感到十分担忧。他不知道为什么吴峰会这样激动，难道他真的同孔彬的死有关。这怎么可能呢？如果真的有关系的话，一旦被查出来，意味着什么呢？意味着他彻底完了，自己竭力培养的接班人要完了。上级党委会问：方建华为什么那么欣赏吴峰，他们之间是什么关系？他想起吴峰给他引荐的一些私营企业家，想起他以各种名义给他送的钱物，除了女儿移居加拿大用去了百万美元外，在老伴那里还有近百万存款。他哪里来的这么多钱呀！吴峰呀，吴峰！难道你真的勾结黑社会，参与毒杀孔彬的计划了吗？这样做不仅害了自己，也害了我呀！我怎么说得清楚！如果你没有这些事，干吗要发这么大的火呢？你就不能冷静一点吗？或者是你认为自己的竞争对手已经消失，你接班已成定局，而要树立自己的权威吗？这也太早了吧，你就不能沉着一点吗？何必树敌太多呢？他思来想去，想到那些钱，不只他得到了，还有不少领导或多或少也都得到了，大家都心照不宣。这些钱是怎么来的？想起来真让人害怕！如果能稳住大家的情绪，他不想知道事情真相，也决不让人知道真相，谁要是企图搞清吴峰问题的真相，无疑是要搞清他那些钱是怎么来的。他认为不能因为孔彬被害而在众人面前把衣服扒个精光，露出自己丑陋的身躯。必要时，他不敢再往下想了。

方建华看大家都不发言，只好说道："李四海同志的意见与省委省政府领导的意见没有什么本质的不同。他是公安副局长，侦查专家，强调依法办事，这没有错。至于对案情的分析，各人有各人的看法，这符合这次扩大会议精神，允许有不同意见，至于谁的意见正确，破了案就知道了，现在评说谁是谁非，为时尚早。吴峰同志站在省委省政府的立场，强调在侦破这起案件时，要加强党的领导，这也没有错，否则我们就不必在这里浪费时间了。当然，加强党的领导，不是让党委去代替公安机关的具体工作，而是要通过党委加强公安干警的政治思想工作，以贯彻落实党的方针政策，来体现党的领导。省委让政法委安泰同志具体协调，在破案中遇到什么困难，及时报告，省委一定帮助解决。我还想说一句话，就是公安机关接受监督问题。李局长刚才已经说过了，要接受检察机关和人大的法律监督，这当然没有错。但是我认为也要接受党和广大人民群众的监督，这样说就更加全面了。比如你们办错了案子，抓错了人，群众有反映，省委让你们来汇报显然是应该的，吴峰同志刚才所说的也是这个意思。

李四海原本打算反驳吴峰的话，但是省委书记表态说他的发言同省委省政府意见没有本质不同，这就够了，无须多说。方书记问他还有什么话要说，他表示没有意见了。但是他马上想到赵军打电话告诉他张庄之战的事情，他认为如果会议上不汇报，将来会很被动。

因此李四海说："我还要汇报这个案子的重要进展情况。案发第二天清晨，我局侦查员赵军和马锡良因为侦破一起汽车走私案，到淮水县张庄去查线索，突然遭到不明身分的武装分子袭击，他们立即开枪还击，双方相持了近半个小时。然后袭击者主动撤出，经向当地人了解，那里有个名叫张占成的农户，林苑从滨江逃走后，连夜来到张庄，张占成是她舅舅。那三个袭击马锡良的人，误把他当作林苑了，后来他们发现情况不对就撤退了。而林苑当时并不在张庄。这说明，发生在天马健身会所的事件，在张庄重演了。所以我们认为，毒杀孔彬和枪杀值班保安的就是那三个人，他们的行动被林苑发现了，为了灭口，他们一直追杀林苑。而且他们的信息很灵敏，说明有人给他们提供情报，如果不是有组织的犯罪团伙，是不可能做到这些的。所以我们认为孔彬被杀，很可能是黑社会组织干的。我们的侦查员目前还在淮水县寻找林苑的下落，尽量争取她与警方合作，提供犯罪嫌疑人的特征。她身上有枪，我们并不担心。如果她持枪反抗，我们会制服她的。至于她是不是参与了毒害孔彬，也许等犯罪嫌疑人全部归案后才能真相大白。”

李四海的补充汇报给了吴峰当头一棒。他感到事态发展对他们是非常不利的，他要警告欧阳山，每次行动都是如此糟糕，竟然接连出现漏洞，以后决不能再犯类似错误。否则，他们会以失败而告终。

杜国力听了李四海两次汇报，联系杜艳给他说的话，他也感到某种程度的不安。他不希望像李四海分析的那样，这是一起黑社会组织、策划的杀人事件。但是种种迹象表明，这绝对不是一件简单的刑事犯罪案件。刑事犯罪的目的不外乎为财、为仇、为情，而毒死孔彬是为什么呢？肯定不是这些理由。他承认，自从孔彬到滨江市工作以来，各方面的表现都是可圈可点的，突然被人毒杀，是不可理解的。除非……他不愿意往这方面想……而又不得不往这方面想。他的死应当是一桩政治阴谋。作案者的目的是阻止他调查兴民省官商勾结的情况。那么谁从这起阴谋中得到的好处最大，谁就有可能是幕后的组织者和策划者。这怎么可能呢！如果真是这样，难道我也是直接或间接的帮凶不成。我的任期快要到了，本来一位退下来后自己培养的人继续执掌兴民省的党政大权，自己的一些特殊利益也能继续保持下去，仍然有一定的影响力，而不像有些人一样一旦退下来，门前冷落，无人问津。这是他竭力支持吴峰的原因。他心想：吴峰呀，你要沉住气，不要急于求成，不要无谓地冒险，否则不但害自己，也害了我们。你应当知道我们的利益密不可分，如果你垮掉了，我和方书记苦心经营的一切，都将被你断送。

想到这里，杜国力不禁伤感起来，眼里闪动着泪花。他是从八十年代初开始担任兴民省的主要领导，已经将近20年了，现在省委领导班子中的大多数人，都是在他当政期间提拔上来的。吴峰当时并不是最出色的，但是他善于拍马溜，通过无微不至地照顾当权者，不断地表忠心，赢得了包括方建华在内的老干部的信任和重用，由银行副科级干部到省委政策研究室副主任，只用了七八年的时间就登上兴民省的权力高峰，他们都从他那里得到了巨大的经济好处，他们已经把权力商品化了，尽管自己还不承认。但是，他们已经认识到自己同吴峰密不可分了。

一位省委常委见老领导如此伤感，以为他是在为孔彬之死而洒同情之泪，深受感动，于是说道："杜主任，您要节哀。我们都是您老人家的部下，孔彬同志不幸遇难，我们都很伤心，决心向他学习，把兴民的事情办好，不辜负省委省政府、省人大领导对我们年轻干部的培养和教育。

杜国力惭愧地低下了头。他用眼角的余光扫了一眼吴峰，此时他看到吴峰脸上带着讽刺的表情，心里一阵惊慌。他似乎已经预感到凶多吉少了，他摇了摇头，什么话都没有再说。

案情商议在吴峰和李四海各持己见、主持会议的方建华不置可否的总结后宣布结束了。这次会议对于李四海来说是比较满意的，会议没有把林苑定为主要犯罪嫌疑人，更没达成吴峰所说的要随时准备击毙她的要求。但是吴峰却很气愤，他的目的显然没有达到。不过，最后他还是冷静下来了，没有把事情复杂化。

对于这次案情商议上的发言，尤其是公安局副局长李四海的发言，吴峰立即通告了欧阳山方面。

吴峰对欧阳山说："以前我们的每次行动干得都很漂亮，为什么在这次重要行动上却接连出错呢？你没有感到问题的严重性吗？是不是用人不当？目前，我们的对手当中，其他人都好对付，但是那个李四海非常狡猾，什么事情也别想蒙住他。他在省委常委会上介绍案情，就像他亲自看到那天晚上的行动一样。在张庄，他说杀手们把警察马锡良当作林苑，并且发生了枪战，而我们的人却以为林苑有帮手，打下去很难占到便宜，于是就主动撤退了。假如在张庄我们的人被抓住一人，那我们不就全完了吗？而且我们的人回来还不向你讲真话，胡说林苑有帮凶。她怎么可能用不到一个晚上的时间就把她的同伙召到偏远的山区，和她并肩战斗呢？她怎么会想到我们的人第二天上午就找到那里呢？他们的枪法为什么那么准，仅把阿赞打伤？赵军和马锡良肯定不是去破什么走私案，他俩肯定知道林苑的下落，特地去找她的。李四海明确地说，他们的侦查首要目标就是找到林苑，所以不除掉林苑，我们就得不到安宁。在这样危险的情况下，你的手下还编造谎言，怎么能容忍呢？老弟，我一向佩服你的兄弟们办事干练，但是这两次失误，确实太危险了！”

此时，欧阳山已经彻底冷静下来了，他承认事情办得不顺利，但是到目前为止，杨高明他们已经尽了最大的努力，没有留下痕迹物证，没有暴露自己，这已经是难能可贵的了。林苑的意外出现，给他们的行动带来很大麻烦，但是她并不愿意同警方合作。我们抓她很困难，警方想抓住她，也不是那么容易的。我们可以利用她不和警方合作为由，大造不利于于她的舆论，然后再寻机杀掉她。尽管李四海有一套侦查理论，分析得头头是道，但是他没有任何证据，作为省委省政府主要领导的吴峰，完全有理由否定他，他只要让李四海拿出证据就可以了，目前李四海并没有证据。欧阳山想，你们这些领导人，从我这儿得到的好处难道还少吗？你们当中最高的月工资不就是五六千元吗？你们的家当、你们的存折上不都是我给的吗？你们的子女，有几个是凭着自己的本事出国留洋的，还不是我拿钱买的护照吗？这一切都是靠我的弟兄们出生入死换来的，现在事情出现了意外，你们就想拿我的兄弟们开刀。不是你吴峰急于要当一把手，逼我们去杀害孔彬的嘛，我不会再逼他们了，他们的承受力有限，再逼他们，一旦他们起哄，恐怕自己的生命都难保，我才没有那么傻呢。

见欧阳山没有说话，吴峰感到自己把话说重了。于是他赶紧补充说：“我们弟兄平时都有一个习惯，有话说在当面，不留到第二天。我们都知道对方心里在想什么，也都为对方着想，这是我们多年来养成的习惯，也是我们取得一个又一个胜利的原因。我刚才情绪有点激动，说了些不那么让人愉快的话，请你原谅！老弟，你是了解我的，我现在真的有点害怕，万一出了差错，过去的一切努力，都将付之东流。公安部根据中央领导指示，马上就要派人来督促破案，如果我们不能在短期内把林苑解决掉，实在是太危险了！可是对付这么个女人，我们却毫无办法，这到底是怎么回事呀？”

欧阳山这才说道：“你有什么看法统统说出来，我并没有生气。你批评得再严厉，我也不会有意见。道理很简单，这都是为了我们的事业，为了我们共同的生存和发展，我怎么会有意见呢！但是在考虑问题时，一定要客观、公正，不能伤了大家的和气。那天晚上，我们的目标是结束孔彬的生命，按说目标已经完成了，但是没有料到会发生枪战。我已经非常严厉地批评了高明他们，而且对他们说过，下次再出事，就不要活着回来见我。难道我要求还不严格吗？但是任萍提醒我：'弟兄们出生入死，为风云帮的生存发展，立下了汗马功劳，世界上没有常胜将军，偶尔出点差错，在所难免，不能太苛求部下，否则谁会为你卖命呢！'我认为她说得有道理，就采纳了她的意见。目前这次行动，他们误把警察认作林苑，引发枪战，阿赞还受伤了。他们没有想到警察会这么迅速找到那里，还以为他们是林苑的同伙呢，这是可以理解的，决不是有意撒谎。他们的聪明就在于及时撤出战斗，避免被打死或俘虏。我觉得没有理由给他们施加压力。我已经决定了，从他们三人中挑选一个人，跟踪林苑，在弄清她确凿的藏身之地后，再伺机行动，能解决就把她解决掉，不能解决再派人去支援。不需要太多人一起行动，那样目标大，行动不便，而且容易暴露。张庄之事就是前车之鉴。他们三个人，坐着牧马人越野车，虽然做了伪装，但是很难逃过公安侦探们的眼睛，他们跟踪我们的人一直到张庄。我分析，公安侦探并不知道林苑的具体下落，是被我们的人带到山上去的。只要林苑不向公安局投案、举报我们，很快她就会消失的，这点务必请你放心。我认为林苑肯定与孔彬有不正当的关系，所以她担心报案后公安局会追查他们之间的事，所以宁愿辞职也不倒向公安局，这正是我们可以利用的地方。当然，她也许认为向公安局靠近，并不能保证自己的安全，这几年一些人神秘失踪，她不会不知道，得罪我们是没有好下场的，这就是我们风云帮的优势所在！遗憾的是这一次行动又不太顺利。"

两人敞开心扉，说了很多心里话，彼此之间的理解更加深刻了。

吴峰进一步说："老弟，我同意你的意见。只要林苑不投靠公安局，我们就不必太担心。但是公安局会全力以赴找到她，他们可以通过网络向全国公安机关发协查通报，林苑能藏到哪里，总有一天警察们会找到她的。所以，我们的行动计划不能停下来，一定要抢在警察们之前将她除掉，让他们为她收尸吧！至于事情怎么办，你最有经验。无论如何再也不能出事了，一定要做好充分的准备，做到万无一失。在任何情况下都不能暴露自己。退一步说，即使林苑向公安局投案，她可以把那天晚上在天马发生的事说出来,难道她能指认高明他们不成!他们不是都化了装吗,即使公安局搞什么模拟画像,也不能画出真人来。我担心的不在这些,我担心的是高明他们会不会给她留下把柄。据公安局关良说,他们到现在还没有弄清楚林苑为什么会有枪,而且是六四式警用手枪。杨高明他们用的都是那批从外地购买的六四式手枪,她会不会从他们手中夺下手枪,然后……我不好进一步推测当时的情况,我总觉得杨高明他们隐瞒了那天晚上的一些事情,你有没有查看过他们的武器?林苑射击比赛得过奖,但用的是小口径步枪,而不是手枪。公安局通过对她同事调查显示,她以前根本没有手枪,她的枪是从那里来的呢?如果公安局抓住她,让她交出手枪,公安局会不会从枪上面查出什么问题呢?这一点你一定要注意!”

欧阳山觉得吴峰的话很有道理。高明在给他汇报当时发生的情况时,他也有疑问,他明知真实情况不是那样,但是并没有揭穿他们,是留有余地,不把他们逼到绝路,避免发生不测。现在既然吴峰提出来了,他认为最怕的就是林苑可能掌握他们的把柄,那样的话,公安局可以把它作为证据。否则还有什么必要去追杀那女人呢!他一直都是这样思考问题的,否则早就偃旗息鼓,庆祝毒杀孔彬成功,奖赏弟兄们了。杨高明他们自知有把柄在林苑手中,所以自感有愧,对他的严厉批评不敢有微词,就能说明问题!只不过没有戳穿这层纸罢了。现在吴峰提出来,说明他对这个问题已经深思熟虑了,显然他并不是外行,今后遇事绝对不能瞒着他了。为了共同利益,报喜不报忧显然是不行的。

欧阳山说:“正如你所推测的一样,我早就认为杨高明他们不可能一点东西也不留下,这是很难做到的,我担心的也是这个。为了不让你担心,我才没有向你说明。既然你提出来了,我就没有必要再隐瞒真相了。我们坚持追杀林苑,原因就在这里。我会定出周密计划,很快将她消灭的。必要时,我会亲自出马,决不会让她坏了我们的大事!”

吴峰满意地点点头走过来,紧紧握住欧阳山的手说:“好的,什么都不用说了,我相信你!”说完,离开房间,转身走了。

第九章 短暂的平静

林苑住在关海龙家中是比较安全的。但是这里距离案发地实在太近了,总是让她回想起她不愿意面对的场景,让她的心不能沉静下来。虽然她不是杀人者,但是看到尊敬的领导被杀,而自己却不能及时伸出援助之手,让她产生一种负罪的感觉。

三天的时间过去了,她想得最多的是下一步怎么办?是住在关海龙家中等待公安局破案还是离开滨江呢?这个问题一直在困扰着他,住在关海龙家中,最好不过了,不用东躲西藏,只要不出门,就不会被人发现,吃、住不愁,有书和电视看,可以消磨时间;可以随时掌握案件进展情况,通过关海龙还可以了解公众对这起案件的看法, 以及公安局对犯罪嫌疑人的判断,所以她很想在这里住下去。

但是林苑明白,海龙是区域销售经理,交际范围很广,平时经常有人到他家来玩,如果他总是拒绝,时间久了,难免会引起别人的怀疑,如果消息传到警察的耳朵里,他们肯定就来调查,那么自己就会被发现;假如消息被凶手得知了,说不定什么时候会突然窜入海龙家,袭击他们,自己遭殃不说,还连累了海龙,她最怕出现这种情况了。现在是晚上10点钟,海龙还没有回来,这几天他回父母那里了,为的是不让人到他家。但是,他这里的电话铃声一个接着一个, 可见他的业务有多么繁忙, 林苑怕暴露目标,所以不敢接。但是铃声吵得人心烦意乱,她一气之下,把电源掐断了。不时还有人敲门。她和海龙曾商量,想在门外面放上一张纸条,说房屋主人不在,又怕小偷看见这纸条后会放着胆儿,入室盗窃。以前海龙的公寓里总是高朋满座,现在却冷冷清清,正常的社交活动都被她剥夺了,长期下去,显然是不现实的,所以林苑决心离开这里。

过了一会儿,关海龙悄悄地回到家里,见林苑坐在沙发上沉默不语,轻轻坐在她身边,拉住她的一只手。过了好一会儿,才问道:“怎么不开心呢？我知道在这里不断有人想来打扰，你可能很烦吧。我也想过，是不是在滨江市另觅一处房子让你住下，生活用品由我去买，不过时间长了，很难保密。我在外已经向我的朋友们说过了，我的房子可能由于施工上的问题，自来水系统坏了，我不得不经常住到父母那里，家里有我的专用房间，爸妈也希望我住在家里。所以要找我的人，下班后会到我父母那里，电话也打到那里。过一段时间，这里就不会有骚扰的人和电话了。”

林苑把头靠在关海龙的肩膀上说：“我今天想了一整天，觉得还是离开滨江为好。我住在你这里，把你的生活节奏全打乱了，还严重地影响了你的社交活动，如果时间短，也倒没什么，但是公安局破这个案子，将是旷日持久的，因为他们找不到任何证据，就是我也不知道那三个杀手是什么人。有时我想，干脆到公安局去报案，可是我除了把那天晚上的事叙述一遍外，什么都不能给他们提供。这把枪是个物证，但是这上面早已没有他们的指纹，有的只是我的指纹。那个被我劫持的家伙，戴着墨镜，化了装，我只能说出他们当时的样子，要我去指认，我根本没有办法。所以我不报案，不仅不相信他们，也因为帮不了他们，反而把自己陷入尴尬的境地中。在他们破不了案的情况下，我甚至可能被当成替罪羊。现在的司法机关非常黑暗，我不愿意当冤死鬼。住在这儿，给你带来不便，也是应该的，谁让你是我的男朋友呢！但问题时间长了，肯定会露出破绽。所以决定离开滨江，跑得远远的，让他们都找不到。我有钱，在外生活几年不成问题。现在的问题是怎么走，才不被公安局和歹徒发现。我打算去西藏，走到哪算哪。你现在给我出出主意怎么走，机场、车站肯定都有警察严格把守。歹徒也可能会混迹其间，他们发现了我，是不会放过我的。”

关海龙沉默了很长时间。他理解林苑的话，如果没有危险，她可以长期住下去，这里将来就是她的家。但是正如林苑所说，公安局动用一切力量在寻找她，这从他那个哥们的谈话中也能听得出来。

据警察局的哥们介绍：省委省政府主要领导几乎天天询问案件的进展情况。中央要求省委每隔几天时间汇报一次，要求务必在短时间内破案。公安局根据省委指示，把林苑列为重大犯罪嫌疑人加以通缉，悬赏10万元捉拿林苑。这个通缉令和悬赏是经过关良批准发在报纸和电视等媒体上的。李四海不同意把林苑作为重大犯罪嫌疑人加以通缉和在新闻媒体上公布，但是关良根据吴峰的指示，一定要这样做。

关良甚至质问李四海："你们有什么证据证明林苑不是犯罪嫌疑人？我们现在知道在孔彬被害那天晚上，她就在那幢房子里，假如她是清白无辜的，为什么不敢到公安机关报案？你们有什么根据说发生枪战的那三个人毒死孔彬而不是林苑呢？即使林苑最后被证明没有杀人，也只有在抓住她，经过审讯弄清事实真相的情况下，才能排除，但那是在抓住她之后，而不是在那之前。我是刚到公安部门不久的新兵，我要向你学习破案知识，但是在这个具体案件中，你的看法不一定正确。我是公安局的一把手，我有权决定发通缉令，何况这还是省委省政府主要领导指示的呢！老李，不要再固执了，就按照我的意见，积极部署，捉拿林苑。"

李四海此时处在被动地位，而且关良把话说到这个份上，已经没有回旋的余地了，而且把自己一把手的身份都亮出来了，可见他想给李四海一点颜色看，警告他：公安局里是他说了算，希望别人不要挡道。他和李四海之间关系的窗户纸已经被捅破，今后在工作上没有多少商量的余地，只有服从和被服从的关系了。

关良把与李四海的意见分歧在公安局联席会议上说了，关海龙的哥们无意中透露给了他，使海龙觉得林苑住在他这里确实不安全，不如让她走得远远的，由于考虑得还不够成熟，他没有及时对林苑说。林苑作为通缉对象，关海龙更没有对她说，以免她生气。他一直在思考如何安全地将林苑送走。现在林苑主动提出要走，他觉得不应该再向她隐瞒公安局通缉她的消息了。

关海龙对林苑说："你是我的女朋友，你的事就是我的事，我的事就是你的事。你即使不提出要走，我也要安全地把你送走，因为这里已经不是最安全的地方了，公安局发了通缉令，把你作为重大犯罪嫌疑人，虽然知道咱们关系的人不多，但总是有人知道，这个线索万一被警方获得了，公安局肯定会暗中进行调查。更可怕的是毒害孔彬的那些歹徒，他们的嗅觉很灵敏，如果被他们知道了，危险就更大了。所以我同意你走。你到海拉尔去吧，那里是中、蒙、俄边境上的一座新兴工业城市，我大学时一位好朋友就是那里的，他现在是开了一家贸易公司，你到她的公司去找点事干吧。他的公司主要是和外国人做生意，据说蒙古和俄罗斯都有他的分公司。你的英语很好，实在不行的话，就偷渡到蒙古或俄罗斯去。我给你写封信，他肯定会收下你。另外，到外面去办事都要身份证，你的身份证又不能用，全国公安机关都会接到滨江市公安局发出的通缉令，上面有你的照片。所以，你必须要有一个身份证，而且不能用你的真名。怎么办？我想了很久，没有别的办法，只有冒名顶替了。我已经替你办好了。我有一位堂妹叫关英，是我们老家河北人。她在滨江大学时读书，就住在我家。毕业后，她在信息产业部门工作，刚上班一年多，去年因患白血病医治无效而死亡了。恰好她的身份证在我这里。她长得和你差不多，也是圆脸、大眼睛、双眼皮，只不过她喜欢短发。你把头发再剪短一点就行了，就委屈你用我死去的堂妹名字吧。我告诉同学你是我堂妹，暂时不告诉他真相，你到了再向他解释。"

林苑聚精会神地听完关海龙的话，心中非常高兴。她深深地体会到，在这个世界上，既有像歹徒那样的坏人，也有贪官污吏和执法不公的公务员，但是他们还并不能代表所有人。像舅舅、关海龙等都是极好的人，孔彬也是好人。如果他不是好人，歹徒也不会杀他，他是那些想窃取兴民省最高权力的人的眼中钉、肉中刺，必欲置之死地而后快。兴民省的最高权力一旦落到他们手中，歹徒们就会更加肆无忌惮地杀人越货，无恶不作。她不知道这场较量最后结果是什么，但是她要活着，要亲眼看看到底谁是最后的赢家。难道共产党领导下的政权，真的可以被黑社会势力把持吗？

林苑表示完全同意关海龙的安排。二人坐在沙发上直谈到深夜三点钟才上床睡觉。

由于林苑不能上街把头发剪短，所以只好由关海龙充当理发师了。不过只是剪短、剪整齐就行了，关海龙表示他完全能够胜任。剪完后，林苑觉得自己像剪了个娃娃头一样，简直太滑稽了，自己看后也忍不住笑了。

第二天，关海龙下班时，在火车代售点，给林苑买了一张去往海拉尔的票，发车时间是21点50分。然而，让她想象不到的正是这张火车票，暴露了她的行踪。

因为晚上要坐车，林苑一直睡到下午五点才起床。在梳妆镜前，拿着关英的居民身份证，按照关英的脸型自己化了妆。好在她喜欢化妆，对化妆轻车熟路。不过，今天她是化装，而不是化妆，一字之差，却反映了不同的境遇。过去化妆是为了使自己光彩照人，吸引眼球，今天化装，是为了把自己打扮成像另外一个人，不能别人看出自己。除了短头发，关英的右脸有一颗绿豆般的黑痣，非常引人注目。画这颗痣，她足足用了一个小时，最后总算弄好了。她想,如果再戴上一副装饰眼镜,形象就会彻底改变,不熟悉的人,就很难认出自己了。加上这张居民身份证是河北省的,滨江市查询起来是有难度的,关海龙想得确实很周到。

关海龙回来时,林苑刚刚化好装,她问关海龙:"怎么样?我像不像你妹妹?"

关海龙把她拉到自己跟前,仔细打量着她说:"除了你的脸型不完全像我妹妹,她比你的脸要圆些,其他都比较像。如果你现在到我家,肯定能把我爸妈吓得够呛,他们会认为关英复活了。如果你突然出现在我面前,恐怕我也会被吓到。车站安全检查人员,是不可能察觉的,过关绝对没问题。我现在担心的是黑帮分子会不会有所察觉。事已至此,只有走这条路,否则夜长梦多。一旦他们知道你在这里,危险就迫在眉睫了。晚上我们吃点饭去火车站,等车快开时赶到就行,你又不用托运行李。坐上火车后,只要你多加警惕,就不会有事。到海拉尔下车要特别注意,尽量不要让人靠近,然后乘出租车迅速离开。那么大的城市,如果他们事先不知道怎么能找到你呢?今天晚上走,虽然有危险,但是我认为还是比较安全的。关英的情况我们家没有告诉过别人,不会有人知道你冒名顶替的。他们要找的是明天投资公司的美女总监林苑,而不是眼前这个男小子。你先去吧,我在滨江密切注意案件的进展,过一段时间,我去找你。"

林苑摇摇头无奈地说:"我现在什么也不怕,大不了一死。他们非要逼我上梁山,我也没办法。不管是公安局还是黑帮分子,他们要是再逼我,我什么也不顾了,以死相拼。我死后,希望杜梅以我的遭遇为线索,写一部小说,为我昭雪。我是清白的,用林黛玉的话来说:质本洁来还洁去,不叫污淖陷泥沟。我来到这个世界上的时间虽不长,但是做过一家大公司的投资总监,也够风光的了。认识这样多关心我的好人,给了我这个孤儿家庭般的温暖,就是死了也没有遗憾了!"说完,她倒在男友怀中,泪如雨下。

关海龙抚摸着她的后背,一句话也说不出来。他心中升起一股无名怒火,他愤恨兴民省的官僚们,他们为了自己争夺掌握政治权力,培植亲信,实行顺我者昌、逆我者亡的用人制度,把兴民省搞得乌烟瘴气、民不聊生,并且黑社会活动猖獗,一些正直的人莫名其妙地消失了,大小官员们过着花天酒地的生活,而广大平民百姓却生活在水深火热之中,日子过得极为艰辛。

愣了半天后,关海龙对林苑说:“你去收拾东西吧,我来准备晚餐。公安局下了通缉令,但是我听哥们说他们内部看法不一致,副局长李四海和他那两个下属赵军和马锡良认为是那三个杀手毒死孔彬、打死值班保安是最大的犯罪嫌疑人,不同意下令通缉你,更不同意伤害你。但是局长关良却根据吴峰的指示签发了通缉令,所以遇到公安人员也要根据不同的情况区别对待,尽量避免使用武力解决问题。”

林苑说:“他们向全国公安机关下了通缉令,无论是警察还是老百姓,如果他们知道我是林苑,肯定要来抓我的,如果他们要对我动手,我能坐以待毙吗?在那种情况下,我才不会考虑那么多呢!”

关海龙没有说话,这个问题让他感到很难处理,所以只好默认了林苑的观点。

第十章 魔道相长

赵军和马锡良在淮水县召开了派出所长会议，要求发动全体干警，查找林苑的下落。经过调查，一点收获都没有。孔彬被害案已经传遍全省，林苑作为重大犯罪嫌疑人也随之传遍了全省。

公安干警多次登门向张占成老人了解林苑的下落，张大爷要么拒绝回答，要么说“不知道”！其他什么话也不说。在没有办法的情况下，马锡良只好亲自出马，反复向张大爷讲道理。告诉他：他们并没有把林苑当作主要犯罪嫌疑人，只是把她当作目击证人，想通过她了解孔彬和值班保安被害的情况，为破案提供线索。马锡良说，她认为林苑根本不可能毒死孔彬，他们之间没有利害冲突。林苑不愿意向公安局举报，一定有其它顾虑。如果林苑回来了，请张大爷做她的思想工作，让她主动与公安部门配合，抓住真正的杀人凶手，为兴民省的社会安定作贡献。

马锡良还开玩笑地对张大爷说：“大爷，你看我长得是不是有点像林苑？杀手们那天把我当成林苑，一个杀手悄悄溜到我侧面，准备向我开枪，幸好我的搭档就了我，地上现在还有血迹的，不信我可以带你去看。所以林苑非常应该感激我才对，如果不是我吸引了凶手的注意力，林苑就有被他们发现的危险。那天如果我们不来，林苑肯定要吃亏，我们是站在林苑一边的。他们三个人对付林苑，她根本不是对手。但是我不知道，林苑为什么始终不愿意与警方合作。我相信只要有人能够做她的思想工作，她会跟我们合作的。”

张大爷听着马锡良真诚的谈话，心里略有所动，本来想说说林苑的情况。但是警察想知道林苑的确切下落。而实际上他确实不知道林苑的下落，所以不能满足警察的要求，他又陷入沉默了。他认为林苑不愿意见他们，自有她的道理。眼前这位长相帅气的警察，也许他说的都是真话，但是他在公安局有权力吗？现在谁的官大，谁说话才算数，假如最大的官员硬说林苑毒杀了孔副省长,还有谁敢说个"不"字呢!虽然这位男警官相信林苑没有犯罪,但是却不能保证她不受别人陷害,所以张大爷认为现在不能与警方合作。

从张大爷那里没有得到任何信息,全县的调查也没有收获,赵军和马锡良认为,留下来已经没有意义了,于是他们把任务移交给县公安局,让他们密切注视林苑的行踪,有什么情况及时向市公安局汇报,随后他们返回了滨江市。回到局里,李四海把案情协商的情况向两个人作了传达,他们心中立即感到一股巨大的政治压力正在向他们逼近,他们不愿意卷入政治斗争中,但是政治斗争非要把他们卷进去不可,这大概就是人在江湖、身不由己吧。可是,有什么办法呢!逃避不掉,只能硬着头皮向前走了!

李四海对他们说:"现场没能给我们留下任何有价值的证据,要突破这个案子,还是要想尽一切办法把林苑找到,这一点没有变;不仅我们没有变,我们的对手也没有变。我们现在的难处是,对手对我们很了解,我们的行动都在他们的掌握之中,而对手情况,我们却一无所知。中央领导一针见血地指出杀害孔彬可能是黑社会干的,而我们却不知道任何情况!这次不能把黑社会端掉,滨江市以后的工作就会更加困难了。他们敢毒杀市里的中央派来的挂职干部,可见他们的野心有多大,后台有多硬。所以,我们要做好最坏的思想准备,包括撤职查办、坐牢,甚至在斗争中光荣牺牲等。同志们,我们面对的不只是黑社会的几个杀手,还必须面对握有重要权力、和黑社会相互勾结的当政者,他们会百般阻挠我们调查,甚至会像对待孔彬那样对付我们,而且我们内部肯定有他们的人。所以我考虑,日常侦查工作照常进行,我们三人成立特别行动小组,小组的行动计划只有我们三个人知道,不向任何人透露。只要我们严格按照法律办事,就什么都不用害怕。"

赵军和马锡良十分认同李四海的观点,认为对当前的侦查工作有很重要的指导意义。赵军补充说:"为了麻痹敌人,今后我和马锡良也不必每次行动都要在一起。有时我去,有时他去,有时则我们俩共同行动,这样易于隐蔽。因为对手习惯认为我们总是一起行动,我们两个人,只要有一个人留在滨江,他们就会认为我们哪里都没有去,我们要善于利用他们的习惯心理。"

马锡良也表态说:"我的化装技巧比较高,下一次行动让我去吧,我要推心置腹地与林苑谈谈，她这样下去，一旦被绑匪发现，很难逃命。而与我们合作，她的安全是可以保证的。她如果不愿意，我们就采取保护性拘留的办法，先把她控制在我们手中，然后再进行劝说。所谓精诚所至，金石为开，我相信她这么聪明的人，不会不明白的。我们现在首先要知道她现在哪里。”

李四海总结说：“你们谁去都可以，关键是找到林苑的下落。她现在肯定不在淮水县了，而是逃到别的地方了。我不能理解的是她那辆汽车居然也不知去向了。她总不能开着那辆车到处跑吧，我们已经发了协查通报，交警部门如果发现那辆汽车会找借口将人和车扣下的，并通知我们的，但是一个星期过去了，没有发现异常情况。现在看来，这个林苑真不简单，你们与她打交道时要格外小心，千万不能出现差错。她现在已经是惊弓之鸟了，很可能会干出一些不理智的事情。吴峰要求我们对她不要手软，必要时可以就地正法，他这样做显然是为了杀人灭口，我们当然不能按照他的意图处理这件事。我们的原则是，一定要捉活的，捉不住宁愿让她跑了，也不能伤害她，因为我们没有证据说明她是杀人凶手，你们也没有必要冒生命危险去达到控制她的目的，她不与我们合作，说明她还不信任我们。”

三人达成一致认识后，准备全力搜集林苑的有关信息。

不久从淮水县传来信息称：林苑那辆本田小车在离幸福镇的一个修理厂被发现了。据厂家说，这是一个女人在一天中午送来的，声称在途中被人乱丢石块将后窗玻璃打碎的，要求他们更换，后来他们发现汽车有几处被子弹洞穿的痕迹时，断定车玻璃是被枪弹打碎的。所以就向派出所报了案，派出所立即向淮水县公安局作了汇报，经检查正是林苑的车子。车窗玻璃已经换上，可是车主一直未来领取。按厂家规定，在预定日期三天来取车子，如果没有按时领取，车主每天要付停车费给修理厂。

赵军他们经过分析，认为林苑已经离开淮水，不会来取车子了。李四海一边指示淮水县公安局继续追查林苑，一边指示赵军和马锡良将工作重点转移到滨江市。

在各条线索均告中断的情况下，吴峰要求市公安局在电视新闻上宣布林苑是孔彬被害案重大犯罪嫌疑人，予以正式通缉，凡是知道林苑线索者，都应该及时报告公安局。有些事情虽然和林苑下落没有直接联系，有间接联系，也要向公安局反映。公安局对每个举报者严格保密，并且会受到政府的奖励。

一天，滨江市火车站的一位工作人员打来电话给公安局值班室称一个去海拉尔的旅客，情况有些可疑。这个消息引起了公安局的高度重视，关良下达命令，马上派人到车站通过计算机查寻买票人员中有没有林苑这个人。多次查询，均无结果。关良他们分析认为，林苑要通过火车离开滨江的可能性不大，她不会愚蠢到在公安局到处通缉他的情况下，还若无其事地坐火车。她能悄悄溜回来，也能悄悄溜走，不会这么张扬。但是他们还是与车站安全检查部门进行了联系，一旦发现林苑，立即扣押，同时派几名警察在机场待命。

由于关良已经作了全面部署，李四海不便插手。他与赵军、马锡良经过分析认为：现在并不是海拉尔景色最好的季节，这个人为什么要去那里呢？另外，海拉尔是个敏感的地方，它是中国的边境城市，西接蒙古和俄罗斯。单这个地名，就让人觉得可疑。

关良把举报电话的内容报告了吴峰，并告诉他自己已经派人到车站对这两天的离开的乘客进行监控了，如果发现林苑，将马上拘捕；如果遇到反抗，将毫不留情地使用武器。

吴峰指示说："我已经说过了，林苑是一个亡命徒，不可能束手就擒，她一定会做垂死挣扎的，所以只要发现她，在不伤害其他旅客安全的情况下，当机立断，开枪将她打死，以免给警方造成伤亡，我们没有选择余地，用子弹对付她是唯一可行的办法。你明白了吗？"

关良按照吴峰的指示进行了部署，李四海非常清楚他们的目的。他以向杜国力汇报修改公安法规为名，登门拜访了他。李四海希望得到杜国力的支持。所以汇报完工作以后，李四海没有马上离开，而是与杜主任拉起了家常。

李四海说自己最近到河北开会，顺便到白洋淀参观的情形，听说杜主任的老家就在白洋淀边上。所以听他讲讲家乡的情况。抗战期间，他父亲是游击队长，带领游击队员在白洋淀里同日本鬼子展开了艰苦卓绝的游击战争，解放战争期间，随部队南下，杜国力随父亲到滨江，22 岁年考上大学，25 岁毕业分配到滨海工作，文革前官已经做到了省委宣传部副部长的位置。四人帮粉碎后，直到九十年代末，他先后是兴民省的副省长、省人大常委会主任。年纪大了，退休在即，李四海提起他老家的事情，让他感到很亲切，谈着谈着，他兴奋起来了，在客厅里走来走去，手舞足蹈地描述自己的故乡。李四海积极地附和，使他更加高兴了。

李四海顺着他的话说："杜主任，你家乡这么美，家里还有其他亲人吗？让他们在附近买幢房子，不一定很大，里面装修好一点，你可以在退休后，不时到那里走动走动，见一见家里人，可以缓解思乡之情。"

杜国力连连点头说："我有两个弟弟，在老家工作。大弟弟有个儿子叫杜鹏，比我女儿小三岁，在滨江读的大学。大学毕业后，我让他留在滨江工作，弟弟不同意，后来回河北了，谁知刚工作两年时间，居然得了急病，医治无效死了。弟弟后悔当初不该叫他到滨江来上大学，他认为是这里严重的污染让杜鹏得了病。侄儿报考滨江大学是我的想法，所以我现在感到很后悔。"

李四海的话触动了杜国力的伤感情绪，使他自责起来。李四海安慰他说："疾病的原因很复杂，很难说就是因为什么原因引发的。有人说吸烟容易得肺癌，可我们公安局几个烟瘾特别大的人身体却很健康，而几个不抽烟的人偏偏得肺癌死了，这怎么解释呢！你要侄儿来滨江读大学，没有错，滨江大学是名牌大学，学习不好的人想进还进不去呢。在这儿上大学，有你照顾，你弟弟也放心呀！"

听了李四海的话，杜国力的沮丧情绪有所好转。李四海见勾起了杜国力的伤心事，觉得不应该再继续谈下去了。于是说："杜主任，打搅您了，您有什么事需要我，只要您招呼一声，我会很高兴为您效劳的。"

杜国力说："你等一下，孔彬被害案有进展吗？对林苑的通缉令和悬赏令下达以后，有线索了吗？"

李四海无奈地说："杜主任，到目前为止，仍然没有发现有价值的线索，也没有接到群众的举报电话和信件。"

杜国力沉默了一会儿说："你不相信林苑会毒杀孔彬，但是又没有别的线索，报案人韩旭提供的三个男人向本田车开枪，然后打死值班保安，出门后坐车走了，这三个人是谁，你们也不清楚，所以吴峰同志提出的观点我认为有道理，林苑是最大的犯罪嫌疑人，只有先把她抓住，才能弄清楚有没有那三个人，或者根本就不存在所谓三个人，说不定报案人韩旭同林苑串通一气，为林苑开脱罪责，不然她为什么要逃跑？这很难让人理解！我们尊重你们的侦查技能和经验，但是你能保证一起案件也不会办错吗？

所以，你们应该正确对待自己，多听听群众的意见，不要固执己见。林苑同小女杜艳关系很好，杜艳没有搬出去住以前，林苑经常到我家来玩，林苑很有修养，言谈举止都很有分寸，是个受过良好教育的孩子，我对她的印象也很好。但是印象归印象，我们是政府的工作人员，一定要按法律办事！”

李四海说：“主任的批评我接受，我们会全力以赴找到林苑的，要她交代那天晚上在开发办发生的事，这些我都赞成。但是我不赞成对她随便开枪，除非她先向我们开枪，否则我们不能向她开枪。我们没有任何证据证明她是最大的犯罪嫌疑人，随便开枪，把人打死了，岂不是草菅人命吗？”

杜国力说：“那你为什么不表明你的态度呢？”

李四海回答说：“我说过了，不过关良同志说，根据吴峰的指示，他作为公安局长，有权做出这样的决定，让我放弃自己的意见。我的意见被否决了。但是我自己是不会按照他们说的做，他下命令开枪，那是他的命令。我们还是争取找到林苑，要她和我们配合，必要时可采取保护性拘留的办法，将她控制在我们手里，免遭被杀手所害。如果调查证实她是凶手，我们会将她依法行事的。”

杜国力认为李四海说话很有道理，但是他从感情上他是倾向于吴峰一派的，他们是他在海威市的权力继承人，他退休后的利益保护者，他希望吴峰他们是正确处理这起大案的领导者，破案后好向中央交代，这对他们交接权力至关重要。感情和理智在他头脑中激烈交锋，他没有训斥李四海，因为他是人大主任，担负着监督法律、法规的贯彻实施。从法理上，他没有任何理由指责他。所以尽管他对李四海有些不满，但并没有表现出来。

李四海离开杜国力家后，立即通知赵军和马锡良到他办公室去。他回到办公室，两个人已经在那里等他了。

李四海说：“赵军，我派你到火车站去查看一下那个去海拉尔的旅客，看看是不是林苑。如果是她，你也登车过去，去之前，先向海拉尔公安局通报情况，把她的特征告诉辽城的警方，要他们协助跟踪她，让他们务必盯住她。等你到了以后，再设法接触她，向她晓以利害，希望她同我们积极配合。如果经过再三劝告无效，可以在当地公安机关配合下将她拘留。一定要防止我们的对手劫持她。马锡良要随时准备出发，支援赵军。”

赵军听了李四海的指示,心里相当激动。他有一种预感,可能成败就在此一举了。于是,他回到家,迅速收拾好行李,提着包就去车站了。

欧阳山得知吴峰提供的消息后,也感到其中必有隐情。所以,他立即派杨高明到火车站去蹲点,看看那名旅客到底是不是林苑。杨高明感到无从查起,即使有人为林苑买车票,也不可能用林苑的身份。加之每天数万名旅客,而我们只知道去海拉尔的一位旅客情况可疑,查找起来相当困难。

杨高明向欧阳山汇报说:"没有详细情报,无法了解具体情况,只有派弟兄们轮流到火车站安检门口逐个查看,这样做达不到目的,即使是林苑冒名顶替想乘机溜掉,我们也毫无办法,在人多的情况下,我们也无从下手,只能跟踪她到目的地,再选择机会出手。"

欧阳山没有立即表态。他认为林苑在走投无路的情况下,偷偷溜回来是可能的,但是目前风声这样紧,她回来不是自投罗网吗?她是个绝顶聪明的女人,不会这么盲目的。

欧阳山把自己的想法对杨高明说了,高明虽然觉得老大的话有道理,但却经不起推敲。高明认为正因为林苑是个绝顶聪明的女人,她才会利用人们的思维习惯来钻空子,在警方和对手都认为她不可能回滨江的情况下,她回来了,这样将会更加安全。但是她回来肯定有重要的事要办,不得不回来,比如那晚的突发事件使她在毫无准备的情况下逃出滨江,身上不可能带很多钱,而要出去躲藏一个较长的时间,没有钱是不行的。而她又不能大摇大摆自己取,那么让谁去呢?只能让自己的最要好的朋友去了。在滨江,林苑最好的朋友就是杜艳,她找杜艳是理所当然的。钱到手后,她必定要离开滨江,而公安局的通缉令已经发出了,陆海空交通的盘查和监督加紧了,怎么出去呢?三种交通工具相比较而言,铁路相对安全,只要顺利通过安检、坐上火车后,别人就不能把她怎么样了。所以我们应该双管齐下,到车站秘密监视,如果发现她使用别人的身份证上车,要把她解决掉,是很困难的。而到杜艳家直接去查,如发现她在那儿,很容易除掉她,虽然冒一些风险却是值得的,有公安局发的那两个重要文件,我们的行动就是合法的。即使侵犯了杜艳的住宅,只要向老爷子多说点好话,不会有太大问题。老爷子亲眼看见林苑被打死,扫除了吴峰登上权利高峰的障碍,等于给他吃了定心丸,即使马上退到二线,他也可以放心了。显然这符合老人家的利益。

杨高明毫无保留地将自己的看法对欧阳山说了。欧阳山同意到车站秘密监视，但是对于潜入杜艳家，他们却有很大分歧。通常情况下，欧阳山会根据自己的判断做出决定，但是现在他由于没有把握，竟然犹豫起来，不知怎么办才好了。他没有表态，既没有同意高明潜入杜家的计划，也没有反对。杨高明在等待他最后的决定，也不再说什么了，办公室里寂静无声。

过了好大一会儿，欧阳山抬起头望着杨高明说："你不赶快去布置，还站在这儿干什么？"

杨高明以为欧阳山同意了他的意见，随即转身大步流星地走出了办公室。

欧阳山心想：我可是把话说在前面了，潜入杜艳家危险性很大，而你不听，不出事便罢，如果出了事，到时候全部由你负责。

这时，任萍来到办公室深情地望着欧阳山问："老大，杨高明从办公室出去时，心情好像很激动，你给他部署新任务了吗？"

欧阳山揽住任萍地腰柔声说："哪来的新任务，宝贝！祸根不除，我们就一天得不到安宁。有人去海拉尔是一个重要线索，但是我认为事情不会这么简单。吴峰已经命令关良派出大批便衣警察到车站排查了，我也派我们的人去查看了。但是杨高明认为林苑或许在杜艳家中，他想设法潜入，伺机下手。我认为这样风险太大，所以没有明确表态。他可能误以为我同意他这么干，大概为此高兴吧。这一次如果再出现什么差错，就别怪我不客气了，到时候你说情也不行。"

任萍点了一下欧阳山的鼻子说："老大就是老大，不过你这招也太损了吧。我也是女人，我了解女人的思维。如果我是林苑，我是不会去杜艳家的，我甚至不会与杜艳联系，因为杜艳是杜国力的女儿，目标太大了。"

欧阳山抱着任萍转了一圈，激动地说："宝贝真是太聪明了，真是我的贤内助呀，等这件事情结束后，我们到欧洲旅游度蜜月去。"

任萍微笑着说："你不怕家里的母老虎了？"

欧阳山狠狠地吻了任萍一下，严肃地说："为了我的宝贝，我愿意做任何事情。"

任萍笑了笑，柔声说："吹牛，我才不信你的鬼话呢！"

第十一章 逃亡与追踪

夜里的滨江火车站灯火通明，景色异常绚丽。火车站在人们的印象中，永远是一副繁忙的景象，南来北往的旅客在这里启程，奔向追名逐利的地方。这些人沉迷于自己的梦想之中，至于周围发生了，他们完全没有注意到。而且经常坐火车的人通常是商务人士，他们的脚步永远都是匆忙的。在飞速发展的市场经济时代，时间就是金钱的观念在他们身上体现得非常显著，他们只热衷于交易，热衷于获取利益。

此时，十几个人正在观察着什么，他们的出现引起了乘客的注意，他们不知道这些人是干什么的，不过显然不是乘坐火车的，而是专门盯着旅客。实际上，这些人是被关良派来监视林苑的公安人员，由于不知道她买的是哪一个列次的火车票，所以只好漫无目的地在走动或者闲聊。

时间长了，车站的嘈杂声，刺激着他们的神经，警察们逐渐松散下来了，他们懒洋洋地打着哈欠。他们对关良的部署本来就有不同的看法，抱怨他总是在没有弄清情况的前提下就发号施令，让大家像傻瓜一样，根本不可能找到人。

21时50分，广播里传来播音员的声音："各位旅客请注意，发往海拉尔的T358次列车马上就要起进站了，请旅客准备好行李物品，拿出车票，从41号入口检票进站了。"这次列车像前几次列车一样，并没有引起便衣们的特别注意，或者他们根本就没注意听，然而却引起赵军的注意。

赵军早就来到火车站了，他戴着墨镜，手里拿着一个包，坐在监控室里，紧盯着乘车的旅客。当检票员报告T358次列车马上就要进站、请旅客检票时，赵军的目光很快锁定在一位下身穿着黑色牛仔裤、上身穿着男式体恤衫，戴着变色镜的旅客，她急匆匆地走过来。如果不细心观察，根本不可能认出她是一个女人。这位旅客目不旁视，快速通过检票口，消失在通道里了。

赵军凭借多年的侦探经验确信这位匆忙的旅客就是林苑。林苑乘车出发后，赵军认为必须乘坐下一班火车前往海拉尔，这一次必须把她保护起来，弄清孔副省长被害的真相。想到这里，他迅速离开车站监控室。回到警局后，赵军立即把情况向李四海作了汇报，并请求于明天凌晨乘车前往海拉尔，李四海同意了他的请求。然后，赵军又给海拉尔市公安局刑警处的处长蒋飞打电话，将林苑的穿着打扮详细向他描述了一遍，让他设法跟踪。并且在他到达海拉尔后，要求蒋飞派车到车站接他。

赵军的出现，虽然没有引起便衣警察们的注意，却引起了阿赞和阿伟的注意。他们知道他和马锡良是李四海手下两员得力干将，在张庄的遭遇之战上，他们已经领教了他的厉害。李四海他们不相信林苑杀人的论断，正在全力以赴地查找和林苑发生枪战的人，也就是他们自己。李四海他们在公安部门工作多年，办案经验十分丰富，而且坚持正义，这对他们构成了严重威胁。而根据他们得到的情报，李四海不同意关局长根据吴峰的指示做出的部署，按道理说，赵军和马锡良应该不会到车站来，但是赵军却出现了。可见这条线索的重要性，而且也显示了他们的办案智慧。这些出其不意、掩其不备的办案智慧，保证了他们在很多时候上可以领先对手一步行动，以收到先发制人的效果。但是这一次，阿赞和阿伟相视一笑，认为他们做了螳螂捕蝉、黄雀在后的黄雀。

阿赞和阿伟认为只要跟着赵军，一定能找到林苑。赵军没有与巨大地产公司职员打过交道，所以不认识他们，而他们却对赵军十分熟悉。所以赵军在车站的举动，没有逃过他们的眼睛，而赵军却不知道有人监视他。虽然他们没有看到林苑，但当赵军买了前往海拉尔的车票时，阿赞和阿伟更加确认林苑的目的地也在那里了，于是他们立即把情况汇报给了杨高明，杨高明让他们也买了同一个班次的火车票，三个人决定跟踪赵军前往海拉尔。

杨高明今天晚上见杜艳家没有灯光，就用特制的钥匙打开她家的门，贼头贼脑地溜进客厅、卧室，用手电筒照明，仔细查看是否有别的人住在她家的迹象。同时他时刻注意楼下的动静，只要有汽车的声音，他就马上走到窗子跟前，看看是不是杜艳回来了。杜艳的汽车和号牌，他记得一清二楚。他今晚来到这幢高级住宅小区时，在周围巡视了很久，做了充分准备，发生意外时的逃跑路线都已经选好了。所以当他看到杜艳家里没有亮灯,汽车也不在时,他判断杜艳不在家,所以就他大着胆子闯了进去。

杨高明在没有受到任何干扰的情况下,在杜艳家仔细检查了一遍。从还没有洗、涮过的餐具和茶杯判断,杜艳的家里并没有来过其他人。

就在高明四处搜查的时候,听到楼下的汽车声音很像杜艳的。他赶紧溜出杜艳家,上了一层楼,站在楼道的窗户前,见杜艳把车开进车房,锁好车房的门,走进楼里。当杜艳回到家,关上房门后,他乘机下楼走了。

出了杜艳所在的住宅小区,他立即给阿赞打电话,让阿赞立即给海拉尔的同伙打电话,让他们准备好车辆和武器,做好战斗准备。杨高明失望地说:“从在杜艳家看到的情况判断,她家里没有来过其他人,我的判断失误了。看来林苑已经被赵军发现了,我们只要紧紧盯住赵军,就能找到林苑,你们等着我,我马上就到。”

阿赞和阿伟听到杨高明的话也很兴奋,他们认为机会来了。心想:这一次,说什么也不能再让林苑逃跑了。如果赵军敢阻止他们的话,连他一块儿收拾了。

被派到车站的便衣警察,守候了一天一夜,连个鬼影都没有发现,大家心理非常气愤,纷纷抱怨关局长不懂业务、瞎指挥,不听李副局长的正确意见。关良也认为自己被那个打匿名电话的人给愚弄了,心里别提多气愤了。

正在这时,吴峰给他打来电话质问道:“你到底是干什么吃的,去了那么多人,却让林苑从眼皮子低下溜走了,难道公安局除了李四海他们,其他人都是饭桶吗?他们三个人偏偏又处处和我们作对,看来想抓到林苑是不可能的了。”

关良没好气地辩解说:“你们提供的情报肯可能是不准确的, 林苑根本不在滨江,更谈不上乘火车离开了,你让我派人去抓她,大家守候了一天一夜,结果连个鬼影都没有看到,现在他们都在怪我的情报不准、瞎指挥呢,你去坚持说她乘飞机走了,不是很可笑吗?”

听了关良的话,吴峰的鼻子差点气歪了。不过,他并没有表现出来,依然语气和缓地说:“我们当然不能肯定林苑回到滨江、并且乘火车离开了,但是我们可以推理呀,海拉尔是中、蒙、俄三国交界的地方,这样的地方确实太刺激人的神经了,难道还不应该引起我们的注意吗?难道所有人都像你一样白痴吗？”

关良理直气壮地说：“你为什么不早点把这样的推理告诉我呢！如果早告诉我了，我派人在监控室搜查肯定能查到她，这样我们查起来就等于有了目标，如果没有搜到人，你可以处置我们，可是干嘛要让我们大张旗鼓地在车站受冤枉罪呢？”

吴峰叹了口气骂道：“你他妈的真是个饭桶呀，事情哪有你想象的那么简单。如果搜不到人，一旦被新闻报道出去，我们不就更被动了吗？不管怎么说，今天晚上那位去海拉尔的旅客很可能就是林苑。她化了装、用别人的身份证乘火车离开的。而且很可能是乘坐的是T358次列车，目的地是海拉尔。”

关良疑惑不解地问：“你怎么对整个事件这么了解呢，有什么证据吗？”

吴峰笑了笑说：“证据就是你们公安局的大侦探赵军也乘火车去海拉尔了。据我了解目前没什么案子需要他去那里，他一定是发现林苑去那里了，所以就乘下一班列车追了过去。你虽然没有派他到车站去监视林苑，但是他确实去了，他比你派去的人精明多了。发现林苑后，他立即决定乘下一班火车追了过去。现在他已经登机了，而你老兄却还蒙在鼓里，还盲目地说我们的情报不准，你手下的那些笨蛋还有脸骂我们瞎指挥，你不觉得可悲吗？这样下去，我们能胜利吗？你手下那些人靠得住吗？如果我们能把赵军拉拢过来，除掉林苑或许就没有这么困难了。李四海是不可能和我们合作的，但是赵军不一样，他年轻、思想敏锐，很多地方需要用钱，你多给他做点思想工作，把他争取过来还是有可能的。你可以向他暗示，只要愿意听从我们的领导，李四海的位置将来就是他的。”

这件事情显然是关良的能力说不能及的，这一点他自己很清楚。赵军与李四海情同父子，他根本不会投靠他们一方的。所以关良急忙转移话题说：“我们下一步要怎么办呢？要不要立即派人去，阻止赵军行动，或者先干掉林苑？”

“在你眼中什么问题都是这么简单！在滨江车站你派那么多人，连林苑的影子都没有看见，到海拉尔去找她，更是大海捞针一般。”吴峰没有告诉关良，他已经让欧阳山派杨高明、阿赞和阿伟跟踪赵军了。

接完吴峰的电话，关良十分气愤。他责怪李四海没有向他请示，就派赵军去执行任务了。他是一局之长，又是专案组长，对他封锁消息是不能允许的。

关良马上打电话把李四海找来责问道："你已经发现林苑的可疑行踪了吧？为什么不告诉我就派赵军去海拉尔了呢，难道你不信任我吗？你在公安战线上工作30多年了，难道这一点组织纪律性都没有吗？作为公安局的领导，我们应当相互支持、相互尊重，你是有着丰富经验的老公安，我是一名新战士，我知道很多事情都要向你学习。但是你也不能这样目中无人呀，如果这样，我们今后怎么能在一起共事呢？"

李四海没有立即反驳，他在思考关良说这些话的真正含义。关良最后这句话无疑是向他发出信号：你再一意孤行，将有人来替代你。这应该不是关良本人的意思，而是吴副省长的意思。如果没有吴峰的支持，他是没有权利撤掉自己的。关良的话向他发出了一个信号：对手已经急不可耐了。所以，在当前的情况下，一定要沉着应战，不给对手以把柄，尽量拖延时间，等找到他们的犯罪证据后，就能给他们致命一击。

李四海不紧不慢地回答说："我可以肯定地说，林苑绝对不可能回到滨江市，除非她疯了。我也没有发现林苑的行踪。你派大批干警到车站去抓林苑，显然是很盲目的。因为自从那晚她逃出滨江后，就不可能再回来了。你想想，到处都有对她的通缉令，她怎么有胆量回来呢？你不要相信那些假情报，那都是骗人的，是一些别有用心的人捉弄我们，让我们上当。至于派赵军到辽城，那是辽城警方最近破获了一起韩国汽车走私案，据说和咱们省有关。我让赵军去了解一下情况。自去年以来，咱们查获了50多辆从韩国走私过来的汽车，只把汽车没收了，没有抓到参与走私的人。把走私汽车上交国家后，我市损失一千多万元。这些车都是一些单位从市财政拨款中购买的。我们没收的走私汽车越多，给我们市造成直接经济损失就越大。所以反走私，不抓住走私分子，仅仅没收走私货物，是不能解决问题的。现在林苑的案子没有线索了，赵军暂时没有其他事情，我就派他出差了。海拉尔刑警队有他的朋友蒋飞，办事比较方便。由于这是一项普通的调查工作，所以我没有向你汇报。"

李四海没有正面反驳关良的话，而是心平气和地摆事实、讲道理，使关良无话可说。内蒙确实有涉及滨江人的走私案，而且还给滨江市公安局发了通报，去了解一下是应该的，所以关良也不好说什么。

李四海心里也明白，关良只不过被吴峰他们所利用而已，他很可能不知道黑帮的内幕。尽管他知道那天晚上在健身会所发生过枪战，现场勘察表明，那三个向林苑开枪的犯罪分子很可能就是毒死孔副省长和枪杀值班保安的真正凶手，侦查员们都是这样看的，他也多次听取过汇报，开始他也同意大伙儿的意见，但是经过吴峰等人的说教后，他完全倒向了他们一边，撇开那三个凶手不谈，坚持认为林苑是杀人凶手，是最危险的人物，只要抓住她，似乎案子就可以破了。吴峰他们利用林苑不主动到公安机关举报作为理由，确实迷惑了一些人。他们认为对于林苑能抓到就抓，不能抓到可以打死她。总之，要尽最大努力避免干警伤亡。这么正当的理由，以关良的智商是根本分不出真假来的。

李四海理解关良的处境，但是在这样错综复杂的形势下，他又不能推心置腹地向他说明自己的观点，不能把自己的行动计划如实告诉他，只能最大限度地进行忍耐，不和他发生正面冲突，而且必要时还可以利用他的弱点，为破获这起案件服务。

关良听了李四海这一席话，深感自己错怪了他。原来李四海根本就不相信林苑会回滨江，更谈不上怀疑她乘火车离开了。关良认为，李四海和他的判断是一致的。一个被通缉的人，大街小巷贴着印有她的照片的通缉令，大批警察在火车站巡视，她怎么敢冒这么大风险呢？看来吴峰他们确实搞错了，相信了错误的情报。而他派那么多人守了一天一夜，累得大家筋疲力尽的。他倒好，不仅不反省自己的指挥失误，反而认为公安人员失职，真是太欺负人了！

关良对李四海说："省委省政府领导一天几个电话，催促破案、要求尽快搞定林苑，为此动不动就发火，搞得我焦头烂额的。我为刚才不冷静的言辞向你道歉，希望你不要介意。在这困难时期，我们要同心同德，共同度过难关。孔副省长被杀，案子不破，我们是不可能得到安宁，说不定哪一天会撤我们的职还不一定呢，我已经做好思想准备了。我没有破案的经验，所以只能听从领导的指挥。以后请你多帮帮我，出了差错，不要让我一个人承担就可以了！"

这番话让李四海对关良有了更多了解。但是他也知道，关良紧跟省里个别领导的决心是不会改变的，即使他知道错了，也要紧跟下去。因为关良清楚地知道现在省里几大班子领导抱成一团，大有一荣俱荣、一损俱损的架势,得罪了他们中的任何人,他都没有好果子吃。关良知道,省委调他到公安局这样一个强力部门工作,是对他的信任,相信他在关键时刻会站在省领导一边。别人想进入他们的圈子是很困难的,自己却被他们看中,这种幸运不是没有代价的,所以只能积极为他们服务。问题是关良还并不知道孔彬是被吴峰他们害死的,如果知道了,他会怎么样呢?能站在法律一边,冒着极大的风险去和当权者进行斗争吗?李四海对他没有把握,所以他对关良不得不有所防备,所以不能告诉他事实真相,不能向他透露自己的行动计划,因为只要他告诉关良,关良马上就会告诉吴峰。

李四海心中很苦闷、也很矛盾,不得不对关良说假话,他实在没有好的解决办法。这公安机关的旧体制,使他们不能独立行使法律赋予的对犯罪嫌疑人的侦查权造成的。所以,为了维护正义,他不得不这么做。

林苑乘坐的火车经过二十五个小时的奔波,终于第二天晚上十一点到达了海拉尔火车站。

根据赵军提供的剪成男青年发式、戴墨镜、下身穿黑色牛仔裤、上身穿男式白色体恤衫的特征,蒋飞从下车的旅客中,一眼就找到了自己应注意的对象。只见她出了候车室大楼,走到路边,和一个驶到她跟前的出租车司机交谈。

蒋飞驱车走近,只听出租车司机说:“没有五百元我不能载你去。这么晚了,我得开到天亮才能到达,三百多公里的路程,中间有一段道路正在改造,路况很差,没有三四个小时根本到不了。”

女人爽快地说:“五百就五百。你可要保证我绝对安全,否则……”

出租车司机回答说:“这尽管你放心好了,我是安全行车的模范司机,你看这些奖状!”

价格谈妥后,出租车司机把车门打开,女人坐进车里,汽车就启动了。

蒋飞开动自己的汽车,紧跟在出租车后面。出租车先向城里方向开去,然后又转道向溪东县的方向驶去了。蒋飞心想,此时赵军正在火车上,第二天才能到达,他现在无法和赵军联系,又不能把他交代的对象跟丢了,所以他继续开车跟着这辆出租车。为了掩护自己,蒋飞没有开警车,以免引起怀疑。在路上,蒋飞多次给赵军打电话。费了九牛二虎智力,才联系到他。

蒋飞感慨地说："联系到你真是太不容易了！"

赵军回答说："是呀，我也想早点联系到你呀，但是火车一直在隧道中穿行，一点儿信号都没有，我有什么办法呢。

赵军接着问："你在什么地方？距对象有多远？"

蒋飞回答说："我还有一个小时就要到溪东了。看来她的目的地就是溪东，这和她给出租车司机的包车费比较相符。"

赵军说："你辛苦了，我到达海拉尔后，立即乘坐你派来的车子到溪东去，晚上车子相对较少，差不多四个小时就准能到达，把对象交给我，就没你的事情了！"

蒋飞说："我只在车站跟踪这假小子几分钟，感到她气质高雅，就知道她不是一般人，她到底是什么人？犯了什么法？为什么不在滨江拘捕她，却要跟她千里迢迢跑到我们这里来？你是不是假公济私，利用职权追女朋友呀。"

赵军没好气地说："都什么时候了，你还开这种玩笑！我可是按法律程序办事的，我手中有滨江市公安局的传真为证。"

蒋飞回应道："传真只说你来了解我们破获的汽车走私案的，你却指名要我配合，给我布置盯梢一个漂亮女人的任务，这说明什么呢？难道她会在这里走私汽车吗？"

赵军笑着说："你少耍贫嘴了，小心把对象跟丢了！"

第十二章 侦探诈死

第二天凌晨，赵军到达了海拉尔。随后，他乘坐海拉尔公安局派来的汽车直奔溪东。沿途的城市、村镇夜晚灯光明亮，景色迷人。只是在某些路段上，由于当地老百姓在地里燃烧玉米秸秆，烟雾弥漫，影响了能见度，汽车不得不减速行驶。在一个烟雾弥漫比较严重的地方，赵军要驾驶员把车速放慢到每小时40公里。就在这时，一辆出租车尾随而来，双方虽然紧急避让，出租车还是擦了一下他乘坐的这辆车的左后门，司机一见，忙在前面50米处停下，等后面的车也停下，出租车司机连忙走向前，向驾驶员道歉，并表示愿意赔偿损失。为赵军驾车的驾驶员检查自己车子损坏程度，见到只是擦掉一块油漆，要求出租车司机赔了100元的修理费。

这两辆车上的乘客都没有下车，他们在干什么呢？他们都在窥视对方车中的人，都在猜想对方车中的人为什么不下车，车中坐有几个人？由于车窗都关着，看不见有几个人。不过警车驾驶员在下车前，赵军让他注意一下出租车里坐了几个人，长像如何。其实这是赵军的一种职业习惯，他不期望得到什么。他没有意识到这时会有人来跟踪他，他确信他的秘密行动只有李四海和马锡良知道，对手不会知道。

驾驶员坐进汽车准备开动时，顺便对他说："这辆出租车是我市最大出租车公司的，就在公安局隔壁，他知道我是公安局司机，所以主动停车、要求赔赏，而且车里人说：要多少钱给多少钱，由他们拿。车里坐着三个身体壮实的人，大概是做生意的吧，不在乎钱，否则乘火车也挺方便的，不一定要包租出租车，这样成本挺高的。"

赵军警惕地问："这车子是不是一直在跟踪我们，从海拉尔就开始了？"

司机回答说："当时车辆多，在海拉尔市区有不少出租车，但是离开市区后，出租车就少了，在离开海拉尔几十公里后，我没有发现出租车跟在我们后面。刚才,我才发现有辆出租车跟在我们后面,而且是海拉尔市的,这其实也是很正常的,所以我没有在意它。怎么了?你感到有问题吗?”

赵军回答说:“没什么,不过要注意他们,看是不是在跟踪我们。你把车开慢一些,让他们走在前面。”

警车驾驶员按照赵军的意图,把车开到70公里/小时速度,而这条高速公路最高时速是120公里/小时。两车相距300米,然而出租车似乎不愿意走在前面。这不由得让赵军警惕起来,刚才它为了超车,在烟雾当中紧追公安车,现在让它先走,它却在后面慢吞吞不肯走在前面,其中肯定有问题!为了证实自己的怀疑,赵军让司机在路边把车子停下来,佯装进行检查,这样出租车才不情愿地开到前头去了。

车继续向溪东前进,出租车开得异常地快,不一会儿就没了踪影。赵军也要警车加快速度,车速达到140公里/小时,想追上出租车,跑了近半个小时也没能追上。就在赵军打消自己的疑问,认为出租车是属于正常行驶,而不是为了跟踪警车时,他要驾驶员把车速放到120/小时,正常行驶。过了大约五分钟,驾驶员从后视镜中发现那辆出租车在他的车子后面大约四五百米处。更令他惊奇的是出租车见他的车子放慢速度,也放慢了速度,不想超过他们。驾驶员把这一发现告诉赵军,赵军也从后视镜中看到那辆车。他不能不警惕起来。蒋飞嘱咐驾驶员借给他的微型冲锋枪就放在后座位他的身边。他拿了出来,将装有五十发子弹的弹匣子装在冲锋枪里。他拿出手机,给蒋飞打了电话。蒋飞问他在什么位置,他说以及靠近溪东的一个城市。蒋飞表示对象在他严密监视之下,请他放心。

赵军说:“有一辆出租车在跟踪我们,你和溪东县联系一下,派巡逻车来策应我,据驾驶员说,出租车上有三个年轻力壮的人,看来他们是从海拉尔车站就一直跟踪我们,出租车号牌是海A005431……”

赵军的话还没有说完,只见那辆出租车像发了疯似的以不低于160公里/小时的速度追了上来,而且车子压着超车道半个路肩行驶。说时迟,那时快,转眼之间,就要追上来了。赵军命令驾驶员加快速度,不让出租车超过,尤其是不让它和自己的车子平行作业。经验告诉他,利用车子枪击另一辆车上的人,必须在平行行驶时最为有效。赵军问司机,这是什地方?司机回答说这是葫芦山,大约有十几公里路程。赵军瞥了一眼车窗外面,路两边都是高约一二十米的山坡,长满了树木。出租车选在这时加速并想超过他们,显然是别有用意的。

赵军不时提醒驾驶员:“出租车里坐着坏人,他们想枪击我们,再加大油门,不让它超过去!不让它超!注意保护自己!”

开警车的是一个老驾驶员,曾经驾车和罪犯、匪徒枪战过多次,接到赵军的命令后,他把车子开到路中央,左右摇摆前进。这时,出租车离他们的车子只有十几米了。尽管出租车的喇叭响个不停,警车就是不让。这儿离溪东只有五十多公里,半小时即可到达了。如果出租车没有强行超车,继续跟在后面,也许是正常的;假如不惜一切代价强行超车,那他们的企图就一目了然。

正如赵军所预料到的,出租车不顾一切地要超车,驾驶员拉起了警报,但毫无作用。赵军紧握手中的微型冲锋枪,准备随时战斗。就在这时,出租车驾驶员利用警车驾驶员左右摇摆前进的规律,趁警车向右拐的瞬间,直冲了上来,车头接近警车车身一半,赵军大叫一声:“减速停车,跳车隐蔽!”

驾驶员猛踩刹车器,车头摇摆不定,车屁股则横向路中央停了下来,赵军和驾驶员借助汽车横在马路上、出租车还没有停下来的机会,打开车门跳下汽车,在地上翻滚几下,翻到路边的排水沟里。他们急刹车的突然举动,令出租车里的人措手不及。他们也赶紧刹车,可是已经跑了五十多米。等停下车,出租车司机下车大骂:“你他妈的为什么不让超车?你们公安有什么了不起?”

出租车司机骂了几句,并没有向警车跟前来。骂完后,见没有人理他,就又坐上车。赵军和驾驶员隐蔽在那里,观察动静。只见出租车启动后,迅速掉头往回开,在它开到和警车几乎平行的时候,一阵猛烈的射击,伴随着扔出的手雷,警车随即起火爆炸了。

出租车缓慢向前行驶,然后停下来,从车里走出两个蒙面人,站在那里,看着熊熊燃烧的警车,两人手上都提着冲锋枪,腰间还插着手雷。赵军自知寡不敌众,没敢轻易开枪。当出租车上的人确信公安车上的人必死无疑时,才上车扬长而去。

出租车开走了,赵军在身上摸了摸,发现手机不在了,他想给蒋飞打电话,请求溪东县公安局立即派巡逻队来阻截犯罪团伙。没有手机,只好等待了，他估计巡逻队很快就会过来的，因为刚才已经向蒋飞通报在葫芦山地区自己可能被出租车跟踪了，而且突然电话中断，蒋飞会知道他遇到了麻烦，一定会派巡逻队来支援的。赵军和驾驶员在排水沟后面的一个长满灌木的小山上隐藏着。这时有一些汽车来往穿梭行驶，看见那辆还在燃烧的已经变型的汽车，没有一辆车停下来，有的司机放慢一下速度，从车窗伸出头来看上一眼，然后加大油门，快速开走了，像躲避瘟疫似的。

不出赵军所料，大约 20 分钟左右，两辆巡逻车，拉着报警器，风驰电掣般地开了过来。这两辆巡逻车里的人在看见还在继续燃烧的汽车，立即将车停在路边，包括司机在内的八个人一齐下了车。为首的正是蒋飞。他下车后，跳跃跨过高速公路中间的隔离护栏，边跑边大叫道："赵军、赵军，你在哪里？"他奔到已经燃烧殆尽的汽车跟前，见里面没有人，他又四处张望。而其他七个人则端着枪，背对着还在冒烟的汽车，严阵以待。

赵军看到蒋飞后，站起来大声喊道："蒋飞，我们在这呢！"说着，下山走向了他们。

大家面对眼前的景象，搞不清到底出了什么事，有人甚至认为可能是他们的车速太快，撞上什么东西，才引起汽车起火的。而蒋飞明白，他们这是遇到了匪徒。

当赵军跃过排水沟，走上路面时，蒋飞问："你打电话说到了葫芦山，有辆出租车在跟踪你们，话就中断了，我不知出了什么事，立即和市局联系，两辆巡逻车就出动了。这是怎么回事？"

赵军和司机走到蒋飞跟前，其他巡逻人员也靠拢过来，大家都在等待听赵军说话。赵军摇摇头无奈地说："都怪我警惕性不高，差一点被他们打死了。我给你打电话时，正是歹徒乘的出租车在夹击我们，他们想把车子开到和我们的车子平行时，向我们开枪。我们不让他们的阴谋诡计得逞，他们就硬行超车，他们的车子比我们的好，速度也快，所以我们紧急刹车，跳车，想摆脱掉他们。歹徒以为我们还在车上，所以向车中开枪、扔手雷，企图炸死我们。"

大家不明白赵军的话，也不知道他此行的目的。蒋飞也只知道他是来监视一位美丽女人的行踪，要他配合，怎么也想不到会发生针对他本人的杀人行动计划。大家都想知道这是谁干的，难道有人要暗杀滨江市的警察？这怎么可能呢！传奇色彩太浓了吧，该不会是那个女人雇用杀手干的吧？

赵军不想对他们说出事情的全部真相。他说:“我市发生了副省长被害案,公安部已经通报全国,你们都知道了,我们还没有线索。这个女人是知情者,可是她不愿意和我们配合,向我们提供犯罪嫌疑人的情况,就是我要蒋飞帮助监视的那个女人,我想找到她,接近她,动员她和警方配合。蒋飞这样做了,对象到了溪东,我连忙赶过来,谁知半路上杀出一个程咬金,差一点送了我的命。我也不知道这是谁干的。

溪东县的交警已经做好了准备,只要有海A005431号牌的车子经过,他们马上查扣,并立即用电话通知我。到现在也没有消息,说不定那辆车子已经下了高速公路。但是不管从哪里下高速公路,都会被查扣的。

蒋飞说:“你先到宾馆休息吧,交警马上就会来勘察现场,进行处理,等明天再录你们两人的口供,现在是夜里凌晨四点,你从滨江乘火车到现在还没有休息、吃饭,火车上吃的那点东西管啥用,恐怕早就饿了。”

赵军没有说话,与蒋飞坐进一辆巡逻车。车开后,都没有人说话。赵军眼睛盯着前方,他在思考刚才发生的事情,为什么对手行动如此迅速、准确。这说明这几天他们不仅在想方设法寻找林苑的行踪,而且一直在监视着他的举动。他临时决定买车票到海拉尔,对手就已经知道了,他们跟踪他到火车站,注意他的行动,一直跟踪到海拉尔,见他上了警车,继续跟踪,跟踪的出租车也许是冒充的,说不定是他们在海拉尔的同伙接到通报事先准备好的,如果是出租车,司机不会同他们配合默契。作案后,出租车离开现场,交警做出了部署,准备拦截海A005431牌号的汽车,可是到现在没有任何消息,这说明,车牌号是假的,作案后他们更换了号牌,所以交警没有查到那辆车子。同时也说明黑帮分子也知道林苑到了溪东,他们的目的是干掉我,然后再对付林苑。他们大概认为我已经被炸死了,为了尽快逃离现场,没有来得及仔细检查,就驾车逃跑了。

赵军感到任务更加艰巨了。他此刻担心的不是他自己,而是林苑。一旦他们查到了她的落脚点,她的生命就十分危险了。在高速公路上他们居然敢于用手雷对付自己,可见他们有多么疯狂。而林苑如果认为她已经脱离虎口了,很容易放松警惕,这样他们的目的就更容易达到了。

想到这里,赵军急忙问蒋飞:“林苑确实在我们控制之下吗?她住在什么地方?周围环境怎么样?”

蒋飞不紧不慢地说:“你放心好了。她到一家贸易公司后,就没有出来。这家公司正好和我们派出所隔街相望。我已经在派出所布置人,24小时监视,只要看见她出来,立即跟踪过去。她今天才到几个小时,而且是晚上,她是不会出去的。她的特征那么明显,很容易识别,你就放心吧!等一会儿你到了,就可以把她交给你了。”

到达溪东县后,为了便于工作,赵军表示不愿意住在宾馆里,就住在派出所的值班室里。他简单吃了一点东西,然后用保密电话把遇到的情况向李四海做了汇报,他回到派出所值班室已经是凌晨五点了。赵军和衣躺到床上,很快就沉沉入梦了。

林苑来到溪东后,落脚在奥美贸易公司。范莉是这家公司的老板,她是关海龙的大学同学。毕业后回到家乡,开办了奥美贸易公司。这是一家对外贸易公司。

范莉大学时主修的是工商管理专业,在她的科学管理下,公司得到了迅速发展,并在俄罗斯的符拉迪沃斯特克设有分公司。她曾动员关海龙辞职与她一起做生意,关海龙也想在外面闯一闯,但是由于父母身体不太好,不同意他去。这次,关海龙突然给她打电话,介绍堂妹关英到她的公司工作,作为关海龙的好朋友,范莉表示非常愿意接受。

范莉见到关英后,觉得她气质高雅,举止不凡,是个受过良好教育的人,她心中非常高兴。公司正缺少素质高的员工,她来了能帮助自己做不少事。范莉问长问短,热情地接待了关英,还给她准备了丰盛的晚餐。但是,她发现关英的话语不多,有时似乎有话要说,结果却咽回去了,范莉凭着女人的直觉感到关英有情况瞒着她。

吃过晚饭,家庭工人收拾停当,她把关英叫到自己房间说:“你是关海龙的堂妹,我和关海龙是好朋友,所以你也是我的堂妹,我们是一家人。关海龙没有向我具体介绍你的情况,你长得这么漂亮,举止很高雅,又是大学毕业。为什么不在滨江工作,而来到遥远的内蒙古呢?当然,如果你不方便说,我也不勉强。我一样真诚地欢迎你,请相信我。”

林苑见范莉这么爽快,就把目前遇到的麻烦,毫无保留地向她讲述了一遍。

范莉听了林苑的讲述,对她的不幸遭遇深表同情。于是说:“公司就在派出所对面,周围有围墙,围墙上有电网,外人想闯进来是不可能的。你暂时不要走动,你宿舍里有电脑,你可以在宿舍办工,帮我从互联网上寻找客户和信息。从今晚开始,我不让别人到你这里,这样就不会有人发现你了。需要什么东西,你告诉我一声,我派人去购买。观察一段时间,如果没有异常情况,就派你到符拉迪沃斯特克去那边的分公司去做经理,现在的经理能力不行,不会和俄国人打交道,我看你比较合适。你虽然没做过生意, 但你做过投资总监, 对市场有很好的把握能力, 我相信你肯定比他强!"

范莉的一番话,使林苑深受感动,而且林苑对范莉的安排也很满意。她希望能够早一天把她派到符拉迪沃斯特克去, 当一个普通的员工就满意了。她认为自己是逃难来的,不是为了做什么经理来的。她知道黑帮分子是无孔不入的,公安局的触角深入到每一个地方,已经向全国发了通缉令,而她却躲在派出所的眼皮子底下,只要走漏一点风声,就休想逃脱。而范莉的公司,与派出所离得这样近,对防止窃贼和入室抢劫是有好处的,但是对一个被通缉的人来说显然是很不利的。她把自己的担心向范莉说了,范莉同意尽快安排林苑去符拉迪沃斯特克。

晚上,林苑睡了一个安稳觉,这是自从被卷入杀人案以来睡得最好的一晚。醒来后,她感到全身轻松,精力充沛。随后,她用了早餐。早餐是西式的,有面包、果酱、牛奶、热香肠等,相当丰盛。林苑悠然自得地吃着,服务人员不时给她倒饮料。

此时,心情放松下来的林苑,变得活泼开朗起来,她对为她服务的服务员产生了兴趣,于是就愉快地与她聊了起来。林苑问她是哪里人、多大年龄、家住哪里等,服务员一一作了回答。她是辽宁山区的一个贫困农家的女孩子,在溪东打工已经有三年了,一直在范莉家,名叫陈霞,今年刚刚19岁。陈霞为人老实、手脚勤快,深得范莉喜欢。范莉给她的工资与公司中层干部差不多。林苑对她说,我们都是帮范莉做生意的,你搞家务,我搞财务,我们都是凡姐的人,以后你就不要对我这么客气,我会照顾好自己的,你也不要叫我什么小姐,我叫林苑,叫我林姐就可以了。后来,为了林苑的安全,范莉干脆让陈霞照顾她了。

吃晚饭的时候, 溪东电视台的一条新闻引起了林苑的注意:"据我台刚刚收到的消息,昨日夜间,在海溪高速公路葫芦山附近的凤凰山路段,海拉尔市公安局一辆警车在行驶途中爆炸起火燃烧, 驾驶员和一名公安人员不幸遇难,事故原因正在调查之中。”

这条消息刺激了林苑的神经。林苑马上意识到,她是夜里一点才到达溪东的,走的就是那条路,也经过了葫芦山,那里一段道路确实视野比较差,比较弯曲。新闻里只说是警车爆炸起火,只说是事故,但是没有说是什么事故,是人为破坏事故,还是驾驶员驾车事故,或者是汽车本身出的机械事故,为什么不交代清楚呢?公安人员是处理事故的人,现场应该是很明确的,警方为什么不交待清楚、而要含糊其词呢?难道与我的案子有关……

林苑不敢往下想。在张庄,黑帮和警察为了抓她就发生了的枪战。不过,那一次双方都没有人员出现意外事件,但是这一次却有两个警察遇难了,难道他们是为了寻找我而被害的吗?这样的话,我不是又犯了一条罪行吗?

不!这些同我毫无关系,他们双方谁死了同我都没有关系。再说,他们的行动怎么可能这么快呢,怎么可能知道我到溪东,他们现在即使见了我,恐怕都很难认出来。昨天在滨江火车站,我知道有便衣警察在监视每一个乘车的旅客,他们根本没有发现我,乘车的旅客中没有林苑的名字,警察和黑帮肯定都查过计算机储存系统,他们找不到我的名字,怎么能跟踪到这里呢?林苑竭力安慰并告诫自己:不要草木皆兵,把自己搞得神经兮兮的。

犯罪分子企图杀害赵军而未遂的事件发生后,赵军迅速向李四海做了汇报。李四海将计就计,策划了赵军被害的新闻,新闻画面是溪东县警方向电视台提供的,电视画面上有汽车被烧焦的镜头。

李四海这样做深得赵军赞同,他们估计对手在看了这条新闻后一定会忘乎所以,除掉了赵军,他们就可以大胆地对付一个女人了。但是为了使这条消息发挥作用,李四海还必须在滨江市制造新闻热点,迷惑敌人。这种感觉就像指挥部队一样,利用孙子兵法上的话说,就是兵不厌诈。好在赵军只是一个人,妻子已经和他离婚,说他遇难,不需要做家属的工作,减少了不少阻力。

李四海郑重其事地向关良汇报说:“赵军到海拉尔后,乘坐海拉尔市公安局的警车到溪东县,途中发生了重大交通事故,警车爆炸起火,他和驾驶员遇难了,我打算派马锡良到海拉尔去处理善后工作。

关良一听,非常震惊。他埋怨李四海不该在孔彬被害案还没有头绪的情况下派他去海拉尔。他说:“赵军是滨江市的优秀警察,培养这样一个人才很不容易,为了走私汽车案而牺牲,实在让人伤心。”

李四海只好伤心地检讨自己计划不周, 太大意了。李四海感到很痛苦,他认为不该向关良隐瞒事实真相,可是关良死心踏地跟随吴峰,为了赵军的安全和人民群众的利益,他不得不这样做。

我们听到这一消息,个个扼腕叹息,流下了伤心的眼泪。有人向李四海提出到海拉尔为战友送别,接回他的骨灰;有人要求为他举行一个盛大的追悼会,以寄托哀思。李四海耐心解释说,等马锡良把残余事情处理完之后,带回骨灰后再商定开追悼会的事。

李四海还没有来得及向马锡良说明情况, 就在刑侦处全体成员会上宣布赵军出差去海拉尔调查一起重大汽车走私案、途中发生重大交通事故,汽车爆炸起火发生了燃烧,据当地电视台报道,车上两名警察遇难,溪东县公安局要求我们派人去处理后事,马锡良一下子晕倒了。这对搭档一起工作已经八年了,在和犯罪分子的斗智斗勇中,配合默契,攻破了一个又一个堡垒,擒获了一个又一个穷凶极恶的匪徒,使犯罪分子听到他们两人的名字,闻风丧胆。在和匪徒顽强搏斗最危险的时刻,赵军和他多次不顾个人生命安全冲锋在前,他们不愧是生死的兄弟。

赵军多次和他开玩笑说:“我死了,光棍一条,无牵无挂。你如果出了差错,我怎么向你老婆交代呀?你女儿找我要爸爸,我怎么回答她呀?再说,我俩共同执行任务,你死了,而我却活着,这像话吗?别人会怎么看我呢?”

在赵军的妻子不理解他而要求离婚的时候,马锡良做了很多工作,但是最后还是失败了,马锡良大骂她不通人性。

马锡良醒过来后, 会议室里只有他和李四海两人。他悲戚地哭了起来,李四海轻轻坐在他身旁,扶着他的肩膀说:“你怎么这么软弱?刚才是刑侦处全体人员会议,这里面会不会有内奸我不敢肯定,但是我们一些行动计划经常被泄露出去,不值得我们警惕吗?黑帮厉害得很,他们紧紧跟踪赵军,他下了火车就坐上了当地公安局派去的警车,他们就跟踪他了,到了那个易于作案的山地,他们向警车开枪射击、扔手雷,赵军和驾驶员机智地跳车，才幸免于难。为了赵军的安全，并抓住那几个犯罪分子，我们就将计就计、迷惑他们，分散他们的注意力，以便我们早日侦破案件。”

听了李局长的话，马锡良恍然大悟，他睁大眼睛，盯着李四海，足足有10秒钟没有说话。他自嘲地说：“我怎么没有想到呢？真是太笨了！”

李四海接着说：“我们的对手以为他必死无疑，所以我们将计就计，就说他死了，迷惑他们，这对直接擒获罪犯，解开孔副省长被害之谜是有帮助的。我派你去处理善后，其实是要你去协助他，完成任务。现在是关键时刻，敌人以为清除了追踪林苑道路上的绊脚石，他们就可以放心大胆地去干了，这正是我们的好机会。”

马锡良转悲为喜，急切地问道：“我什么时候出发？”

“你明天早晨乘飞机去海拉尔吧，我给海拉尔市公安局的蔡局长打电话，要他派车把你护送到溪东。派你去的事情，我已经向关局长说了，他会向省里领导汇报的，我们的对手很快就会知道，不排除他们也对你下毒手的可能，所以你要特别小心，不要麻痹大意。”

就在这时，会议室电话铃声响了。李四海拿起电话，是吴峰打来的。

吴峰假惺惺地说：“四海同志，请代表我向赵军同志的家属致以亲切的慰问和崇高的敬意。赵军是个好同志，为了侦破走私汽车案件，不幸遇难，省政府准备追认他为烈士。你要代表我向全体侦查员们问候，要他们化悲痛为力量，向赵军同志学习，振作精神，发奋工作，争取为人民再立新功。”

李四海在接听电话当中，气得两弯眉毛拧成了疙瘩，左手紧握拳头，关节发出咯咯的响声。等吴峰讲完最后一句话时，他只是说了一句话：“谢谢吴省长的关心，我们会努力的。”

听了李四海的回答，吴峰补充道：“你更要节哀，我知道赵军是你的得力干将，一时感情上接受不了，这是可以理解的。但是不要影响工作，你是一局之长，孔副省长被害案还没有告破，杀人凶犯林苑还在逃，至今没有归案。而且她身上还有枪，是个极其危险的人物，不消灭她，我们就不得安宁。你不要因为赵军同志牺牲了而影响了工作！”

吴峰最后这几句话的语气是幸灾乐祸的，李四海由愤怒变得恶心。吴峰挂断电话后，他狠狠地将手中的话筒扔在地上，摔得四分五裂。

马锡良惊讶得目瞪口呆。他不知道是谁打来的电话，都说了些什么，但是从李局长的表情分析，肯定是省委省政府的领导打来的电话，而且肯定是对赵军的死幸灾乐祸，才引起他发这么大的火。

马锡良完全猜对了。李四海觉得没有必要给他解释，他就能够明白一切。

第二天早上，马锡良直接从家里去了机场。在妻子王红送他去机场的途中，他情不自尽地用左手盖在妻子握方向盘的右手上。妻子严肃地看了他一眼，他报以嫣然一笑。妻子不明白在这种时候他有什么好笑的。王红是刑侦处高级电脑工程师，和赵军也是好朋友。对于赵军突然遇难，王红的心情也很悲痛。

马锡良的笑，让王红感到莫名其妙。但是他们毕竟是恩爱夫妻，心有灵犀一点通，她感到丈夫似乎不是去处理赵军的后事，而是像往常那样，去和赵军执行一项重大的侦查任务。她不问他为什么在这样的情况下还能够笑得出来，对他点点头，用左手握方向盘，右手放在马锡良肩头上，然后滑向他的脖子。马锡良顺势把头靠在妻子肩头，他微笑着说："赵军还活着。"由于他的反常表现，王红对这句话已经不感到意外了。他深信李四海肯定有充分的理由宣布赵军遇难，是为了迷惑对手，因为他们把赵军视为眼中钉、肉中刺，必欲除之而后快。而宣布赵军遇难，可以使他们放松警惕，为警方破案争取时机。

王红很激动，把车开到路边停下，抱住丈夫的头，深情地吻着他，不为别的，就为丈夫带来这么好的消息而给他的奖赏。全局干警都还不明白事情真相，沉浸在悲痛之中，但是天机不可泄露，否则王红恨不得马上把车开回去，向全局战友通报这一好消息。

吴峰的心情无比激动。赵军死了，马锡良又被派去处理善后工作了，李四海手下两员干将不能插手案件的侦查工作，使李四海失去了控制破案全局的机会和能力。这样，他就可以通过关良动用全局干警，尽早解决林苑了。他甚至乐观地认为，林苑从地球上消失指日可待。为此，他亲自召集公安局领导和刑侦队的人员开会，进行动员，要他们全力以赴，在一个月之内，活捉林苑。如果她敢反抗，就地解决，不必请示领导。他还解释说，这不是他个人的意见，是省委省政府的意见，不允许讨价还价。并且这是省委省政府下达的死命令，全体干警必须坚决服从。

在会议上，吴峰说："赵军同志因公光荣牺牲，我很难过，我为失去这样一位优秀的侦查员而痛心。省委省政府已经做出决定,追认他为烈士。同志们,我们要化悲痛为力量,做好自己的本质工作,以捉拿林苑的实际行动,来告慰亡灵。”

一些不明真相的干警为他的动情的说词所感动,表示决不辜负省委省政府领导的殷切期望,以实际行动报答领导对公安干警的关怀和爱护。

吴峰最后说:“赵军同志是李四海局长精心培养的业务尖子,他们两个人有着深厚感情,赵军同志遇难,他很难过,一时接受不了这个事实,是完全可以理解的。在这种情况下,还给他繁重的工作任务,是不明智的,也是不合情理的。所以我和关良同志商议,暂时不给他具体工作任务,让他休息、思考,逐步减轻他的精神压力,他一直没有休息过,利用这个时候休假,让他调整一下心态,以便更好地投入到下一步的工作中去。老李已经50多岁,长年累月工作,从来没有好好休息过,我们做领导的应该多关心老同志。这不仅是我个人的意见,这也是省委省政府的决定。”

吴峰是以省委省政府主持常务工作的领导身份说的这些话,多么冠冕堂皇啊!多么动听啊!他想利用这个机会,剥夺李四海的权力,为实现自己不可告人的目的准备条件。

吴峰发现他的决定使参加会议的人除关良外,没有一个人脸上的表情是赞成的。大家开始在动脑筋,李四海是从来不休假的,不仅是他,就是刑侦处的干警也没人休过假,这已经成了不成文的规定。在孔副省长被害这样重大案件还没有破的情况下,怎么能让主管侦查工作的副局长休息呢?难道真的是关心他吗?还是这里面有不可告人的目的呢?

干警们心里都明白,孔副省长被害,是那三个和林苑发生枪战的人干的,案情分析也是这样。可吴峰他们坚持让公安局全力以赴去抓林苑,而不是去抓捕那三个人。当然,抓林苑也是有道理的,因为她当时在现场,也有嫌疑,抓到她最起码可以为破案提供线索。但是他布置干警打死她,借口是她有枪。这样做可以避免干警遭受不必要的牺牲。

这些情况李四海和一些干警在会上都说过,可是他就是不接受,通过不懂法律的关良局长来贯彻。但是他们心里有数,是不会轻易向林苑动武、置她于死地的。与会人员似乎逐步明白了隐藏在这起重大案件后面的东西。他们虽然没有说什么,但是心里有数。他们认为应该按李四海局长的思路去办案。

李四海非常清楚自己的下属们此刻在想些什么，他充分相信他们的判断能力，不管外界给他们施加多大的压力，他们都不会偏离正确轨道的。正因为他有这样的信心，所以对关良的瞎指挥一点儿都不感到担心。

李四海觉得是自己表态的时候了。他异常平静地说："赵军遇难我当然很伤心，不过我们这些侦查员们，哪一个不把生死置之度外呢？这几年牺牲的侦查员，赵军不是第一个，也不是最后一个。假如我们牺牲一个同志，其他人就悲痛得倒下，那是一支什么队伍？和平环境下牺牲的人最多的就是我们警察。因为社会上有犯罪分子，有和犯罪分子互相勾结的恶势力，其中不乏党内腐化堕落分子，他们仇视公安干警，把我们视为眼中钉、肉中刺，必欲置之死地而后快。但是他们善于伪装，躲在阴暗的角落，向我们射冷箭，所以大家要吸取经验教训，防止他们从暗处袭击我们。"

李四海说到这儿，停顿了一下，看了看吴峰阴沉的脸，又看了看关良懵懂的样子，他感到很开心，但是他丝毫也没有流露出来。接着，他话峰一转说："感谢领导这么关心我，让我休息。但是在战场上指挥员不能因为自己的战士牺牲了，感到难过就去休假。工作是我的权利，除非我倒下了，我希望向赵军同志那样：拼到最后一刻！"

李四海的慷慨陈词，赢得了与会者的阵阵掌声。

关良见吴峰碰了软钉子，赶忙打圆场说："正如李四海同志说的，省委省政府领导，尤其是吴副省长，对他非常关心，怕他伤心过度，让他休息，我也完全赞成。老李既然不愿意休息，那就继续工作吧，关于破案上的事，当前的重点仍然是解决林苑的问题，这个方针不能变。"

方针是靠人去执行的。这些公安干警们，会听他的指挥吗？

赵军死里逃生。他深刻反省自己的麻痹大意，竟然一直被对手从滨江跟踪到海拉尔，而自己竟然毫无察觉，以至使对手到凤凰山对他下毒手，如果不是驾驶员驾车灵活，及时刹车，他们利用出租车冲到前面的一瞬间，跳车翻滚到沟里，肯定必死无疑。

当然，对手也犯了一个小小的错误，以为他们还在车里，以为他们不会这是要谋杀他们，会在车里等着跟超车者算账，所以故意让驾驶员先下车大骂他们不让超车，以迷惑他们，然后在没有看清车里是否有人的情况下，疯狂向汽车射击、扔手雷，没有弄清楚是否把他们炸死，就仓促离开了，哪知车虽毁而人却未亡。赵军感叹道：智者千虑必有一失啊！他们前面干得那么漂亮，可虎头蛇尾，前功尽弃。

赵军在派出所想了一天一夜，反思这次行动的不严密、不细致，轻视了对手，差一点儿送了命。现在对手肯定还在溪东；他们对他研究得很透，一眼就能认出他，而他对他们却毫无所知，就是坐在他面前，他也认识。自己在明处，对手在暗处，如果再不提高警惕，就只能成为冤死鬼了。

马锡良的到达无疑会给他很大帮助。派出所里的人都不认识他，电视新闻中说有两人在一起交通事故中遇难，并没有说明是谁，没有介绍详细情况，普通老百姓也不会对一起交通事故感兴趣。但是为了严格保密，在蒋飞的具体策划下，赵军临时改名叫朱坤，马锡良改名叫张强。派出所里的人当然不会怀疑他们叫这两个名字。他们穿上警服，在派出所值班室日夜监视奥美贸易公司人员进出情况。

范莉的公司不论白天和晚上大门都是紧闭的。蒋飞找借口到她的公司去了几次，根本没有发现林苑的影子。派出所所长同范莉很熟，借口换户口本到她的公司，范莉客气应酬，除了她年迈的父母和佣人外，没有见到其他的人。但是蒋飞坚持认为，他按照赵军描绘的从海拉尔下了火车、乘出租车到溪东的那个男孩发型的女人，确实进了范莉的公司。而且进去以后一直没有出来，他坚持认为，林苑肯定还在里面。于是派出所所长打电话给范莉，对她说，按照户口管理规定，你的公司最近业务开展得不错，是否增加了新的职工，包括搞家务的，如果有，要到派出所登记，如果你没有时间，我们可以登门办理。范莉说现在没有增加新的职工，如果吸收新的员工，她一定会主动到派出所申报临时户口。

赵军和马锡良一连在派出所待了六天，没有发现出入范莉公司的可疑人员。派出所从各个方面进行的调查，也都毫无结果。马锡良通过与李四海联系，进一步核实，范莉是林苑男朋友的同学。所以，关海龙介绍林苑到范莉的公司工作是完全有可能的。蒋飞确信他跟踪林苑从海拉尔一直到奥美贸易公司，决不会有误差，他亲眼看见那个留着男孩子短头发的女人下了出租车，急匆匆走到范莉的公司大门，保安看到后，马上就把门打开了，好像是熟人似的进去了。她进去之后，门立即就关上了，看来在出租车上她们已经打电话联系好了。根据这些情况，赵军和马锡良也认为林苑应该还在奥美贸易公司。

他们并不为暂时没有发现林苑而着急。他们担心的是在凤凰山企图谋害赵军的那帮坏蛋,一旦发现林苑下落后,很有可能会出其不意地对她下手。他们能找到溪东,就能找到林苑的下落。在奥美贸易公司虽然比较安全,但是对一伙职业杀手来说,没有绝对安全的地方。为了防止出现意外情况发生,他们加大夜间巡逻的人员和次数,重点是奥美贸易公司周围。但是巡逻太频繁了会引起人怀疑,所以后来重点仍然放在派出所,日夜24小时不间断地进行监视,发现异常情况,立即出动。

溪东县公安局根据赵军的要求,对葫芦山作案现场认真进行了勘查,提取子弹头、弹壳和爆炸物残片,经过对痕迹、物证反复检验,确认罪犯使用的是美式折叠式762冲锋枪,爆炸物是投掷式手雷。溪东县的交警接连数天检查所有行驶的皇冠车,也没有发现任何可疑车辆,那个出租汽车号牌是假的,海拉尔市没有这样的号牌,他们对全市出租车进行一次检查,结果什么都没有查到。这说明罪犯利用在海拉尔的团伙或支持者,共同预谋作案,而且策划时间很短,枪支、爆炸物早就有准备好了,因为海拉尔可能有他们的据点,凡是黑帮组织,绝对不会只在一个地方活动。赵军认为滨江市还有很多工作要做,比如关海龙和杜艳的工作就很值得做,如果能把他们的工作做通了,也许能争取林苑主动和警方配合。那样的话,也许就不用冒太大的风险了。关海龙是警方最近发现的线索,杜艳虽然矢口否认在孔彬被害后和林苑有任何联系,那是因为她想竭力保护她,假如把我们的全部意图向她和盘托出,摆在她面前,让她权衡利弊,她应当会配合我们的。尤其要向她说明,黑帮为了杀人灭口,正在想尽各种办法来除掉林苑,要想保护她的安全,唯一的办法就是要她主动和警方配合,弄清孔副省长被害案的真相。然后,就可以名正言顺地缉拿杀人凶手了。

可是,究竟能不能说服杜艳和关海龙与警方合作呢?

马锡良说:“关海龙的情况暂时没有资料,而杜艳正义感很强,也很高傲,她根本不把一般的警察看在眼里。她知识丰富,能言善辩,一般人与她谈问题,她几句话就把你打发走了,让你根本插不上嘴。要做工作,还得你这样的英雄人物去比较妥当;可是你已经死了,怎么办呢?再说这儿也离不开你,所以只能暂时放弃这个计划。”

赵军说:“让我感到纳闷的是黑帮的消息怎么这么灵通,我们刚有什么动作他们就知道了,于是提前行动,在海拉尔预备了枪支、爆炸物和车辆,估计原本是预备杀害林苑的。可是他们不知道是哪一个车次,用谁的名子,在这种情况下,他们只好到车站全面监视,结果由于林苑剪了男孩发型,重新进行了包装,加上最后上车的时间短促,他们没有认出来。而我识破了假小子的庐山真面目,所以就决定来海拉尔了。这帮家伙嗅觉很灵敏,跟着我一起来到了海拉尔。他们判断我肯定是为了找林苑的,所以从滨江一直监视我。我下了火车后,公安局的车子在等我,同样他们的车子也在等他们。这就是挂着出租汽车号牌的那辆皇冠车,这个车子一直跟着我们的车子,到了葫芦山,地形对他们作案有利,于是就对我们下手了,因为除掉我始终是他们的一个目标,这样他们就可以全力对付林苑了。所以,我们一定要设法接触杜艳和关海龙,晓以大义,要他们提高警惕,防止上当受骗,危及林苑的安全。我的意见是你回去做她的工作,不要怕碰钉子,一次不行两次,就多去几次。精诚所至,金石为开。再说,你是来处理后事的,也不能待太长时间呀!”

马锡良信服地点了点头,表示明白老搭档的意思。

经过同李四海磋商后,马锡良捧着赵军的“骨灰盒”回到了滨江市。

吴峰把关良找去问道:“赵军到海拉尔究竟干什么去了?为什么会出事故?你知道其中的情况吗?”

关良说:“在侦破孔副省长被害案上,我与李四海同志是有不同看法的。我坚信省委省政府领导的意见是正确的,要坚决贯彻执行,也就是先解决林苑的问题,她肯定是杀害孔副省长的主犯,抓住她就等于破了案。但是她有枪,一定会负隅顽抗,在捕捉她时,遇到她反抗就消灭她,省得到检察院、法院转一个大圈子,反正她是死有余辜的坏蛋,如果她没有杀人,为什么要逃跑呢!可李四海他们就是不同意省领导的意见,认为杀害孔副省长的是那三个同林苑进行枪战的人,认为林苑只是个知情者,所以不同意对她采取强硬措施。我在这个问题上不让步,我说我是公安局的法人代表,有权做出决定,错了我负责。在这种情况下,支持他的两员干将,赵军和马锡良就感到无事可做。恰在这时内蒙古破获一起重大汽车走私案,与我省前一段查获一百多辆走私车可能是个团伙所为,这样赵军就去可以去海拉尔调查情况了。李四海事后跟我说了,我也同意了,谁知出了这么大的事故!虽然在一些原则问题上我同他们有分歧,但是对赵军的死,我还是很痛心的。全局上下感到十分震惊。我想过几天局里要举行一个隆重的追悼会，请民政部门赶快把追认烈士的决定发下来，在追悼会上一并宣布，这样对我今后的工作开展有好处。至于为什么出事故，我没有具体询问。”

吴峰说：“事故的现场在距溪东不远的高速公路上，他到海拉尔有理由可查，但是为什么要去溪东呢？难道他仅仅是为了调查汽车走私案吗？他到达海拉尔后，没有停留，就乘坐当地公安局的警车到溪东去了，发生在海拉尔的走私案，应该先在海拉尔调查才对呀！”

关良毫无准备，对吴峰提出的问题感到茫然不解，他甚至被搞得晕头转向的，不知道吴峰问话的具体含义，于是他只得摸了摸自己的头，瞪着大眼睛，一句话也说不出来。

吴峰不想把事情挑明，他只是为了考验自己挑选的人到底精明不精明。他认为，对于关良这样的人，只要他死心踏地听他的话、跟他走就可以了，实在没有必要跟他啰嗦太多。

第十三章 黄泥坎之战

这个计谋得到溪东市公安局主要领导支持，知道这个秘密的范围极小，就连赵军隐蔽的那个派出所干警也认为有个滨江市的警察在葫芦山出事故死亡，他们询问改名为朱坤的赵军："你认识赵军吗？他那么年轻，那么能干，在全国公安系统赫赫有名，却遇车祸死了，连尸体都找不到，成了焦炭，真是太可惜啦！"

朱坤无奈地说："我岂止认识他，我们还是好朋友，他死了，我非常悲伤，可是有什么办法，干警察就得随时准备牺牲。"

赵军在派出所，但是不能随便到处乱走，否则就会被对手发现、跟踪。他清楚地知道，在葫芦山企图杀害他的凶手肯定在溪东，他们要找到林苑的藏身地，然后设法除掉她。他们知不知道林苑藏在奥美贸易公司呢？奥美贸易公司在派出所对面，日夜受到暗中保护，这大概就是追杀她的人还没有下手的原因吧。但是如果她稍有麻痹，放松警惕，就会非常危险。所以他和派出所的干警必须密切监控奥美贸易公司的人员出入情况，不放过每一个可疑的人。

正如赵军所分析的一样，林苑确实在奥美贸易公司，不过这并没有让她感到安全，因为孔副省长被害后她所遇到的一切都说明，只要她活着，就没有安全可言，除非案件告破，那帮杀手们被绳之以法。所以她整天关在房间里，拉上窗帘，通过互联网上为范莉联系客户，通过互联网了解国内外大事，尤其关注滨江市发生的事。当她得知滨江市公安局的侦探赵军在葫芦山出事，感到很震惊，使她联想到张庄之战的情景，难道他们都知道我来溪东？是不是那天从滨江火车站上车时就被人看到了，追踪而来？完全有这个可能。我虽然进行了化装，但是有经验的人还是能看出破绽。我要更加小心才行。

林苑把她的想法告诉了范莉，范莉非常同意。她说："最近派出所长给我打电话,问我公司是否增加了新的员工,要是增加了需要到派出所报临时户口。其实派出所所长知道,我们公司是非常注意的,凡是增加一个或是辞退一个员工,都主动到派出所上报或是注销临时户口,从来没有要他们提醒,所长是有意试探。另外,好像派出所增加人手了,我发现夜里巡逻的次数也多了。只要你不出去就没事,如果有陌生人闯入咱们可以马上报警,你待在房间里别动就行了。”

为了林苑的安全,范莉又给她挪动了房间,将原来一间对外没有窗户的房间给她作卧室,防止有人从窗户向里射击或扔爆炸物。范莉说:“他们的目标是你,不是我,不会轻易对我动手,我的安全没有问题,你不用担心。”

随着时间的推移,人的警惕性会降低,慢慢地对自己的安全保护意识就淡薄了。林苑天天被关在房间里,时间一长,感到单调、乏味、烦躁起来。工作上,范莉明白他告诉她,没有任务指标,你想干就干,不想干就自个儿玩电脑,看电视、看书,干什么都行,就是不能出去。她尽量抽时间和林苑在一起,陪她玩、聊天,但是公司的业务压得范莉喘不过气,她根本没有多少时间陪林苑。

林苑对自己落到今天的地步,深感愤怒,她经常问自己:“我做错了什么?为什么要过这种暗无天日的生活?”

在林苑心烦意乱的时候,服务员对她说:“溪东县的夜景很美,看了让人心旷神怡;改革开放前,溪东县破破烂烂,没有一座像样的建筑物,经过十几年的努力,现在是这个小城市已经发展得很繁荣、很漂亮了。你可以抽时间去看看,总是呆在家里埋头工作,身体也吃不消呀!”

服务员的话拨动了林苑的心弦,她不想过这种蛰居的生活,就是冒险也要出去吸吸新鲜空气,否则她真的就要被憋死了。

这是范莉第五天早起出门了。出门前,她的脚步声传到林苑耳朵里,到林苑房间门口,脚步声停止了,大概是她想听听林苑房间有没有动静,如果有动静,她可能想与她说上几句话,对她几天来没能陪她而表示歉意。但是林苑躺在那里一动不动,范莉以为她睡着了,不忍心把她吵醒。随着脚步声的远去,范莉走了,忙她的生意去了。林苑躺在床上思考晚上出去的事。

这些天她度日如年,天天盼望时间运行得快一点。今天她的心情更加急切了。她希望太阳赶快升到中天、夕阳西下,月亮从东方冉冉升起。她一整天都在思考如何化装,使人认不出她。她要一改男孩子的模样,因为任何一种伪装,都只能使用一次,多了,就会露出破绽。她想:假如公安人员和杀手被她蒙混过去,在滨江火车站顺利过关,那得益于她突然改变了自己的整个形象;如果事后他们发现了她行踪的蛛丝马迹,一起追到海拉尔、追到溪东,在葫芦山相遇,那她就更不应该保持原来的模样了。范莉给她提供了各种假发、还有最先进的面模,套上之后,人的面孔可以完全改变,要识别几乎是不可能的,除非站在跟前用手触摸,而唯一改变不了的是说话的声音,只要记住不和陌生人说话,有人问话时不回答,就应该不会有事。

从下午开始,她就在精心地化装。化装对她来说并不难,况且还有必备的材料。她在化装过程中,服务员很好奇,站在一边看,化装好了,服务员拍手称颂,并说:"你这么漂亮,打扮成男孩子,实在委屈了自己。等你的头发长出来后,就不用这假发了。但是我不明白你为啥要带塑胶面模呢,它虽然柔软细腻,哪有你皮肤好呀,再说面模的相貌也没有你本来的相貌漂亮呀,你真是太美了,美得让人嫉妒……"

林苑不知道如何回答才好,她想了想说:"这里风大,天气也比较凉,空气比较干燥,皮肤容易发皱,带上面模,可以保护皮肤。"

赵军待在派出所值班室里已经好几天了,来派出所办事的人进进出出,他也不能够和他们交谈,只待在一间能够看清别人进出、而进出的人却看不见他的房子里。时间长了让他感到有点厌烦,他不知道林苑是否真的躲在奥美贸易公司。所以,赵军忍不住问蒋飞:"老战友,你是否弄错了,十几天了,怎么从来没见她露过面呢,范莉上下班我都注意到了,没有反常表现,派人去监视,结果是她整天忙于她的公司业务,一点也没有为别的事分过心,如果公司里藏了一个被通缉的案犯,她能够这么镇定自若吗?尽管她知道这案犯并没有犯罪,但是公安机关毕竟在通缉她、黑帮在追杀她,我们把赌注压在奥美贸易公司有点不太合适吧?"

蒋飞气呼呼地说:"你怎么啦!怎么这么没有耐心呢?你以为我是在开玩笑呀?我陪你受了一个多星期的罪,为你制造遇难的假象,为你办这么多事,为的是什么呀?不就是想把你那个大美人保护起来,免受伤害,使你接近她,通过她,抓住袭击你的凶手,帮助你破获兴民副省长被杀案、让你真正成为中国的福尔摩斯吗？你却怀疑我是否在说谎！如果不是看在老战友的面子上，我才不会干这种出力不讨好的傻事呢！”

赵军说：“你又扯到哪里去了？她怎么变成我的什么大美人，简直是乱弹琴！我什么时候说过你在撒谎？我有点着急了，要你帮我想想办法，她怎么还没有出现呢？如果她秘密转移了藏身地，被杀手们知道了，将她干掉，我怎么向李局长交代呢？滨江的黑幕何时才能揭开呀？我们再等一天，如果林苑还不出现，我们明晚潜入奥美贸易公司，仔细侦查一下，看她到底在不在里面。如果在里面，就将她拘留起来，如果不在，就要弄清楚她转移到哪里去了，我们不能再等了。你明天上午，将奥美贸易公司的平面分布图找人绘制出来，我们仔细研究一下她可能居住的房间，我们明天晚上行动！”

蒋飞盯着赵军，没有立即表态，他在思考他的行动计划是否合理。他们之所以等到今天都没有动手，并不是怀疑林苑在不在奥美贸易公司里，而是因为林苑成了惊弓之鸟，对寻找她的警察是有威胁的，她毕竟携带的有枪支，如果逼得太紧，会造成不必要的伤亡，而达不到预期目的。蒋飞把自己的想法告诉了赵军，要他慎重考虑，不能贸然从事。

赵军沉默不语，如果不是顾虑林苑会不顾一切进行反抗，为避免伤亡，他早就对她采取行动，将其拘留，然后给她解释，要她和警方合作，提供线索，早日破获孔彬被杀案。现在处于胶着状态，在这时候，一个侦查员要有耐心，沉得住气，不能急躁，否则将前功尽弃。

蒋飞的提醒，使他急躁的心情有所缓解。他向蒋飞点点头，表示同意老友的意见。

就在他们沉默不语的时候，赵军面前的报警灯闪动起来，这说明范莉家有情况。他们马上注视着马路对面奥美公司的大门。门开了，从里面走出两个女人，一高一矮，打扮得都很入时。她们的出现立即引起了赵军的注意，而且已经是晚上十点多了。派出所户籍警说：“矮个子的女人好像是范莉家的女服务人员，她到派出所报临时户口时见过，个子稍高的女人好像不是奥美贸易公司的员工。”

赵军和蒋飞迅速走出派出所，紧紧跟在两人的后面，只见那高个子女人长发披肩，上身穿着齐膝红色风衣，下身穿着黑色牛仔裤，双手插在风衣口袋里。她是不是林苑，赵军没有把握。她既然能以男孩打扮逃离滨江，就能装扮成各种美女形象。她走路时左手前后摆动，可右手始终不离风衣口袋，莫非口袋里握着枪？她出来不会不带枪。两个女人顺着大街走了三分钟，拐进一条小巷，这是直通河边的便道，只有奥美贸易公司的女服务人员才知道这条巷子是通向河边的。因为巷道弯曲，从这头望不到那头，一个初来乍到的人是不会走这条小路的。赵军判断那矮个子的女孩肯定是范莉家的服务人员。但是那高个子女人虽然从相貌看不像林苑。不过那走路姿势倒有点像在滨江车站匆匆赶路的那个假小子。当然，仅凭这点还不能断定她就是林苑，据派出所人员说，这个人不像奥美公司的人员，所以值得跟踪。

刚才在大街上来往行人还很多，可进了小巷，几乎很少有人。巷子长约 200 米，大约只有五六米宽，两边是一些比较破旧的房屋，通往巷子的居民家的门大多数都关着，不像大街上的那些商店、酒家，灯火通明，顾客盈门，这里显得极为冷清，胆小的女孩子一个人在这时候是不敢走这条小巷的。巷子里灯光昏暗，30 米以外就看不清人的轮廓了。这两个打扮入时的女孩为什么会出现在这里呢？这引起了赵军的极大兴趣。

两个女孩的步法缓慢，边走边交头接耳，在谈着什么。赵军和蒋飞也装作一对好朋友，边走边说笑，声音通过巷道传入了两个女孩耳中。

赵军故意大声说：“后天到镜泊湖的计划不能变，变了就不能按时回北京了，如果你不愿意，我就一个人去。”说的是标准的普通话。这时那高个子女孩回头看了一眼。过了几秒钟，那两个女孩突然加快脚步，向巷子另一头走去。为了不给对方造成跟踪她们的印象，赵军和蒋飞没有立即加快脚步。但是随着距离越来越大，他们也不得不小跑着紧跟其后。在过了一个小弯道时，他们看不见她们了，于是不得不快跑。他们转过弯道，看见巷道口海拉尔河边的灯火，看见就在她们快步走出巷道口的一刹那，突然停住了，并立即快速转过头往回走，赵军和蒋飞一时不知该怎么办，不知进退了，站在那儿犹豫了几秒钟，一声清脆的枪声传过来了，他们立刻明白发生什么事了。

他们迅速靠墙壁站立，以免被子弹击中，一二秒钟后，几乎是同时快速顺着墙壁往回跑。因为高个子女孩已经毫无疑问是林苑，她把他们俩当成杀手，为了摆脱他们，才快速向江边跑去，等她们跑到巷口后，发现有人堵截,向她开枪,所以又转身往回跑,她一定是发现了杀手堵在前面,不能通过,跑回巷道,以便寻找出口,摆脱两头夹击她的人,这时候如果赵军和蒋飞靠近她们,她会毫不犹豫地向他们开枪。

当赵军和蒋飞跑回到大街上时,那里的人群仍然川流不息。几声清脆的枪声从巷道传来,并没有引起大街上人的注意,即使有人听见响声,也不会认为是枪声,或许人们以为是谁家小孩在放炮玩呢。

这时一辆出租车开到他们面前停住,赵军迅速打开车门,坐进车里,对司机说:"我是公安侦探。"说着,拿出证件让他看。

驾驶员说:"你要去哪里?要借用我的车子……"驾驶员还想说什么,赵军用力把他推下车,对蒋飞说,"请你照顾好这位先生!"

蒋飞拿出证件在他面前晃了晃说:"我们是公安局的,正在抓一名逃犯,借用一下你的车子!"驾驶员丈二和尚摸不着头脑,以为遇到了抢劫犯,正想喊叫,因为大街上人很多,只要一喊,就会有人前来相助,但是他的嘴吧还没有张开,就听到从巷道里传来枪声,他似乎明白了什么,车子也不要了,拔腿就跑,边跑边恐惧地喊:"杀人了!杀人了!"大街上的行人看他这样不要命地奔跑,联系到还在响着的枪声,也都拼命向大街东、西两头奔跑。迎面而来的行人不明究理,也跟着跑。但是更多的人则是涌进大街两边的商店、酒楼,那些迎宾小姐对突然涌入这么多的顾客接应不暇,欢迎光临也无法叫了,只好站在那儿陪笑脸。

赵军坐在车里,蒋飞站在巷道口,不时向里瞥上一眼。他们俩虽然没有来得及交换意见,但是,作为两名优秀的侦查员,都知道他们要干什么。他们判断,当林苑回头看不到他们时,就不会认为他俩是杀手同伙,因为倘若是的话,他们不会跑,一定把她堵在巷道里,从两头向她射击,那她就一定难逃厄运。他们跑了,林苑就能安全地跑到大街上,赵军开出租车在巷道口停着,林苑必定会迅速钻进出租车内,等她上了出租车,蒋飞则可以随后跟上,迅速缴下她手中的枪,赵军驾车就走,这样林苑就在他们的控制之下了。两个男人控制一个女人,她有天大的本事也休想逃脱了。这是两个侦察员不言自明的行动计划。

事件的发展正如他们所预料的。由于巷道弯曲,加之光线昏暗,使杀手们的枪法大打折扣。范莉家的服务员右胳膊差点被子弹击中,吓得她倒在一个烤马铃薯的大铁桶旁边。林苑说:"他们要杀的是我,你躺着别动!"

她不知道她听见了没有，顾不得那么多，自己弯下腰，快速向后撤，并不时回击一枪。

在枪声停息一刹那，蒋飞探头向巷道里看了一眼，迅速向出租车这边跑来，赵军示意他不要急于到车子跟前，自己却慢慢启动车子向前滑动，不给人以停在这儿等人的印象。就在这时，从巷道里冲出一个女人，她扫视一眼大街，街上几乎没有行人，她难以汇入他们之中，却看见一辆出租车，她右手插进口袋里，用左手向出租车招手，赵军停下车，她迅速拉开车门，闪进车里，蒋飞紧随其后，从车的另一面拉开车门，右腿已经跨入车里，却想不到被她踹了一脚，跌倒在地。

女人大声叫道："这车我包了，开车！"在说这话的同时，枪口已经抵在赵军的后脑勺上，如果他稍有不从举动，后果不堪设想，因为她不信任她不熟悉的任何人。杀手马上就要追上来，没有犹豫的时间，车子开走了。开了不到五十米，一辆出租车快速开到巷口停下，从巷道里跑出三个人，几乎同时从三个门上了车，紧紧追赶赵军的车子。赵军明白，葫芦山的事故又要重演了。他想把车子开到公安局，但是他不熟悉道路，只好顺着大道向西开，他想蒋飞此刻一定会和巡逻队取得联系，阻截凶犯。赵军想取得林苑配合，一面开车一面说："我把车开到公安局就安全了，我是滨江市的公安局侦探赵军，是来保护你的……"

话还没有说完，林苑就用左手从赵军身上把出他的手枪搜走了。这时她说："你加大油门开车，不准开到公安局，如果你敢把车开到公安局，我就开枪打死你。你顺着大道一直开下去，我就不会杀你，只要摆脱了他们，我们各走各的道！"

追赶他们的车紧跟其后。不一会儿，几十辆警车出现在了大街上，那警报声惊得市民心惊胆颤。可是，蒋飞也不知道赵军把车子开到哪里去了，急得团团转。他被林苑蹬下车并不意味着他的失败，因为他不想对她动硬的，怕那样做可能会使她孤注一掷，危及双方的安全。因为她的枪对着赵军的脑袋，如果他强行上车，首先危及的是赵军生命安全。他马上用手机拨打 110 报警，要求巡警迅速出动，拦截追赶那辆车号为海 P00574 号出租车，巡警把各条路口都把住了，盯着每一部出租车，就是不见那辆出租车。因为溪东县城不大，十几分钟就可以出城了，当巡警车开出到达一些路口时，两辆出租车都已经开出溪东县，风驰电掣般向前飞驰。

这条201国道是四车道，路况很好，适宜汽车高速行驶。出了县城，追赶赵军的出租车在路边停了一分钟，迅速将出租车号牌换上公用车号牌，将出租车号牌扔进路边草从中。当它再次追赶到离赵军驾驶的出租车约100米处时，在一处路灯的强光照射下，赵军看到了车牌换了，他断定这就是在葫芦山谋害他时使用的那辆车。赵军说："后面的车子追上来了，我们的车子没有他们的车子好，跑不过它，当它追上时，就会向我们开枪，还有手雷、炸弹，你把枪还给我，我们弃车逃跑是唯一的出路，否则我们两人都得完蛋。如果你不同意，我下车，你开车逃跑吧！"

林苑不吭声，眼睛紧紧盯着后面的车子。

赵军再次提醒她："不管你愿意不愿意，哪怕你开枪打死我，只要追赶我们的车子在超车时被别的车子堵住，就是我们弃车逃跑的最佳时机，我一定停车逃跑，这一带是农村，又是丘陵，他们追我们不会占到任何便宜。请你相信我，难道我们两个男警察对付不了你吗？我们怕引起你误解，动起武来伤害到你，并不是你比我们高明。"

林苑还是不说话，她在思考赵军的话。现在她才明白那个抢着要上车的男子也是警察，同他是一伙的。她承认他说的话有道理，但是她不知道怎么对付他，如果把枪还给他，他会不会用来逼迫她听从他的指使，甚至乘机收缴她的枪，使她束手就擒，落到公安局手里。如果是这种结局，她早就应该向公安局主动报案，何必躲到今天呢！如果不给他枪，他无法和杀手对抗，杀手不仅会打死他，自己也不是对手，那样恐怕就真的没命了。

林苑感到进退两难。眼看着追赶他们的车子就要追上了，赵军凭着高超的驾车技术，占据超车道，行车道上有四辆大货车在行驶，但赵军故意不急于超越它们，只占超车道，使得追赶的车子只好跟在屁股后面。赵军提醒林苑："趴下！"声音很大，林苑乖乖地紧贴车底盘爬着。

赵军几乎把头贴在驾驶盘上了，车速并不快，和几辆大货车的最后一辆并行。大货车司机不知到这辆车处在超车位置上为什么迟迟不超车，有点不耐烦了。他心想：如果不是等你超过去，我早就走在前面了，你却不愿意超车，我超了。大货车的车轮压着黄线，表明它要超前面的车子，后面的车子不响喇叭，说明认可它超车。大货车缓慢地超车，当它的车身和前面一辆货车交错到一半时，赵军突然鸣起超车喇叭，而且快速地从它的左边冲了过去，左边的车轮紧擦公路中间的水泥分割带，当车子冲到大货车前面时，大货车司机刚好把车子开到超车道路中间，后面的车子别想从它旁边超过去了。大货车司机愤怒地咒骂超车的出租车司机，狠狠地从车窗口向外吐了一口痰。这时，后面另一辆公务小轿车拼命按起喇叭，大货车司机从后视镜瞥了一眼，冷笑一声，心里想，老子才不会上你的当，你要快，那就飞过去吧。他感到很奇怪，今天晚上到底怎么了，怎么遇到这么多疯子，让他超车他不超。你正准备超车时，他偏偏在这时超车。我现在正在超前面的车，你按什么喇叭？神经病！你越按喇叭，老子就越慢慢开，看你能怎么样！

眼看被追的出租车已经消失在视野之内，而大货车又不让路，坐在车上的高明气愤不过，手伸出车窗外，举枪射击，随着枪声传入大货车司机的耳中，后视镜被击中，镜片掉到地下，他还没有反应过来，又是一声清脆的枪声传来，他吓得出了一身冷汗，赶紧将车子向右靠，他右面的大货车见此情景，放慢速度，让那辆大货车靠过来，以便让路给小汽车过去。

当超越的小汽车经过那辆大货车身边时，杨高明又举枪向大货车前轮胎开了一枪，随着巨大的爆炸声，大货车剧烈震动后停下，而后面的货车紧急刹车，结果仍然撞在前面的货车上，一对车灯撞瘪了，路上一片混乱……

赵军利用这几分钟的时间，将车开到最大速度，把对手丢在后面5公里远的地方。但是他清楚，一旦那辆车超车成功，只要几分钟就能赶上。现在是弃车逃跑的最佳时机，再不果断行动就没命了。前方有一条黄土小道，赵军判断可能是行驶拖拉机的，他减速，车向右靠，离它约30米远处看清楚确实是一条农村土便道，可行驶拖拉机和大货车等。赵军毫不犹豫地将车开上便道。

林苑质问道："你要干什么？"

"逃命！"赵军回答得很干脆。

他们只有三五分钟的时间，讨价还价已经没有任何毫无意义了。

小车走在这种路上十分吃力。那货车和拖拉机轧过的车辙，深的有五六十公分，如果车轮陷进去，底盘就会压在路面上，让你动弹不得。赵军只好顺着路边开。可是一不小心，后轮胎掉进水沟里。他凭经验，车子显然弄上不来了，于是决定弃车逃跑。

赵军像指挥自己人一样，大声喊叫："带上枪，快下车向山坡上逃跑！"

赵军不管她是否愿意,自己下车跑在前面。林苑紧握着手枪,跟在他后面。赵军想等她一下,她大声喊道:“你向前走,不要靠近我!”

赵军本来打算将车开到山坡前隐蔽起来,不被杨高明他们发现,可开到中途不得不弃车逃跑,车子离马路不到三十米,并且没有遮避物,一眼就能看得到,休想逃过杨高明他们的眼睛。他想早知道把车抛弃在国道上就好了,那样可以多出几分钟逃跑的时间。这时候追赶的车子已经看得见了,果然不出所料,他们也把车停在路边,顺着土路追了上来,离他们已经不到 100 米的距离了。

赵军逃到山坡上,后面是一片刚收割过的庄稼地,一点隐蔽的地方都没有,如果继续向前跑,他们在后面射击,必死无疑,只有利用这山坡,和他们对峙,或许能坚持一段时间,等公安局巡逻警察到来。他相信蒋飞很快就会发现他们逃走的方向,并来支援他们的。

赵军纵身一跃,趴倒在一棵松树后面,并对离他约 10 米远的林苑说:“卧倒、隐蔽!不要再跑了。”林苑看见在月光下收割后的庄稼地里一览无余,就毫不犹豫地卧倒在一块大石头后面。把枪还给我,请你相信我,你一个人对付不了他们三个职业杀手的,否则你连后悔的机会都没有!

在月光下,她看见那三个人手持三支冲锋枪,腰上还挎着手雷,火力确实很强,看来今晚真的逃不掉了。如果能够击毙他们当中一两个人,死了也算不吃亏,无论如何要留一颗子弹最后给自己,不能让他们抓住,尽情侮辱后再杀害。

三个杀手经过抛锚的汽车连看也不看一眼,就直接向山坡逼近。三个人分散开来,弯下腰,成半圆形,包围了小山坡。林苑看在眼里,急在心头,她一个人确实无力对付他们。

三个杀手停止了前进,各自蹲在山坡下的干涸的水渠里。这时喊话声传了过来,赵军早就预料到他们会这样做,打开微型录音机,录下了他们的喊话:“林苑,放聪明点!不管你逃到哪里,也休想逃出如来佛的手掌。在张庄没能找到你,是因为公安局的两个家伙在捣乱,否则你早就完蛋了。我告诉你, 那个助你一臂之力的大侦探赵军, 我们把他在葫芦山给火化了!什么交通事故,那是自欺欺人。当然,我们干得漂亮,他们也许真的以为是交通事故。你现在还想逃吗?逃不了啦。你看看我们手中的家伙,冲锋枪、手雷,我们只要扔两颗,就能把你炸得粉身碎骨。但是我们不想打死你,我们缺一个像你这样的女杀手,只要你愿意,我们可以接纳你入伙,你可以不必返回滨江,我们可以安排你在其它城市工作。告诉你,全国各大城市都有我们的人。你坐火车到海拉尔、再到溪东,我们都了如指掌。虽然碍手碍脚的赵军也来到了到溪东,但我们在葫芦山把他解决了。这都是我们的人干的,你逃到任何地方,我们都能查出来。你以为躲在奥美贸易公司不出来,以为有派出所保护,就万事大吉了吗?实际上,我们就在离派出所不远的一所宾馆的八楼,从那里可以用望远镜监视你。你刚出来我们就知道了,虽然你很会乔装打扮,但是我们还是能认出你来。你很幸运,逃到大街上刚好有辆出租车,你赶下司机,自己驾车,我们佩服你的机智和勇敢,能做到投资总监的职位,确实是个人才,我们也需要你这样的人,否则我们早就开枪把你解决了。我们想给你一次机会,给你三分钟时间思考,时间一到,我们立即动手。”

林苑从这熟悉的说话声音上判断, 他就是那天在健身会所被她用枪劫持的那个家伙,据说他也参与了张庄偷袭。对了,他应该就是那个叫阿明的。

能录下这样一段话,赵军显得很兴奋。假如他遭到不幸,只要有这录音带, 李四海局长就有办法破案了。但是怎么保存这盘录音带却成了问题。他果断地将已经录下的音带用塑料薄膜包好塞进枯树叶子里面,过后再来找。等赵军又装上一盒磁带,继续录音时,一颗手榴弹在他隐藏的松树树干上弹回去爆炸了,随着爆炸声刚落,喊话声又出来了:“你同意还是不同意,如果你不回答,我们就行动了,你大概想等警察来救你,拖延时间吧,我们才不会上你的当呢!”

说完这句话,三个杀手匍匐前进。赵军向林苑示意把枪还给他,否则两人都得死。他从口袋里摸出子弹匣,晃了一下,向她说明,子弹都在他身上,枪对她是没有用的。林苑思考几秒钟,猛然醒悟,当务之急是先打退这三个杀手的进攻,再和赵军论高低。她把枪扔给距她不到六米的赵军。赵军从地上抓过枪, 就像一个不会游泳的人掉进水里快要淹死时给他一个救生圈那样的感觉,心情无比激动。他将那装满子弹的弹匣,吧哒一声顶进手枪里。在这寂静的夜晚,这声音如此之响,以至那三个杀手听到后,不约而同地趴在地下。他们从这声音上判断,林苑给手枪上了一梭子弹,至少有 10 发,这是十分可怕的,必须小心谨慎,她藏在暗处,随时都有被她开枪打中的可能。他们三个人谁都不愿意死在这么个女人手上。

他们三个人中喊话的是杨高明。这时他挥了挥手,阿赞和阿伟从左、右两边向山坡后面迂回,目的很明确,他们要包围这小土山坡。

赵军有了枪之后,信心大增,认为他们要进攻绝对占不了便宜。令他担心的是他们那杀伤力极大的手雷,如果让他们完成包围圈,从三面向山坡上扔爆炸物,那是非常危险的,必须阻止他们。他趁着月色,瞄准左边的阿赞,开了一枪,顿时阿赞停止前进。他们非常有战斗经验,趴在地上前进时,总是找最有利隐蔽自己身体的路径,这样在运动之中,很难击中他们。但是赵军这一枪,却击中了阿赞的耳朵,子弹把他的耳垂给击碎了。他摸了一把,手心满是血。他想不到这女人枪法如此之准,差一点就送了命,不能再冒险,他停了下来。听到枪声,阿伟大惊失色,他趴在地上不动。杨高明一直在静观山坡上的动静,他判断了一下开枪者所处的位置,毫不犹豫地向火光亮处扔去一颗手雷,非常准确,正落在赵军刚才开枪的大松树旁边。

不过,赵军早有准备,随着一声枪响,接连在地上翻了几个身,翻到一个土坑里,抬头一望,林苑的脚正好在他的头顶上,他不假思索地抓住林苑的双脚,使劲一拖,把她拖进坑里。林苑正想反抗,随着巨大的爆炸声响,她隐蔽的那块石头被弹片击中发出火光,她明白发生了什么,明白了他为什么要把她拖到土坑里。坑很小,她不愿意和他紧贴在一起,扭动身躯,向坑沿上蹭。赵军小声说:"你如果想死,容易得很,只要站起来向他们打一枪,你身上立刻就会变成蜂窝,又何必东躲西藏呀!话音刚落,他又把她拖进坑里。紧接着几颗炸弹在他们周围相继爆炸,尘土、碎石块溅落了他们一身。

一阵爆炸声过后,山坡上又沉寂下来,杀手们不知道是否炸死了林苑。但是他们相信,即使炸不死她,也会炸伤她、吓死她,他们要静观一下,准备采取下一步行动。

赵军深知他们火力很强大,如果警察不赶快点赶到,僵持下去,对他俩是非常不利的。他小声对林苑说:"你乘他们没有发起进攻之前,悄悄从后面逃走,如果他们发现袭击你,我来掩护。你在这儿起不了作用,你只有几颗子弹,枪法又不准,只能吓唬人。他们有三支冲锋枪,还有,我们俩不是他们的对手。为了保护你的生命安全,你走吧,到哪里找个电话,打110

报警,就说有人被匪徒围困在一个山坡上。告诉他们,要仔细搜查山上一草一木,那里有罪犯喊话的录音带。至于你愿不愿意同警方合作,可以了以后再说。如果愿意合作,一定要找李四海局长,不要和别人接触。

话音刚落,他就猛地将她肩头使劲一按,将她推向自己的脚边。为了不使杀手们发现她逃走,赵军从坑里爬出来,在地上接连打几个滚,滚到一丛灌木后面,向高明那里连开几枪,马上又滚回坑里。他这样做的目的很明确,使杀手们趴在地上,从而发现不了林苑的行动。可林苑仍然趴在坑里不动。赵军愤怒了,按着她的头发,想使她后退,她一扬头,假发掉在地上,现出了在火车站那假小子模样。赵军看着她陷入尴尬境地,愤怒的情绪一下子消失了,情不自尽地捡起假发递给她。她接过假发,眼泪忍不住往下流。她顾不得擦眼泪,忙着把假发往头上戴,就在这时,一枚手雷落在离他们三四米远的地方,吱吱作响,冒着白烟,赵军一翻身,将林苑紧紧压在身下,而他的头则和林苑的头并排贴在地下,脸贴着脸,他的右手还压在她还没有戴好假发的头上。随着轰隆一声巨响,被炸飞的树枝、碎石块和尘土纷纷落在他们的身上。爆炸过后, 赵军重新和林苑并肩趴在坑里,林苑深情地看他一眼,发现他的上衣后背被弹片扯了一个大口子,背部皮肤也被扯了一道约10厘米的伤口,鲜血往外流。林苑急忙用手绢擦拭,不过伤势不重,只伤了皮肉。她一边擦拭,一边泪流不止,以至眼泪滴在伤口上。她知道,刚才她为了戴假发,头抬得比较高,如果不是赵军把她压在身下,她很可能被击中头部。她感动无比,将上身全压在赵军的臂上,头埋在他的颈窝里抽泣起来。

赵军冷静地说:"眼泪救不了我们,你要是信任我,就听我一句话,赶快离开这儿,去打110,叫溪东县公安局赶快派防暴警察来,将这伙匪徒一网打尽,我就是被他们打死了也值得。你是重要的证人,你不能死,你死了, 孔副省长被杀案恐怕就破不了了。你不信任公安人员可能有你的理由,但是你应该相信我们,我知道我们公安人员中有败类,有和犯罪分子沆瀣一气的人,有为了自己能升官发财贪赃枉法的人,所以我对你的不合作态度表示理解,在耐心地等待你,现在你终于明白了我们的一片苦心,我非常高兴。你放心,我们不会那么傻,抓住你后,再把你丢给那些别有用心的人,让那些勾结黑社会的有权势的人诬陷你害死了孔副省长,把你当替罪羊,送上法庭,掩盖他们罪恶的政治阴谋。你就是这样想才不愿意和我们合作。你过去做的没有错,如果你当初就到公安局报案,你的命运还不知怎么样。我们要为你保密,直至将那伙罪犯一网打尽为止。现在你应该听我的,你了解我的苦衷,你现在就走吧,还来得及!否则我们都有被打死的可能,你走了我会有办法对付他们,我可能更安全一些,因为你在这儿,会分散了我的精力。

赵军一边说话,一边注视着那三个杀手的动静。他们都在原地没动,大概是评估两次火力进攻的效果吧。

林苑不再怀疑赵军是为了保护她而陷入如此困境的,这都是她的错。如果当时听他的话,将车子开到公安局就什么事都没有了。如果当时不把他的同伙赶下出租车,多一个警察,力量也比现在大得多,完全可以对付这三个杀手。她知道赵军和他的同伴过去多次没有对她动武,胁迫她合作,一是怕伤害她,二是防止有权势的人把她当作替罪羊,否则她哪里是他们的对手!她深信不疑,像赵军这样的警察,在这危险时刻,完全可以摆脱这伙黑帮分子,但是他不顾自己安危,为了让她脱离虎口,让她先走。她感到以前自己误解了他。他要她先走,是为了破获孔彬被杀案,为了扫除可恶的黑社会组织,也是为了她的安全。但是,在这危急关头,她不能离开他自己一人先走。虽然她知道自己力量有限,但是多一个人总比少一个人好。她有枪,还有几发子弹,在关键时刻是能发挥作用的。

五六分钟后,赵军小声说:“已经僵持了快一个多小时,这里远离村庄,又是深夜,无人知道发生了什么,公安局又找不到我,所以才坚持这么长时间,我估计他们很快会发动新的进攻,不会这样僵持下去。你悄悄退到后面去,找一个能隐蔽的地方,不到关键时刻不要开枪,保存子弹。我们两个人在一起,不利于战斗。

林苑乖乖地从土坑中爬出,连滚带爬退到离赵军约20米的几块大石头后面。这是一个易于战斗的好地方,石头从三面围绕着她;但是,在这里看不到凶手活动,不像在土坑里,他们的一举一动都能看得很清楚。不过用不着担心,那里有赵军监视,如果凶手想从后面包围赵军,她就可以凭据这石头的掩护,向他们开枪了。

长久地僵持下去对杨高明他们是极为不利的。因此他们非常恼火。没想到行走江湖这么多年却被一个女人给折腾得这么惨!他们既诅咒她,又有些畏惧她。他们深知，她已经把生死置之度外，这是最可怕的，这也是她不投降、不屈服，沉着应战，使得他们无计可施的主要原因。他们当然没有想到，她多次涉险，都是因为有赵军等人在全力保护她。这次让他们高兴得不知所以的是赵军被解决了，以为可以放心大胆地去解决林苑，敢于在大街上乘车去追她，恨不得一口气吞下她。当她乘出租车离开市区，他们认为她犯了致命的错误，可以轻而易举地追上她，开枪或扔炸弹，送她上西天时，谁知被一辆大货车误了事，以致让她逃到这里，使她凭借有利的地形和他们周旋。

杨高明突然从隐蔽处举起双手，划一道弧形后合拢，阿赞和阿伟明白，这是让他们继续从两边包抄林苑。他自己用冲锋枪猛烈地向山坡上扫射，掩护他们两人行动。

赵军和林苑意识到决战的时刻到了，他们都非常清楚，取胜的关键是首先要隐蔽好自己，其次是沉着应战，不开枪则已，要开枪就要击中他们，打死一个，就削弱他们三分之一的力量。他们的优势就在于火力强大，一旦被他们发现自己所处位置，那就很危险了。所以不能着急开枪。因为杨高明用冲锋枪枪扫射，是漫无目的的，并不可怕，可怕的是那两个从两边包围他们的家伙。

他们快速前进。赵军为了阻止他们前进，从土坑中爬出来，故伎重演，在地上连续翻滚，翻到一棵松树背后，向右手那个匍匐前进者连射几枪，接着向左手那个人连射几枪，但是都没有击中他们，因为泥土地凸凹不平，有很多拖拉机碾过的车辙，一个人完全躺在里面藏身。他一连发射十几颗子弹，暂时阻止了他们俩的前进步伐，但是也暴露了自己。高明乘此机会向前推进了十米，接近山坡边沿，一旦他也上了山坡，有了隐藏自己的地方，就可以窥视山坡下的一切了，那将是非常危险的。赵军再也顾不了两边包抄他们的人，集中注意力对阵正面的高明，他是三人中的指挥者，将他击毙或击伤，就有可能迫使他们撤出战斗。两个包抄的人不会知道林苑隐藏在哪里，如果出现机会，她会教训他们的。

杨高明很狡猾，每前进一步，都要向山坡处猛烈开火，掩护自己，虽然没有明确目标，但是那子弹从左到右平射出来，威力还是相当强大的。稍有疏忽，后果不堪设想。接着，可怕的情景发生了。阿赞和阿伟从地上站了起来，从东西两面一起向山坡处发动进攻。三支冲锋枪子弹从东、西、南射向不足四十米长、三十米宽的小山坡，赵军只要一抬头，就有被击中的危险。由于赵军开枪时暴露了自己所在的大致位置，他再次返回土坑已经不可能了。他只好躲藏在松树后面，一阵阵子弹从他周围穿过，发出尖锐的呼啸声，他的右臂受了擦伤，血在往下流。他不能动，否则马上就会被发现，子弹会像雨点那样向他倾泻。

阿赞和阿伟见山上没有任何反应，就弯下腰，大胆地爬上山坡。离他们不过二十多米的林苑，眼看很快就要暴露自己，眼看赵军生命危在旦夕，她没有别的选择，就是用她那仅有的四颗子弹中的三颗，碰运气。她首先瞄准离她最近的阿伟，火光闪动，随着清脆的一声枪响，阿伟应声倒下。阿赞也被这突如其来的枪声吓了一跳，他赶紧卧倒，摸出一颗手雷，向后面开枪的地方扔去。那手雷砸在大石头上，弹跳回来，在离林苑五米处爆炸。林苑知道他们发现她所在的位置了，他们还会继续扔炸弹，她已经做好死的准备了，还有两颗子弹可用。她不知道刚才是否击中了他们，但是他们不敢再逼向赵军了。她为自己这一行动后果感到高兴。她此时是多么希望赵军能撤出战斗，打 110，调集大批公安部队全歼这伙歹徒，她就是死了也没有遗憾了。

赵军实在感谢她在这关键时刻打了这关键的一枪。不仅将那个家伙击倒在地，还使他们不敢再越雷池一步。因为这一枪使他们知道，这山上并不只有林苑一个人，至少有两个人，甚至更多的人，而且早有准备，把他们引到这里，使他们感到上了圈套，迫使他们主动撤出，就能解除危险。

高明看到阿伟应声倒下，生死不明，十分焦急。他判断还有一个人在帮林苑，也许是那出租车司机受了林苑收买，也许是她事先安排下的圈套，在那里埋伏其他人。但是不管是什么情况，林苑不是一个人已成了不争的事实。怎么办呢？如果他们有三个或四个人，而且作了准备，有隐蔽场所，和他们交火，能占到便宜吗？阿伟已经倒下了，如果再被他们击中一个人，我们三个人都将葬身在这山坡上。

就在杨高明犹豫不决之际，从他右边传来阿伟的声音："明哥，我没事，不要担心，你们要当心，她不是一个人，还有人埋伏在山上帮助她，向我打黑枪。"

听到阿伟的声音，杨高明吐了一口气，阿伟还活着，这可是个好消息。不过，他从阿伟说话的声音上判断，他受了伤，伤势可能还不轻，因为他说话声音有些颤抖，别人可能听不出来，而他一听就知道阿伟是带着痛苦说话的。

阿伟的说话声被赵军及时录了下来。这是他们三人中第二个人说的一句话也被录下了。

杨高明思考自己在没有弄清楚山上有几个人的情况下，就命令他们向山上进攻，是一个冒险行为，差一点送了阿伟的命。现在他仍然不知道山上有多少人，再要向上进攻，非吃亏不可。于是他故伎重演，不管三七二十一，端起冲锋枪，向山上扫射，接连扔出两颗手榴弹。阿赞和阿伟见状，也学他的样子，盲目地乱扔起来。因为山只有那么一点大，对赵军、林苑的生命威胁很大，他们必须趴倒在地，才能不被子弹击中，时刻注意身边可能飞来的炸弹，如果落在跟前，要在它未爆炸前踢走，或是自己翻滚身子，尽量离它远一点。林苑藏身的几块大石头帮了她大忙，阿伟向她所在地方扔了两枚手榴弹，都因为石头的保护她才安然无恙。赵军最危险，他躲在一棵松树后面，树不大，既有可能被枪击，又有可能被炸。但是他不为自己担心，而为林苑担心。而林苑却在这时候像发了疯似地从石头后面站起来，奔向赵军。赵军见状，像鹞子翻身那样，在地上连打两个滚，抓住她的双腿使劲一拖，她一头栽倒地上，就在这时，一枚手雷落在离她不到两米的地方，赵军眼急腿快，一脚将那手雷踢起足有一米高，五米远，还没落下就爆炸了。几乎就在踢手雷的同时，赵军用手在地上一撑，全身压在林苑的身上，保护着她，随着轰隆一声巨响，被炸起的树枝、树叶和泥土纷纷落在他的身上。

赵军从林苑身上滚下来，全神贯注地观察歹徒们的行动。他没有时间责备林苑的鲁莽行为；林苑为自己的一时冲动感到后悔，对赵军没有责备她感到惊奇。她看赵军握紧手枪，注视前方，才意识到关键时刻不能出错。她把头枕在赵军的腿上，悠然地想着，突然，感到自己的脸有潮湿的感觉。她用手指摸摸，是鲜血，她迅速台头一看，赵军的裤子被弹片撕了一道裂口，那血就是从那里流出来的。她扒开衣服一看，大腿上有一道5厘米长的伤口，血不断地流着。林苑心疼得哭了起来。

赵军严厉地瞪了她一眼，小声责怪道："现在有时间哭吗？握紧枪准备战斗！"

林苑用手臂擦了擦眼泪，握紧手枪，和赵军并肩趴在地上。

"离开这儿,像刚才一样!"赵军的语气仍然很坚决。

林苑感到委屈,一串泪珠挂在脸上,晶莹而透亮。赵军见了,用手替她擦去说:"如果不是你给那个家伙一枪,这山坡可能被他们占领了,我们也许牺牲了。可是你不应该冒着枪林弹雨向我这儿跑,你被打中了可怎么办呀?你应当相信我能对付他们。那是他们要撤退,为保护自己才那么干的,你明白吗?怎么能白白送死呢。好了,都过去了,他们没有占到便宜。你看,那个家伙一走一瘸的,准被你打伤了腿。

林苑随着赵军手指所向,阿伟最先撤退到较远的地方,蹲在路边的一棵树下。高明和阿赞则端着枪,有序地向后退。

林苑心中升起一阵狂喜:"他们撤退了!"

杨高明知道胜利无望,再要盲目干下去,非吃亏不可,阿伟没有被击毙,已经很幸运了,再说,每人携带的五颗杀伤力很大的手雷都已经用完了,现在要对付的是几个人,而不是林苑一个人,他们已作了充分准备,利用有利地形,冲锋枪再厉害,无法瞄准目标,是不能发挥作用的,所以他果断下达撤退的命令。

杨高明询问阿伟受伤的情况, 阿伟说:"明哥, 我的大腿被子弹击中了,为了防止流血过多,我用带子扎着,恐怕坚持不了太长时间,必须马上离开,到医院接受治疗。"说完,眼中露出乞求的神情。

杨高明什么话也没说,拍拍阿伟的肩膀,以示赞同。

阿赞搀扶着阿伟,向他们停的汽车走去,并对阿伟说:"我的耳垂被击破了,不过问题不大,血已经不流了,我们都很危险。"

他们坐进汽车,司机急忙问:"解决啦?用了一小时二十分钟,比解决赵军那小子多了一小时,这女人真不简单,我在这儿等得好着急,生怕公安局的警车开过来了,幸好他们没有来。"

"闭上你的臭嘴!"杨高明一肚子火没处发,司机俨然成了他的发泄对象。

汽车启动后,司机问:"咱们要到哪里?"他再不敢多说话了。

阿赞和阿伟在等杨高明的决定。阿伟担心自己的伤口如果得不到及时治疗,大腿肌肉坏死,就得截肢,那可就惨了!他为自身安全着想,不得不发表意见:"这儿离哪个县城最近,你就开到那里,到医院给我治伤,你把车子开快点,不要这么慢慢腾腾,耽误治疗时间,我跟你算账!"

司机很纳闷，怎么个个都像吃了枪子儿似的！他知道阿伟的伤势不轻，说气话还可以理解，但是杨高明也不应该发这么大的火呀，是不是他们没有解决林苑，反而吃了亏，所以个个脾气都很大。他想起他们在追赶林苑途中说，这一次她必死无疑，过去几次让她侥幸逃跑都是因为有赵军、马锡良在捣乱，现在赵军死了，马锡良领走他的骨灰回滨江去了，她能逃到哪里呢？没想到三个大男人去围剿一个女人，花了一个多小时，子弹都快打完了，阿赞和阿伟都受了伤，还没有搞定，难道赵军还活着？电视新闻里说他出车祸死了，骨灰都领走了，怎么可能还活着呢？但是今天谁同林苑在一起？她一个人有这么大的本事吗？

驾驶员似乎有很多问题要问，但是又怕遭到训斥，只好不吭声。他把车开向庄河，那里有比较好的医院。

杨高明一伙撤退了，剩下赵军和林苑在山坡上。为了防止他们以撤退为晃子，派人埋伏在附近，等他们下山，在没有隐蔽、没有准备的情况下，向他们开枪，赵军决定立即离开山坡，从山后的开阔地向远离公路的方向跑去。赵军看看自己的腿，已经不再流血，不妨碍走路了。他取了放在树枝上的录音磁带，和林苑走向山后，顺着一条干涸的水沟走，如果遇到阻截，水沟就是掩体。他想得很周到。

赵军笑笑说："你放心好了，我们一直认为你不是罪犯，你是被一起政治阴谋牵连进去的。我们会还你清白的。"

赵军停止前进，站在原地一动不动。半圆的月光照在她脸上，那一对大眼睛像湖水一样清澈，发出诱人的光芒。那尘土和汗水搅和在一起。

林苑笑了笑说："你们是谁呀？这一个多月来，你天天打听我的消息，对我紧追不舍，今天你抓到我了，赶快把我交给滨江市公安局，好立功受奖吧！"

林苑这句虽说是调侃的话，但是说出了他们俩下一步该怎么办的问题。其实林苑不说，赵军已经早有打算，那就是找个可靠的地方，将林苑保护起来，然后对今天晚上的战斗现场进行仔细勘查，提取痕迹物证，结合录音带，弄清楚他们是什么人。林苑必须保护起来，不让任何人知道，除非李四海、马锡良等极少数可靠的人。等到审判凶手的时候，再叫她出庭作证。那个被打伤的家伙，地上肯定流下了他的血，提取后，说明他到过这里，他无论怎么狡辩，都是徒劳的。想到这里，赵军很高兴，有了证据，不怕破不了案。

赵军深沉地说:“这个案子很复杂,如果你马上出现,我担心你的安全,所以我要把你藏起来。孔彬被害是一起政治阴谋,你懂吗?它不是一个普通的刑事犯罪案件,我们要和强大的政治势力作斗争,不能不警惕。你一直不和公安人员合作,但是我想你不会认为公安人员都不好吧?有些人在一定的情况下,不得不违心执法,因为他们没有权决定一切。”

林苑生气地说:“你还是没回答我的问题呢,你要把我藏到哪儿?要藏多长时间?”

赵军想了想说:“我还没有完全想好呢,但是大体上有了主意。我的老战友蒋飞是海拉尔市公安局的刑警队长,我到这儿来的都是他帮助安排的。他的父母是解放军高级军官,现在到驻外使馆当武官,他家住在军区大院,有好几道岗哨,非常安全,他在公安局有房子,他父母的房子空着,你住在那里比较安全。你留在那里,等事情有了转机,让你男朋友来接你。”

第十四章 正义的力量

他们边说边走，上了一条乡村公路，顺着公路走了大约半个小时，到了一个叫丁集镇的地方。镇子不大，大概有几千人口，干净、整洁，尤其使他们感到高兴的是在镇子边沿有一家外表看似不错的旅馆，他们看到后，兴奋得几乎叫了起来。

这是个三层小楼，有二十几间房子，是个装饰很有风格的家庭旅馆。

此时已经是深夜三点钟，旅馆的门关着。他们敲门，一个睡眼惺忪的女服务员开门一看，吃了一惊，以为是遇到了两个逃跑的犯人，只见他们满身泥土，好像被活埋过又从土里挖出来一样。服务员欲关门拒客，可为时已晚，林苑已经进屋站在她后面。服务员紧张地问："你们是……"她还没有说完，赵军笑着说："别害怕，我们不是坏人，是旅客，从海拉尔过来的，在路上遇到路霸抢劫旅客，我们反抗，打起来了，从车上打到地下，他们有枪，我被开枪打伤了，逃跑中迷了路，在你这儿住一晚，你放心，我们都有身份证。"说完，他拿出身份证给她看。

女服务员将信将疑，接过身份证，看了一眼，疑惑地说："你们是外地人呀？"

赵军没有说什么，而是把警官证递给女服务员。女服务员看了之后，怀疑全消了。笑着说："你们把我吓了一跳，我以为遇到了坏人了呢，本来想喊叫，又怕你们动武，没喊出来。空房间多，你们要住几间都可以。房子里有电热淋浴器，好好洗个澡，我再给你们热点饭菜，吃饱了好好睡一觉，恢复体力。楼上、楼下都有房子，你们要几间？"

赵军和林苑相互看了看，谁都没有说话，显然服务员把他们当成男女朋友关系了。

服务员又说："你们定不下来，我看干脆住在三楼吧，三楼清静点。走吧！跟我上楼。"

到了三楼,服务员问:“要几间房子?”

林苑说:“我们要两间房。”

服务员说:“到底要几间?你们不是夫妻?是朋友还没结婚吧?那还不住在一起呀,犹豫什么呀!都什么年代,还是从大城市来的,你们思想也太不解放了吧。我看给你们开个大套间吧,住一起,互相之间有个照应。”

服务员一边说着,一边不容分说地把他们带到一个套间说:“你们先洗澡,我去给你们弄点吃的。”说完,转身就要走。

林苑说:“好吧,套间就套间吧。哦,对了,你等一下,旅馆有没有公用衣服,你看我们身上这么脏,不换衣服怎么行?”

服务员说:“这好办,我家除了旅馆,还开了一个服装店,就在隔壁,我带你们去选,价格明天再谈,不会向你们多要钱的,只是衣服样式土一些,不像大城市卖的时装。”

他们俩跟着服务员买了内外衣,回到房间,关上了门。

赵军说:“你先洗澡吧,我给蒋飞打个电话,随后我再洗澡,然后我们吃点饭,好好睡一觉。我们最多只能睡二三个小时,抓紧时间吧。”

林苑明白他的话,自个儿走进浴室洗澡了。

赵军拿起房间里的电话,拨通了蒋飞的手机。听到赵军的声音,蒋飞激动地说:“你还活着呀?怎么到现在才打电话?溪东县公安局出动一百多名干警到处找你,连个影儿也没有发现,你现在在什么地方?需要我做什么呢?”

赵军说:“一言难尽,明天见面我再详细告诉你。我现在要你帮我做几件事:告诉公安局领导,我没事,感谢他们为我所做的一切。请县公安局马上派人到一个叫立新的镇子,再走约三公里有个叫黄土坎的地方,有一条拖拉机道路,通向一个小山坡,那里有我强行开走的出租车,到那里马上就能看见,请他们把那个山坡和通往山坡的拖拉机道路及周围30米地方保护起来,明天我和你们一起勘察现场,我就是在那里被歹徒包围,和他们激战的。你们到黄土坎,把现场保护好后,明天九点钟左右,你到离黄土坎大约五公里的丁集镇来接我,我住在镇上唯一的一家旅馆里。你听明白我的话了吗,补充说一句,告诉出租车司机,我将赔偿他的损失,明天他肯定会到公安局反映情况。

蒋飞回答说:“谢天谢地,你还活着就行了。那个劫持你的女人怎么样？你是怎么制服她的？”

“什么制服！本来她就是个受害者，你来了以后就知道了，现在别多嘴。”

赵军放下电话，传来林苑的声音：“请你把我的新衣服给我拿来好吗？我只顾洗澡，忘了拿要换的衣服了。”

赵军摇摇头：“这……”

“什么这个那个的，我总不能光着身子出来吧！你拿来，我把门开条缝，你把衣服递给我就可以了。”

赵军拿着她刚买的内衣，走到浴室门口，扭头向外，说：“衣服来了，我不看，你接着。”

说罢，他把拿衣服的手伸向浴室的门边。足有十秒钟，林苑都没接，他不觉回头看一眼，浴室的门敞开着，林苑除了用浴巾遮住隐私部分外，全身赤裸，真是好一幅美人出浴图呀！只可惜她是别人的女朋友。”

他们各自洗完澡后，狼吞虎咽地吃了饭，不觉已经四点了。激烈的战斗消耗了他们的精力，赵军往沙发上一倒，就进入梦乡了。而林苑蜷缩着身子，像小猫一样，躺在床上，一会儿也进入了梦乡。

林苑和服务员外出，遭到三个不明身份的人的拦截、枪击，并且整个晚上都没有回家的消息传到范莉耳中的时候，急得她像热锅上的蚂蚁一样团团转。不时训斥服务员不该带林苑出去，不该在没有和她商量的情况下，就擅自作主，以致闯下这么大的祸。服务员被枪战的场面给吓晕了，清醒后，想到当时的场面，整个身体不受控制地瑟瑟发抖，对女老板的指责，除了自责，他一句话也说不出来。

范莉也无可奈何。她心里十分明白，由于自己工作太忙，最近很少有时间和林苑交谈，使她感觉受到冷落、心情不愉快才私自外出的。她知道这件事不能怪服务员，她无权阻止林苑外出。她向服务员发脾气，只是为排解心中烦恼。林苑生死不明，她怎么向自己的好朋友关海龙交代呀！他前天还打电话询问林苑的情况呢。

蒋飞按照赵军的部署，把情况向溪东县公安局领导作了汇报，公安局领导下令，立即派人封锁了黄土坎，保护现场，派出侦查专家同赵军和蒋飞一起进行勘察。

蒋飞在上午八时出发到丁集镇去接赵军。县公安局勘查人员直接到黄泥坎等候赵军。兵分两路。

一个多小时,勘查人员先到黄泥坎,巡警保护着现场。

蒋飞九点半到达丁集镇。在镇的东头有一家叫好再来的旅馆格外引人注目。他将车子停在门前,赵军已经从里面走出来。看到他那身衣服,蒋飞笑了笑说:"走吧?干警等我们一起去勘查现场呢。"

"你把我送到黄泥坎去,然后把你监控的人送到你家里住下,你再立即返回来,我在县公安局等你。"

"她愿意和我们合作?不会乘机逃跑?"

"不会的,我已经做好了她的思想工作。我们掌握了犯罪分子的重要证据,现场勘查还可以搜集一些重要证据,比如血迹,他们中的一个被林苑击中,肯定会留下血迹;他们向她喊话被我录了音。有了这些东西,不怕找不到他们。我也被他们打伤了,我要到镇卫生所去消毒、包扎一下。"

"她人呢?"

"在里面。刚吃饭。走!进去叫她。"

他们走进旅馆,昨天晚上接待赵军的那位服务员,看见穿警服的蒋飞,再看门前停着警车,大声嚷道:"你怎么到现在才来?你看他们俩昨天晚上那狼狈不堪的样子,我以为是一对逃犯,把我吓坏了,之后他给我看警官证,原来是从滨江来的警察。你是来接他们的吧?"

就在她嚷嚷之际,林苑提着脏衣服下楼了。蒋飞听了服务员的话,看着赵军和林苑的表情,似乎明白发生了什么,但是又不能肯定。赵军用什么力量使林苑彻底改变自己的主张同警方合作了呢?就在他这么想的时候,服务员又插嘴道:"别忘了结账!你们住的是唯一的套间,优惠价,200元不算贵吧?"

赵军微笑着,林苑的脸一下红到脖子根。

蒋飞为了打破这尴尬局面,对林苑说:"你真厉害,一脚把我踢下车,我这个大腿到现在还在痛呢。"

赵军在蒋飞的臂上击了一掌说:"别贫嘴!等胜利了,我们请你在海拉尔最有名的饭馆吃饭,菜由你随便点,花多少钱你不用管。"

"就这样打发我?不行!到时候我要踢我的人在吃饭的时候给我按摩受伤的腿。"

林苑红着脸说:“对不起,蒋大哥,到时候我一定给你按摩。”

赵军走向收费处,交了钱,从林苑手中接过脏衣服,三个人一起走向停在外面的汽车。

到达黄泥坎,赵军和蒋飞向有关人员作了交代,又回到汽车上,开车向溪东进发。

回到溪东县公安局,赵军同李四海通了话,请求指示。李四海告诉他,最近省委开过几次常委会议,五大班子人员都参加了,关良代表公安局也参加了会议。会议由关良局长汇报孔副省长被杀案侦查情况,认定林苑是杀害孔副省长的凶犯, 原因可能是她与孔副省长私通, 时间长了想摆脱他,孔副省长不愿意,威胁林苑,于是林苑假惺惺地告诉他,她回心转意,希望他在周末同她共度良宵。孔副省长欣然前往,谁知喝下了她放了有毒的饮料,中毒身亡,就在她离开天马健身会所的时候,遇到几个持枪盗窃犯,他们想乘夜晚无人之机撬盗保险柜,林苑以为是去抓她的公安便衣,于是先开枪射击,那三个人还击,发生枪战,值班保安出来查看,被流弹击中死亡。所以林苑是真正的凶手。至于那几个盗窃犯是谁,可以合并到滨江市几年来没有破获的特大盗窃保险柜案并案侦破。当务之急是在全国范围内捉拿林苑,捉不到活的,死的也好,只要证明她确实死了,我们就可以结案,向中央写报告。

李四海说:“关良的分析实际上是吴峰的分析, 得到五大班子主要成员的赞同,这也是意料之中的事。我不得不在会上明确提出不同看法,我说孔副省长究竟是谁害死的,现在下结论为时过早,林苑是凶手的证据不足。我的意见,他们不接受,也是意料之中的事,但是我不能不说出来。你可以不必马上急着回来,把葫芦山、黄泥坎事件的所有证据材料搞好,每样两份,千万保存一份,我派人到你那里拿来一份,进行研究,找出嫌疑人。你暂时不要回来,需要你回来时,我会通知你的,到那时,你和林苑的突然出现,将会是一颗重磅炸弹,彻底粉碎他们的阴谋。你和林苑都要注意安全,你要做好她的思想工作,和我们密切配合,这是她求生存的唯一出路。你们千万不能在这时候出事,要充分估计对手的能量,你两次遇险,就是明证。”

赵军听完李四海的指示后,同蒋飞一起,在溪东县和海拉尔公安局的大力支持下,顺利完成了李四海交代的任务。

杨高明他们将车开到庄河市第一人民医院，已是夜里四时。在急诊室，阿伟向值班医生主诉自己在打猎时枪支走火，击中自己腿部。医生解开紧紧扎在大腿上的裤带，要他脱下长裤，发现他的小腿肚子肌肉被子弹贯穿一个洞，裤管被血浸透，小腿被血染红了。医生责怪为何到现在才来看，阿伟说自己一个人打猎，受伤后没法行动，过了很长时间，才遇到几位不相识的好心人发现，用车把他送到这儿。医生并不怀疑，耐心细致地给他清创、消毒、包扎，打了预防针，服了抗生素，并要收留他住院观察一二天，才能出院。阿伟慌称，他在海拉尔工作，妻子也是医生，他回海拉尔后住在妻子所在的医院，几位好心人也回海拉尔，他顺便坐他们的车回去方便。医生并不怀疑他的话，让他们走了。临走时医生还交代，一定要注意防止伤口感染。阿华对这位医生感激涕零。

他们从庄河驱车直奔大连，住进一家独资企业办的五星级宾馆，洗漱完毕，已经是早晨七点五十分。到自助餐厅，每人狼吞虎咽，撑直了腰，回房倒头就睡，直睡到下午五点。

杨高明下午二点钟就醒了。起来从冰箱里拿出啤酒，边喝边想。他不明白是谁和林苑在一起，难道是那个出租车司机？这不可能！他们在通往江边的巷道里袭击林苑，是突发性的，林苑不可能事先预料到，她要是预料到有人袭击她，就不会冒着风险出来；她不可能事先安排出租车在那里等她。他亲眼看见她上了出租车，才坐上自己事先准备好的车子紧追逃跑的出租车。这车子是他们预备打死林苑后逃跑用的。上次炸死赵军用的就是这部车子，后备箱里放的是枪支弹药。

难道林苑已经同警方合作，引诱我们上钩，想抓住我们，或者打死我们的一个弟兄，弄清楚和林苑在开发办进行枪战的人是谁，然后抓住我们，宣布破案吗？公安局的关良局长明确表示孔彬是被林苑毒杀的，要全力抓住她，或者打死她，就可以宣布破案，但是副局长李四海不同意林苑是毒害孔彬的凶手的结论，他可能派人在保护林苑，赵军就是其中的主要人物，但是他被我们埋葬在葫芦山，马锡良领了他的骨灰返回滨江，没有再来内蒙，任萍说关良告诉吴峰，他一直在滨江公安局上班，关局长有时打电话要他报告孔彬被害案的进展情况，目的是了解他是否在局里上班，是否被李四海指派出差去了。任萍打电话告诉他的这些情况是不会错的。既然赵军、马锡良没有帮助林苑,那么谁在帮助她呢?

杨高明握紧拳头,狠狠擂了一下茶几。接连受挫,使他心烦意乱。所幸的是他们没有被打死或当俘虏,公安局还不知道他们是些什么人。但是任萍多次来电话询问进展情况,流露出欧阳山对他们不满的情绪。尽管她没有明说,是想安慰他们,不给他们造成太大的心理压力,她的良苦用心令他感动。他清楚知道,一旦他们失败,欧阳山会毫不犹豫地处置他们的。

下一步该怎么办呢?回滨江去,任务没完成;不回滨江,还能找到林苑的踪影吗?她不会留在溪东,她会上哪儿去呢?要知道她的去向,还得从滨江市公安局那里了解情况。这次她到海拉尔的消息,还是通过跟踪赵军才了解的。然后得知关海龙有个女同学在溪东开了一家贸易公司,于是判断林苑就藏在她家,耐心守候十几天,终于等到她乘夜晚到江边去玩,本来可以等她靠近开枪打死她,可是发现她身后有两个男子过来了,加上阿赞第一枪太臭,没有击中她,使她侥幸逃跑。平时枪法最准的阿赞,在不到30米距离内,竟然没有击中目标,太不可思议了。这个阿赞坏了我们的大事。阿伟也不中用,在黄泥坎只顾往前跑,差一点被打死,要是丢下他的尸体,我们早就全完了。想到这儿,杨高明身上冒出冷汗。

阿赞、阿伟都起床后,来到杨高明的房间,坐下后,都默默无语。下一步该怎么办,心中都没有数。每个人脸上阴云密布。阿伟感到无话可说,就卷起裤管,用手抚摸用纱布缠着的伤口,高明瞥了他一眼,皱起眉头,一股无名火在胸中燃烧。他竭力克制自己,使得双手颤抖不已。阿赞见此情景,以为他身体不舒服,就问道:"明哥,你不舒服?那我们等一会儿再来吧,你休息一下,等会我们来喊你一起下楼吃晚饭,我们还是早晨吃的饭,晚上这一顿饭是要吃的,我都有点饿了。"

杨高明一拍茶几,大声斥责道:"你他妈的就知道吃,吃成了个大饭桶,不想想这样吃下去怎么办!如果被那个婊子打死了,你就不吃了!张庄你受伤,黄泥坎阿伟受伤,你们轮着来,这样下去,我们怎么向欧阳山交代。你们都说赵军被打死了,可我们没有见到尸体,那天我叫你们下车去仔细看看正在燃烧的车里有没有人,你们说不必要,赵军不敢下车,怕下车暴露自己,被我们枪击。如果赵军死了,那么是谁在保护林苑?没有受到过严格训练的人,能和我们对峙,把我们打退吗?我怀疑他没有死,故意迷惑我们,我已经打电话给任萍,要她核实一下,赵军到底死了没有?"

阿赞眼睛直愣愣的,不知说啥话好。他虽然不相信赵军还活着,但是杨高明提出的疑问还是值得认真考虑的。他们几次败在林苑手下,并不是她有多大能耐,是她有一个或几个战斗经验丰富的人在帮助她,是谁在帮助她呢?只有他们和警察才有那样的本事。他想不出会是谁。他不相信是赵军,他不敢相信是赵军,如果是他,那就太可怕了!

电话铃响了,杨高明拿起电话,听到任萍的声音,他肃然起敬,坐直身子,好像在聆听上司训话一样,不停地说点头称是。

杨高明放下电话,阿赞和阿伟等待他说话。他瞅了他们一眼,带着不情愿的口气说:"任萍说,老板通过关良证实,赵军确实死了,骨灰放在刑警队办公室保险柜里,关良还亲自要马锡良打开看了,里面装的确实是骨灰。但是我怀疑,关良凭什么认定那就是骨灰?即使是骨灰,又凭什么认定那就是赵军的骨灰?公安局的侦探们鬼得很,我们要想生存下去,不能不多想想。总之,帮助林苑的人一天不查清楚,我的怀疑一天消除不了。"

阿赞和阿伟无话可说,他们赞同高明的分析判断。

"你们说说咱们下一步怎么办?"杨高明见他们不说话,主动问道。

"只好回滨江去,不管老板怎么发火,我们都得回去,进行反侦查,看看李四海他们搞什么鬼!关良是个饭桶,对公安侦查一窍不通,依靠他什么情况也搞不到,他根本就不是李四海和赵军的对手。吴峰为什么不把李四海争取过来,比如局长让他当,向他许愿,如果干得好,还可以升官,当副市长。我就不相信他不愿意当大官!偏偏选一个官瘾很大却无能的家伙,这是他们重大的失误,害得我们整天提心吊胆,还差一点送了命。"阿赞说出阿伟也想说的话。

沉默了一会儿后,杨高明说:"什么线索都没有了,只得回去复命了。林苑不会继续留在溪东。她已经成了惊弓之鸟,今后要对付她就更难了。

杨高明三人返回滨江,留下那部车子和司机继续在海拉尔,以出租车司机身份关注海拉尔方面的情况,搜寻林苑行踪,和杨高明保持联系。

欧阳山不愿意见他们,在任萍的一再劝说下,才勉强见了他们。他想,他们虽然没有除掉林苑,但是除掉赵军也是立了大功的呀!今后李四海要想破案就不会那么容易了。

阿伟利用机会,到医院治腿伤。他到滨江市最好的市立医院外科请何超主任给他治疗。何超发现伤口感染,要他最好住院治疗,阿伟不愿意。何超认为,如果家在滨江市不住院也可以,但是必须每天来换一次药。阿伟说,他家不在滨江市,他家在山区贫困县,不过滨江市有他亲戚,他可以住亲戚家,每天来换药,不耽误治疗。何医生问他伤是怎么来的,他说山区穷,他要靠打猎赚点钱,补贴家用,由于不小心,枪走火,受了伤。何超是从部队野战医院转业到地方,对各种枪伤的形成有着丰富的知识和治疗经验,他不相信是枪走火而伤了腿,因为要是那样,伤口应该从上到下,而不应该是平射贯穿小腿肚。他认为阿伟在撒谎。不过他也没有反驳他。

李四海派人从赵军那里取来葫芦山、黄泥坎的全部证据材料后,进行了仔细研究,认为录音带和现场提取的血迹最有价值。根据流了那么多血推算,伤势相当严重,受伤者短期内不可能痊愈。伤者如果是滨江人,回到滨江后,一定会到医院检查和治疗。所以要加强对医院的调查,查看近期有没有可疑者到医院治疗伤口,从中发现线索。他把这个任务交给马锡良。马锡良没有从公安局带人去调查,为了迷惑那些注视他的人,他以自己胆囊结石需要开刀,要到医院详细检查为由,向处里请几天假。然后,他就到几家大医院外科以胆结石需不需要开刀为借口,进行咨询,了解来治疗外伤的人的情况。他首先就到市立医院外科,找到了何超主任医师,对他说:“市里发生一起强奸案,据受害者称,她咬断了强奸犯的舌头,她想了解医院最近有没有来治舌头的人。”

何医生说:“没有发现这样的人来就珍。”马锡良说:“受害人还说她用水果刀捅了那人一刀,有没有治疗刀伤的人?”

何医师想了想,说:“也没有。”只是前天我看专家门诊,来了一个人,叫彭涛,不是本市人,家住岳西山区,因打猎枪走火,右腿小腿肚被子弹贯穿,伤口有点感染,他不愿意住院,每天下午快下班时来换药。”

马锡良听他这么一说,马上就联想到这可是重要的情况!他竭力掩饰内心的激动,对何医师说:这可是重要的情况,说不定他的腿不是被枪打的,而是被刀刺的呢!请何医生向值班护士交代,他再来换药时,留下擦拭伤口的棉球、纱布,我们要进行DNA化验,比对他强奸时留下的精液,确定他是不是强奸犯。

何医生说:“这好办。不过我可以肯定告诉你,他腿上的伤不是刀刺的,而是被子弹击穿的。”

马锡良掩饰不住激动的心情,脱口而出:“那太好了!我们就是要找这样的人,他的腿是被……”他意识到自己说多了,于是马上停了下来。

何医生瞪着大眼睛瞅着她,不知道这位警察要干什么,说话怎么前后矛盾呢?

马锡良意识到了自己的失态,就非常诚恳地对他说:“我来看病是假,是为了侦破一起重大持枪杀人抢劫案而来,据我们分析,犯罪分子被我们击伤,部位不明,你刚才提供的情况十分重要,如果他再来时,你一定要留下换药时留下的纱布,我们要通过化验,确定是不是被我击伤的那个人,所以你要绝对保密。”

何医生听了马锡良的介绍,对那个自称打猎走火的人更加怀疑。他对社会治安状况日益恶化本来就忧心忡忡,孔副省长被害案至今未破,使他对公安局能否保护他们的人身安全信心不足。但是,犯罪分子如果就在他面前,他还是愿意协助公安机关捉拿他们,否则岂不天下大乱?他对马锡良说:“明天我下午上专家门诊,他肯定要来,我按照你的要求,把换下来的纱布、棉球留下,晚上你来拿,你看怎么样?”

马锡良想了想说:“我能不能躲在专家门诊室里面的房间,看看他到底是什么人?彭涛肯定是他的化名,如果可能的话,我还要偷拍下他的照片。”

何医师满口答应,他只要求马锡良在做这一切的时候,不要被患者发现,以免遭到他的同伙的暗害。

马锡良的计划获得完全成功。他拍到了彭涛的照片,而且回忆那是在案发第二天在安福县宾馆看到的两个人中的一个;从换下来的纱布棉球上取到了他的血样,经过DNA化验,同赵军提供的在黄泥坎被击伤的人的血完全一致。当彭涛再次来换药时,被马锡良派来的人跟踪,直至巨大地产公司。经查他是巨大地产公司的职员,真名叫孙建伟。

这一重大发现使李四海异常兴奋。原来毒杀孔副省长的是巨大地产公司的职员。他知道这家公司的老板欧阳山是省委省政府主要领导办公室和家中的常客,而这些领导也经常出席该公司的各种旨在扩大影响的开工仪式和庆典活动。由于领导的支持,银行成了公司的金库,巨额贷款源源不断流入这家公司,而他们也从公司获得了巨大的好处。由于他们行动的隐秘性,群众掌握不了真凭实据,虽敢怒而不敢言。自从孔彬到滨江市后,他和这家公司的老板保持了一定的距离,很难见到他和欧阳山出入高级宾馆、酒楼。眼看孔副省长就要展开对兴民省主要领导的调查,却突然被人毒杀,而犯罪嫌疑人就是这家公司职工,是完全合乎逻辑的。不过鉴于这家公司的政治背景,在侦查时要特别小心谨慎,千万不能打草惊蛇,只有在掌握了确凿证据后,才能一举将罪犯捕获,使对手措手不及,方能成功。如果走漏了风声,省里领导就会阻止他们行动,甚至利用他们手中的权力,解除他们的职务,或嫁祸于他们,都是完全可能的。

李四海和赵军通了秘密电话,把他们的发现告诉了赵军。赵军欣喜若狂,急着要回来。李四海问他:“林苑是否把那天晚上孔彬被害的全过程都对你说了?她愿意出庭作证吗?你认为她同孔彬被害毫无关系吗?”

赵军的回答斩钉截铁:“是的!”接着把那天晚上林苑到开发办的缘起、发现孔彬被害的经过,以及她如何逃离滨江的全过程详细地对李四海说了。

李四海感到有点蹊跷,就问赵军:“为什么林苑的态度来了个180度的大转弯,她是否隐瞒了什么?她所说的是否都是真的?你为什么那么相信她?难道你……”李四海没有接着往下问,但是赵军非常明白他想说什么。

赵军思考了一会儿,对李四海说:“我以一个侦查员的忠诚和良心做出判断,她没有对我说谎。她说的每句话都是真实的,符合我们现场勘查的结论,符合我们过去已经做出过的分析和判断,因而我认为是真实可信的。”

赵军接电话时,林苑就在他身边。李四海的疑问使她眉梢紧锁,赵军的回答又使她感到无限温馨。她不责怪李四海,她理解李四海,假如他不提出这些疑问,那才是不正常的呢。问题是,在赵军做出明确回答后,他是什么态度!她在等待李四海的回答。

李四海哪里知道林苑就在赵军跟前,正在听他们的对话呢。

“赵军,你听着,”李四海停顿了一下说,“你告诉林苑,一定要小心!不能再出现什么意外。目前,你要把主要精力用在侦破这起重大案件上,帮助林苑把证词搞完备,一定要无懈可击,经得起推敲我再要你们回来,这边有马锡良。我还要求你千万不要麻痹大意,一定要保护好林苑,出了事，我可饶不了你！”

有了李四海的理解和支持，林苑感到更踏实了。

马锡良利用职务之便，很快就搞清楚了追杀林苑、袭击赵军的凶手就是垄断滨江市经济命脉的巨大地产公司职工杨高明、彭赞和孙建伟，他们就是毒杀孔彬、打死值班保安的真正凶手。下一步要调查是谁指使他们去干的，这将是最为惊心动魄的一场恶战。李四海在冥思苦想，如何突破以后的难关。

李四海想到了杜艳。杜艳是林苑好的朋友，如果做做杜艳的工作，或许对破案有帮助。李四海想的不仅仅是杜艳，他想要通过杜艳做杜国力的工作，只要杜国力能不徇私情，秉公办事，这个案子处理起来就比较容易了。他是这个领导班子中的元老人物，现在仍然担任人大主任，掌握地方立法、司法监督和省直各部门主要领导干部的任免、罢免通过权。他如果能站在正义的一边，就好办了。

然而，就在李四海一筹莫展，不知道怎么做杜艳的工作时，杜艳却主动找上门来了。

自从她得知林苑在溪东遭到三个男子枪击，下落不明之后，她感到忧心如焚。杜艳认为，三个人对付她一个人，这三个人肯定就是毒害孔彬的凶手。让她难以理解的是，他们从哪里知道林苑到溪东去了呢，这几个坏家伙的消息怎么这么灵通呢！林苑能否第三次大难不死吗？她甚至想，假如林苑还活着，她要搬回家住，把林苑藏在自己的房间里，看谁敢到她家去杀害林苑！她现在急于知道林苑是否还活着，急于和她取得联系。

而要得到林苑的确凿消息，只有从公安局获得。而公安局里能够掌握这一消息的只有李四海副局长，因为她曾经不止一次地从爸爸和妈妈谈话的口气中得知，省里几大班子主要领导人对关良的工作能力评价很低，说他无法和李四海相比，可是他们对李四海又不放心，所以要关良全权负责孔彬被害案的侦破工作，把李四海晾在一边。虽然他的爱徒赵军牺牲了，对他打击很大，但是他没有消沉下去，仍然在以自己的方式调查孔彬被害案，因为他还是专案组副组长，谁也没有权阻止他工作，以至于出现这种状况：他们不赞成他对案件的分析和侦查方案，于是各按各的思路办事。人、财、物都被关良控制了，李四海师徒三人，已经死了一个，只剩下他和马锡良了,而马锡良由于搭档死了,心灰意冷,最近又因病总往医院跑,只有老李头一个人在苦苦支撑。虽然这样,关良还是担心李四海首先侦查得到林苑下落的消息,将她控制起来,所以派人暗中监视他,目的是不让他先得到林苑的消息,这是吴峰给关良下的死命令。

这些情况有些是杜艳从爸爸妈妈谈话中听到的,有些是单独和妈妈在一起时,妈妈悄悄告诉她的。因此,杜艳觉得有必要主动接触李四海,从他口中或许可以到林苑的消息。但是鉴于以往她矢口否认在孔彬被害后同林苑有任何联系,而且不愿意继续接受他们的调查,现在主动找上门,该如何开口呢?她准备抛出一点东西,作为接触李四海的见面礼,这就是林苑离开滨江到老家时,曾给她打过电话,说她没有毒害孔彬,要她相信,从此以后,再也没有林苑的任何消息了。她认为准备这点东西就能从李四海口中得到林苑最近的消息。

李四海坦率地和她谈论孔彬被害案的情况,使她从暗暗佩服他的精明干练,不愧为侦查专家,就连省委省政府那些不喜欢他的领导,包括爸爸,对他的专业能力也是赞不绝口的,对他不和他们保持一致,耿耿于怀,尤其是对孔彬被害案,出现严重的分歧,他们剥夺了他对案件侦破的指挥权,而他却继续在关注案件的进展,对情况了如指掌。看来关良局长领导的庞大专案组在全力以赴捉拿林苑,而李局长单枪匹马在追查歹徒,真是两股道上跑的车,走的不是一条路呀。她从他的讲话中还了解到,林苑几次大难不死,都是他在暗中帮助的结果。杜艳同李四海的隔阂消除了。她在斟酌字句,好向他发问。

"李局长,我十分感激你的真诚和坦率;我相信你说的,假如不是你和你的同事的所作所为,林苑肯定不在人世,在此,我代表林苑和我自己对你和你的亲密战友为保护林苑所做的一切,表示衷心的感谢。现在我想急于知道,林苑是不是还活着,是否仍然存在生命危险,我是否可以和她取得联系?"

李四海笑笑说:"你放心好了,她还活着。危险当然还存在,但是我有保护措施,相对说来,比过去要安全些。至于你要和她联系,目前还不行,她至今没有和你联系,也是这个原因。你是她的朋友,这是尽人皆知的事情,你们一旦联系上了,歹徒就会知道她在什么地方,就会再次去暗杀她。为了她的安全,你不要这样做。我还要对你说,我们今天所谈的,你不能对任何人说,包括你的爸爸妈妈。我之所以敢于大胆地对你说,就是你和我一样,都认为林苑不是毒杀孔彬的凶手,她是一起政治阴谋的受害者,我们都在为保护她而尽心尽力,我们应该联合起来。"

"我能做些什么吗?"杜艳诚恳地说。

李四海说:"在我提出要求之前,我们先确认一件事实,如果没有这个事实,我们之间就没有合作的基础,我也不敢和你合作。这个事实就是:你爸爸也赞成吴峰的观点,认为林苑是毒杀孔彬的凶手,原因是她摆脱不掉他的纠缠,雇用杀手毒死孔彬,否则她就不应该躲藏起来。市里的主要领导人都是这个观点,所以他们下令公安局,全力以赴捉拿林苑,活着要人,死了要尸。提出这种看法的人,是为了掩盖他们策划的毒杀孔彬的政治阴谋。而你爸爸没有参与策划这起政治阴谋。他蒙在鼓里,是跟着他们这样说的。他老人家给我说过他的看法,我也给他说过我的看法,但是他不接受我的观点。所以我要你经常接触他,说服他,要他不要相信别人的错误判断。同时要通过他了解省里主要领导人对案件侦破的具体指示。我被他们罚坐冷板凳,不了解他们的行动计划,如果他们下令追杀林苑,我们知道了,可以采取预防措施。我可以告诉你,我们已经掌握了犯罪分子的大量犯罪证据,很快就会揭露他们的真面目了。"

杜艳离开时,李四海紧紧地握住她的手,激动地对她说:"论年龄,我是你父辈,我到你家里向你爸爸汇报工作,你叫我叔叔。但是今天,我为能够接待你这位同志而感到无比自豪。我不称呼你小艳,只称呼你同志,以此表达我的感激之情。在没有接触你之前,我对现代知识女性,尤其是像你这样出身高级干部家庭的女性,多半是没有好感的,但是你改变了我的看法,使我在腐败现象泛滥的情况下,更加坚信我们国家的前途是光辉灿烂的,因为我们的社会有大批像你这样有理想、有信念的青年存在。"

杜艳动情地说:"谢谢李局长的夸奖。我一定说服我爸爸,从既得利益集团的圈子里跳出来,站到正义的一边。"

第十五章 糜烂的关系

林苑住在有多道岗哨把守的军区大院内十分安全。赵军在蒋飞的帮助下，进一步对葫芦山案和黄泥坎袭击案再次进行了现场勘查和痕迹、物证的提取、鉴定工作。由于有李四海根据马锡良的调查确定的准确对象，工作进行得非常顺利，如果不是案件的特殊性，按照法律程序，马上就可以提请法院批捕杨高明、孙建伟和彭赞了，孔彬被害案不久就可以告破了。

但是在目前这种情况下，要提请法院批准逮捕他们，就必须将侦查所获得的全部证据材料报送法院审查，首先就需要关良签发上报材料，这意味着吴峰很快就会知道警方的意图，他会利用自己的职权加以阻止，或者拖延时间，或者让三个杀手逃跑，甚至不排除在万不得已的情况下，他们会杀人灭口，将这三个杀手消灭，以舍车保帅。他们是一伙黑社会组织成员，什么事情都能干得出来。也不排除他们会疯狂地进行报复，滥杀无辜。但是，如果不能将这几个杀手逮捕归案，孔彬案会无限期地拖延下去，一旦吴峰做了省长，就更难办了。李四海利用在党校学习的机会，多次与赵军秘密通电话商量对策。最后，他要求赵军秘密回到滨江，他们打算在必要时可以突然采取刑事拘留的办法，突击审讯，使对手措手不及，同时先将案卷材料送公安部备案，以求得公安部支持。

赵军把他准备回滨江的事对林苑说了，林苑坚决要求同他一起回滨江。赵军劝她暂且留下，等他回去将三个杀手拘留、取得突破后，再通知她，时间不会很长，最多两个星期。现在就回去仍然有很大危险，没有必要冒这个风险。但是林苑坚决不接受。赵军反复劝她，她就是不肯听。在万般无奈的情况下，赵军让蒋飞派了两个女干警，将她保护起来了。

林苑又哭又闹，向女干警问道："为什么要把我监禁起来？"

女干警按照赵军的说词回答说："你涉嫌一起谋杀案，对你实行监视居住。”

林苑一听,立即晕了过去。等她醒过来后,她问道:“赵军是不是一直认为我是嫌疑犯,他对我的所作所为,就是为了要亲自对我进行侦查,黄泥坎的所谓杀手都是公安人员。现在他认为已经调查清楚了,回滨江办理法律手续,然后到这儿来逮捕我吧?”

女干警回答说:“我们只是奉命行事,其他问题一概不知。至于赵军本人,已经乘飞机回滨江了。”

林苑不敢轻易给男朋友打电话,而她打电话给杜艳时,发现电话被切断了。她顿时感到自己上当了,上了一个大名鼎鼎警察的当。她认为自己太傻,轻信了人。她责怪自己当时为什么没有想想在黄泥坎发生的枪战,那三个人火力那么强,对付不了他们?他是名侦探,枪法百发百中,在黄泥坎为啥没能打中他们当中一个人?而我却打伤了他们中的一个。他受伤也许是自己开枪打的,所以没有伤到关键地方。他受伤时我不在他跟前。想到这,她突然有一个想法,认为一件东西能证实自己的推测是否准确,这就是她的手枪是否还在,如果还在,这个推测可能有点问题;如果不在,证明她的推测是准确的。她急忙打开放枪的提包,拉开拉链一看,那支和她生死相依一个多月的手枪不在了,她扑倒在床上,伤心地哭了。

赵军一再交代两位女干警,一定要看护好林苑,不得出现任何意外。要时时看着她,不能让她跑了。她们对她很客气,但是不准她离开这幢房子,她的一举一动,都在她们的监视之下。

林苑想逃离这个地方。她后悔当初没有答应赵军的要求,先留下,那样他就不会采取派人监护的办法,不会看得这么严,她就可以和外面取得联系,就可以寻机逃离。这两个女干警,态度这么好,这都是假象。警察怎么都是这样的人!他们明明是在搜集你的犯罪证据、准备逮捕你,却装得那么富有爱心、富有人情味,原来这都是骗局!

为了逃跑,她必须和两个女干警搞好关系,取得她们信任,相信她不会逃跑,放松对她的监管,她才有逃跑的机会。她一反常态,表现得很配合。她声称自己没有犯罪,什么也不怕,赵军很快就会来接她。这和赵军交代的是一致的。因为犯罪分子正在到处追杀她。他没有带她回去也是因为犯罪分子还没有被缉拿归案,她还有危险。不仅如此,他自己也处在犯罪分子的暗杀名单中,但是为了及早将杀人犯一网打尽,他必须先回去,和其他侦查员们一道,才能办到。两个监管女干警压根儿就没有把她当坏人看,而是当作保护战友的亲人。听了她这么一说,她们就不再那么管她了。她们有时离开她,干自己的私事。

林苑思考怎么办。她想到滨江去找赵军,问个究竟,他是不是在利用她,对她进行侦查,认为她有犯罪嫌疑。如果确实是这样,就让他把她关进看守所,让他慢慢调查好了,她不愿意一个人留在海拉尔。

赵军走后的第四天,她悄然乘火车离开海拉尔,再次向滨江进发了。

在巨大地产集团公司那幢集办公、商贸、饭店、游乐为一体的42层、8万平方米建筑面积大楼顶层的一间豪华客厅里,吴峰和欧阳山相对而坐在两只虎皮沙发里,中间隔着楠木茶几,几面上镶嵌着我国古代四大美女图案,他们的眼睛似乎都在看那图案,实际上都没有看,都在想自己的心事。

这间豪华客厅,是整个顶层中的一间。客厅里的设备应有尽有,电子化的程度全市堪称一流。此外,在顶层里面还有武器室,有带消音设备的小型射击场,欧阳山常在里面练习射击,有健身房,有芬兰式的和意大利式的蒸汽浴室,有中西餐厅,还有几间豪华客房。当然,这里面离不了漂亮的女人。在这层楼房服务的女人都是半年一换,有欧阳山从分散在全国的分公司挑选来的美女,时间一到,就派到不在滨江的子公司去工作。极个别姿色出众,得到某些要人宠爱的才能留下。省里几大班子的主要人员有的也来这里潇洒过,吴峰更是常客。

这层楼有单独的电梯直通,不过不是从一楼,而是从20层欧阳山办公室的套间直通过来的。欧阳山派他的心腹看管电梯。没有欧阳山的许可,任何人也别想乘坐这辆电梯到达,因为逃生楼梯被堵死了。

就在两人都陷入沉思默想状态之下时,任萍像一个幽灵似的悄然来到,给他们送来两杯热气腾腾的现炒、现磨、现冲的上等非洲咖啡。她把咖啡放到他们面前时,他们才发现她的到来。浓郁的咖啡香味,搀杂着她身上那法国顶级香水味,使他们的精神为之一振。吴峰情不自尽地拿起任萍的手,吻了起来,任萍顺势坐到他腿上。

吴峰笑眯眯地问欧阳山:“老弟,你不会嫉妒吧?这里的女人我都玩腻了,能不能让任萍陪我一次,就一次。我早就看上她了,有文化、有教养、素质高、档次高，我可从来没有提出过这样的要求呀，她是你的人，没有你的同意，我是不敢染指的。”

听了这话，任萍迅速站起来，杏眼圆睁，质问吴峰：“你把我看成什么人？难道我是妓女不成！我在公司是供你们玩乐的？真是岂有此理。说完转身就要走。”

欧阳山一把拉住她，朝她使了个眼色说：“吴省长跟你开个玩笑的，你就当真了？谁不知道你是公司的骨干，为公司的发展做出过巨大贡献。不过我要当着吴省长的面澄清事实：我们俩是公司老板与雇员的关系，我可从来没有碰过你一个手指头啊！这你承认吧？假如你愿意，可以陪陪吴省长，这是你的自由，我无权过问，所以也谈不上嫉妒。”

吴峰陪着笑脸说：“开个玩笑嘛，干嘛发这么大的火！不过说句真心话，自从和欧阳老板打交道见到你以来，我就爱上了你，因为我认为你是他的人，从来不敢造次。听了欧阳老板刚才说的话，我要对你说，我爱你。等我们的大事办好后，我要正式向你求婚。”

“你爱上我？你老婆怎么办？要我当你情妇？别做梦了吧！”任萍一脸不悦地说。

欧阳山听到吴峰说等我们大事办好后，深有感触，检讨道：“一手好棋，却被一个臭女人给搅乱了。杨高明他们真是太无能了，真是想象不出，莫非他们被收买了。我感到情况有点不妙，如果杨高明他们背叛了我，就别怪我不客气了，他们无情，我岂能有义？我要使他们在地球上消失，即使那个女人投案自首，找不到他们三个人，也就搞不到我们头上，更不会妨碍吴省长的大事。国家以经济建设为中心，我们要以吴省长的大事为中心。我们和吴省长的关系可谓一荣俱荣、一损俱损呀，为了吴省长，我欧阳山肝脑涂地，也在所不惜！孔彬虽然解决了，留下这么多后遗症，我必须小心，否则我们的奋斗成果恐怕会毁于一旦。到那时，我们就不能坐在这儿这么悠闲地喝咖啡了。”

欧阳山发完这一番感慨，深深地触动了吴峰，使他烦躁不安。任萍看到这种情况，从心理埋怨欧阳山不该说出这么悲观的话。为了安慰吴峰，她又重新坐到吴峰的大腿上，一只手揽着他的脖子，脸轻轻贴近他的脸，那法国香水味和从她嘴里呼出的女人特有的气味，使吴峰陶醉了。接着任萍用手轻轻捻着他的耳垂，在他的脖颈哈了口气，使他热血沸腾，他的那个东西顿时暴跳起来，不安分地在任萍的大腿下突突乱跳。

欧阳山见状急忙站起来回避了。

吴峰迫不及待地把任萍抱进怀里，用一只手托起她的下巴，眼睛深情地望着她娇艳的面孔，随即狂风暴雨般地在她的脸上狂吻起来。

等欧阳山消失后，吴峰把任萍平放在沙发上，一只手去解她的上衣纽扣，一只手伸进衣服里，在她的乳房上使劲地揉搓着。当她的胸部赤裸裸地呈现在他面前的时候，他俯下头颅，像一头闯进春笋园里的野兽一样，在她的胸脯上贪婪地啃起来，嘴巴轮流含住两只粉红色的乳头，用力吮吸着，发出咂吧、咂吧的声音。

吴峰热血沸腾，他感到身体已经不受自己控制了！他不管会不会有人擅自闯进来，更顾不上欧阳山是不是已经避开了，他什么都顾不了。

他因过分激动而颤抖的双手解开她的裤子，在她的配合下，这一工作进行得还算顺利。他甚至来不及脱掉自己的衣服，只是将长、短裤褪到脚踝处，就急不可耐地趴在了她身上……

一阵激烈地喘息、呻吟之后，吴峰从任萍身上爬下来，两个人紧紧抱在了一起。吴峰吻了吻任萍，气喘吁吁地说："宝贝，我太爱你了，你怎么那么迷人呢？"

任萍用手指点了一下吴峰的脑袋说："你倒是满足了！空口说爱我，有什么意义呀！"

吴峰色迷迷地看着任萍说："你就是这样看我的呀！你放心好了，我是不会亏待你的。"

任萍平静地说："你们这些男人呀，最重要的是满足自己的欲望。"

过了一会儿，吴峰从激情中渐渐平复过来。他心满意足地喊道："欧阳山，你今天怎么啦？那么悲观失望！我从来没见过他这么没有信心。即使我们消灭不了那个女人，她到公安局控告、揭发，没有证据，我们就说是她毒死孔彬的，她又不认识杨高明他们，有口难辩，我们怕什么？怕就怕我们的人背叛。我已经要关良调查赵军是不是真的死了，李四海、马锡良都在干什么，但关良什么都不知道，真是太气人了。老板的怀疑值得我们注意。我们不怕别的，就怕内部出问题。要是真的有人背叛我们，那就要毫不客气地将他消灭，在这一点上，丝毫不能讲温情，这是你死我活的斗争。"

任萍一边穿衣服，一边说："本公司干这种事不是第一次，也不是任务最艰巨的一次，我们清除了几十个影响公司利益的人，每次都干得非常漂亮，从来没有拖泥带水现象。而这一次却这么艰难，确实有点反常。而林苑知道有人要消灭她，格外警惕，处处防范，所以能屡屡脱逃。杨高明他们有过失，但是不能怀疑他们是叛徒，他们过去有功，多次出生入死，我们如果不信任他们，会让我们的手下寒心的，对团结大伙儿不利。”

吴峰眉开眼笑地说：“小乖乖，你这一席话，打消了我的顾虑。你分析得合情合理。我们的大事成功后，在三年内，我一定想办法让你当上第一夫人，这样我们就可以天天在一起了，只要有你，我什么都可以放弃，都可以不要。”

“包括你的官位？”任萍问。

吴峰摇头道：“除了官位，有了官位就有了一切，否则就失去一切，包括你。”

这时，欧阳山从卫生间出来了，见吴峰满面春风，就打趣地问：“你们是速战速决的，还是一直无动于衷地干坐着呀？”

“什么速战速决？什么无动于衷？我们在分析杨高明他们为什么行动接连失败的原因。张庄、溪东未能消灭林苑，那是她运气好，并做了充分准备，不能认为是杨高明他们背叛了我们。你老弟急糊涂了吧！消灭不了林苑也没有关系，只要我们的人没有暴露，就什么事也没有，不必过分担心。在目前这种关键时刻，更要沉着应战，不能在内部引起矛盾和纷争，以免被人利用。”

吴峰同任萍做爱后，因为心情特别激动而暂时忘了危险的存在，所以不像对关良那样对欧阳山的部下产生不满。

欧阳山本来准备挨批的，没想到吴峰这么宽宏大量，使他深受感动。他同意吴峰的分析，只要我们的人不暴露，就什么事也没有。但是他又想，几次枪战，难道一点破绽也没留下？如果是这样，林苑是否掌握了什么证据就成了关键。同时他也想，吴副省长一扫刚来时那不悦的神情，对他这么宽宏大量，要归功于任萍。这半个多小时使他得到了梦寐以求的东西，使他激情满怀，他的亢奋状态还没有消失呢！他想：女人有着神奇的力量，她能改变一个人，古今中外历史事件中，为女人而发生的战争屡见不鲜，由女人出面而化解的战争也屡见不鲜。任萍，你到公司这么久了，我没有碰过你，为的就是这一天，你以自己的肉体和灵魂为我排忧解难，我不会忘记你的！

吴峰看到自己解释后，欧阳山疑虑顿消，非常高兴。他说："中央已经同意我市领导班子的初步人选。如果在这一个月内不出事，省长我就当上了！人代会上我又要兼任人大主任，接替杜国力，到那时，我就取得了所有重要岗位干部的任免权，我们就大功告成，滨江市就是我们的天下。但是，在这之前，不能出事。那个女人找不到就不要找了，为的是避免暴露自己。只要没有把柄被她抓住，就没有什么可担心的。"

吴峰说到这里，拉过坐在他身边任萍的手，放在嘴唇上亲吻一下，然后托起她的下颏，在她的唇上吻了下，继续说道："小心肝，给我三年时间，保你当上第一夫人。你欧阳山要割爱呀，让她到省委工作，你再物色一个秘书吧。公司美女如云，再找一个并不难。"

"吴省长，你也太见外了吧，难道巨大地产公司不是你的吗？我只不过是个代理人而已，你有权指挥一切、调动一切，什么割爱不割爱的。任萍跟着你，那是她的造化。她在我跟前这么多年，我没有碰过她，不信你问问她，刚才你们俩在一起，你经验丰富，应该知道。我为什么放着大美人在身边而坐怀不乱？还不是把最好的女人留给你嘛。我知道你喜欢她，从这幢大厦奠基典礼那天，我向你介绍她时，从你的眼神里我就知道你喜欢她了，从那以后，我不敢对她有任何非礼的言行举止。"

"够朋友，哈！哈！哈！"

吴峰到巨大大厦本来是想给欧阳山施加点压力的，要他赶快解决林苑的问题。但是欧阳山知道他要来，做了充分准备，竭力讨好他。他事先就给任萍打了招呼，说吴峰要来，他早就在打你的主意，希望你能顾全大局，答应他、满足他，等他上台后，再利用他的职权，大赚一笔，再向银行透支几千万美元，转到国外，连同过去的，一共有二亿多美元，到那时我们出国，就永远不回来了，你我好好享福吧。

任萍问他："你既然喜欢我，为什么到现在不碰我一下？我可是个处女，献给他，你不后悔吗？"

欧阳山说："都是什么年代，你还抱着处女观念不放，他占有你的肉体，但是占有不了你的心。你要知道，他可是个情场老手，特别喜欢处女，你是不是处女，他一玩就知道了。假如他知道你不是处女，他肯定以为我玩你玩腻了，给他的，他只喝了个二遍汤，肯定不会高兴。"

吴峰满意地离开了，他想：一旦自己当上省长，滨江的天下就掌握在我的手里了，到那时，就可以随心所欲地到巨大大厦来潇洒，想和谁玩就和谁玩，玩腻了叫欧阳山再去物色更漂亮的女人。他自认为距离这一天的到来不会很远了。

李四海的侦查工作还是引起了吴峰的注意，他开始怀疑赵军是不是真的死了，因为李四海没有催促省委省政府为他举行追悼会。他在听取欧阳山汇报杨高明等三人解决赵军的过程中，反复询问是否看到被烧焦的尸体。

欧阳山回答说，由于在高速公路上，时间紧迫，没有仔细查看，但是他们相信他真的被烧死了，因为赵军确实坐在车上，并且没有看见他下车，没有见他跳车逃跑，如果他跳车逃跑，就会被三支冲锋枪当场打死，所以他不敢跳车，汽车爆炸起火，焚烧殆尽，他不可能活着。吴峰当时觉得没有理由不相信。但是江边和黄土坎的枪战，没能解决林苑，使吴峰对赵军是否死亡产生了怀疑。

杨高明三人那么强大的火力，没能消灭她，肯定是有人在帮助她。作为侦查英雄，赵军过去多次率领干警同歹徒、黑社会、抢劫犯等发生过枪战。他足智多谋，多次消灭敌人，保护自己和干警的安全。吴峰也能说出他不少英勇的故事。看来林苑已经落到赵军手中，在他的控制之下。他们没有动手逮捕高明、阿赞和阿伟，是因为没有找到直接证据。李四海不愿意休息、不愿意放弃工作，肯定是在进行秘密调查。这个人不能不防。他的得力干将马锡良突然病了，在医院乱跑很多天了，最后并没有住院做手术，又是怎么回事？关良什么也不了解，莫非她也在进行调查吗？从医院调查什么呢？阿伟受伤，回滨江后到医院继续治伤，他去的那家医院，马锡良去得最多，他真的去看病吗？说是要开刀，可始终没有住院开刀，要搞什么保守疗法。关良虽然掌握了这些情况，但是并没有得出令人满意的结论。这个家伙敏感性实在太差了，依靠他，一定会出大事的。

吴峰想到这里，感到不寒而栗。他认为李四海也许已经掌握了孔彬是被杨高明、阿赞和阿伟毒杀的证据，下一步他要调查是谁指使他们干的。他可能会采取秘密将他们拘捕、突击审讯，打开缺口，到那时，李四海越级将侦查获得的证据上报中央，我们要反击就来不及了。

吴峰越想越害怕，打电话把关良叫来，劈头盖脑地问："你忙活了这么多天，全市几万干警归你统一指挥，你要钱我给钱、要物我给物，专款拨了几百万，新买了几十部汽车、几百部通讯器材，林苑到底是死了还是活着，能告诉我吗？"

关良从未见过吴峰如此对他说话，有点丈二和尚摸不着头脑了，一时语塞，竟然说不出话来。吴峰见他不说话，更加恼怒地质问道："李四海在干什么？马锡良在干什么？你了解吗？你为什么不像他们学习，整天忙忙碌碌，什么情况都不了解，我当初怎么就选中……"

关良听懂了他的话，辩解道："我早就说过，我没有公安工作经验，负责侦破这么大的案子，实在是力不从心。我还是原来的意见，让李四海来全面负责孔彬被害案件的侦破吧，至于他对案情有不同看法，不要紧，可以求同存异嘛，不管是林苑还是那三个和她发生枪战的人，都有毒害孔彬的嫌疑，把他们逮到后就可以弄清楚。只要李四海领头，干警的积极性就可以调动起来，因为对破案，我实在是外行，根本无法指挥他们！"

听了关良的话，吴峰气得浑身发颤。他大声吼道："你混蛋！你真是太辜负市委市政府领导对你的信任了。你怎么这么愚蠢呢，对政治一窍不通。这不是单纯的破案，是政治！你懂吗？这个案子破获与否、怎么破，关系到我省的政治稳定，关系到省里的党政大权掌握在什么人手里的问题。你身为公安局长，这么不敏感。唉！让我怎么说你才好。"

吴峰先是骂他混蛋，但是他马上意识到这样做不利于问题的解决，搞不好，还会把关良推到李四海一边去，那就更危险了！孔彬被毒杀的内幕关良并不清楚，怎能怪他不敏感呢？当初挑选他当公安局长，就是因为他官瘾大，比较听话，谁给他官当，他就听谁的话，并没有指望他成为破案能手，在这种情况下，责备他无能，显然是没有用的，甚至会引起他逆反心理，所以最后几句话他语气缓和了。他想，我已经说出了这个案子关系到市里的政治稳定和党政领导大权掌握在什么人手里的问题，他总该明白点什么了吧？难道还要我向他说出为什么要除掉孔彬不成？我说出来，他会不会被吓死？会不会逃跑？哎！当初怎么就选上他当公安局长了呢！等这次事件过后，马上把他换掉，武器不能掌握在这么糊涂的人手里。

关良在反复思考吴峰的话。破一个案子怎么能和省里的党政大权掌握在谁手里有联系呢？他还是不明白。他请求还是由李四海来领导破案，遭到吴峰拒绝。他认为这主要是李四海不同意林苑是凶手,不同意在拘捕她时把她干掉,而坚持认为那三个杀手才是真正的凶手。难道那三个杀手是奉谁的命令去毒害孔彬的呢,如果抓住他们就会牵连出下命令的人,就会关系到市里党政大权掌握在什么人手里的问题?莫非那个下命令的人就是……这个公安局长真不好当,早知道我就不到公安局,而去财政局或税务局了,起码我可以先富起来。

两个人各怀心思,都没有说话。

过了很长时间,吴峰冷静下来,向关良问道:"李四海和马锡良都在忙些什么?"

关良小心翼翼地回答道:"李四海天天上班,坐在办公室里,晚上办公室的灯也亮着。至于在办公室干什么我不清楚,大概在看报、看书吧。马锡良最近经常跑医院,没有正常上班。他们俩还没有从赵军死亡的悲痛中解脱出来。一个丧失了得力的爱徒,就像砍掉他的一只胳膊;一个丧失了得力的搭档,今后很难在破案上有所作为了,打击之大是可想而知的。但是他们两人表面上好像无所谓,实际上内心是非常痛苦的。奇怪的是有不少干警受他们影响,对赵军去世反应也平静了下来。我们还没有给赵军举行追悼会,没有追认他为烈士。他们从来没有催过我,大概是因为孔彬被害案没破,他们不好提出这个问题吧。"

吴峰非常注意关良这一番话,等他把话说完,问道:"你认为赵军真的死了吗?你为什么不以公安局长身份直接问问你的内蒙同行,证实一下?你就这么相信他吗?"

难道赵军死亡也会有诈吗?溪东县公安局为什么要编造谎言?而马锡良亲自到溪东领回他的骨灰,这难道也是假的?现场勘查是溪东县交警队和海拉尔公安局的警员蒋飞。我看了现场照片、勘查材料、检验结论和溪东县公安局最后认定。没有发现破绽,所以就没有问他们。谁还敢制造这样的谣言?再说赵军这么长时间没有任何消息,如果他没死,早应该回来了。

吴峰尽量压低说话的声音,使自己不要激动,说道:"假如赵军没有死,而是和林苑一起来对付我们,我们该怎么办呢?"

"吴省长,你是急糊涂了吧,这怎么可能呢?如果是那样,赵军的行为就是背叛,他就是叛徒!是要受到法律严惩的。另外,我们也不能因为他对孔彬被害案同我们有不同看法，就把他说成是叛徒。他是一个优秀的警察，我市十大杰出青年，市委市政府曾授予他荣誉称号，他当之无愧，市委市政府不是号召全市人民向他学习吗？他怎么可能同犯罪嫌疑人勾结起来对抗公安机关呢？这不可能，我不相信。谁给你提供的这条假情报？我们要弄明白他为什么要这样做。”

“白痴！给你说你也不会明白。我要你考虑有没有这种可能性；要是有这种可能性，我们怎么对付，你怎么就不明白呢？我问你，你知不知道林苑逃到海拉尔，在那里她和一帮人发生过枪战，据说有人和她在一起，这人是谁？会不会是赵军？”

关良瞪着大眼睛，摊开手，连声说：“这我不知道，我什么也不知道！”吴峰骂他是白痴，他感到受到侮辱，所以对什么问题都不表态，免得再次挨骂。

吴峰没有办法，只好交代他说：“你回去后要给李四海一些事情做。让马锡良正常上班，接接电话也好嘛，不要让他到医院乱窜；要开刀就住院开刀，不开刀就上班。这两件事你能办到吧？”

关良点头表示同意。

吴峰挥挥手说：“好了，你走吧。”

第二天，关良通知李四海，让他参加省委组织的领导干部知识经济与现代化的学习班，明天报到，脱产学习一个月，工作全部交给两位副局长代管，下班前完成交接。

李四海放下电话，两位副局长进了李四海的办公室。他们都是知心的战友，副局长刘杰说：“我们不知道为什么要这样兴师动众，只好来听听你有什么交代，有什么急事需要我们办。如果没有，交接就完毕。”

副局长夏勇说：“在孔彬被害案即将侦破的时候，市里领导不知怎么考虑的。把李局长放在一边，让一个不懂业务的人来指挥。不知道他们葫芦里卖的是什么药！”

“他们心里有鬼，企图用调虎离山之计，阻止李局长破案，他们显然害怕了”刘杰斩钉截铁地说。

李四海见两位副局长的看法同自己的认识不谋而合，受到鼓舞。他敞开心扉，严肃地对他们说：“公安局领导层从来没有因为一起谋杀案而产生过如此大的意见分歧。有分歧并不可怕，可怕的是分歧后面隐藏一起政治阴谋。现在可以肯定地说,孔彬就是政治阴谋的牺牲品。我已经掌握了足够的证据,时机一旦成熟,我们就要把阴谋揭穿。到时候希望两位帮我一把。”

两位副局长异口同声地说:“我们知道你没有闲着,我们都寄希望于你。到时候我们会站在真理和正义的一边,站在法律的一边,这是人民警察的天职,毋庸置疑。”

两位战友离开他的办公室后,李四海感到内心非常踏实。

第十六章　运筹帷幄

赵军回到滨江后，秘密住到市委党校李四海租赁的房间。按规定，党校为每个学员有偿提供带卫生间的房间，如果有人愿意多出一点钱，可以租赁套间，但是单位只给报销一间房子的钱，多余的要自己出。这些宽敞的大套间房，盖在一座小山边上，自成一体，与其他房屋隔开，环境优美，空气新鲜。李四海租赁它只为适合两人住，而且保密条件比较好。

赵军住下后，白天研究犯罪证据，思考如何撰写破案报告，晚上和李四海、马锡良一起商量如何拘捕高明等三个杀手。他们感到最棘手的问题是：任何行动都绕不过关良局长，因为拘捕他们都要他签字，盖公安局印章，检察院才认账，这是省委在研究孔彬被害案召开的扩大会议时，根据吴峰的意见，由关良全面负责案件的侦破工作，检察院根据案件进展情况可以提前介入，检察长和法院院长都参加了。如果不经过关良，不办理法律手续，违背了刑事诉讼法的有关规定，被他们抓住，他们就会以非法拘禁为罪名，迅速采取行动，拘捕李四海、赵军和马锡良。不按法律程序办事，后果是不堪设想的。他们感到这三个人犯罪证据确凿，拘捕他们不会有任何问题。但是关良为了自己的官位，死心踏地跟着吴峰走，如果把拘捕报告送给他签发，他肯定会先请示吴峰，吴峰肯定要阻止他，让他把材料、证据送给他看，他会压着不办甚至销毁证据，对他们下毒手。

在走投无路的情况下，李四海提出，现在到了关键时刻，我们有了确凿证据，应该冒风险了，我们可能因此而牺牲，但是孔彬被害案的真正元凶，将会暴露无遗。所谓冒风险，就是要利用两个人：一个是老省委书记、现人大主任杜国力；一个是公安局长关良。杜国力为了保持既得利益而支持吴峰，但是从杜艳那里得知，他没有参与策划谋杀孔彬，他女儿杜艳对此坚信不移，她是林苑的好朋友，为人正直，可以帮助做她父亲的工作。杜国力一旦明白了事实真相，是会站到正义的一边，起码不会对他们下毒手。第二个人就是关良，而且要先把他争取过来。他就是为了当官，才投靠吴峰的。争取他的最好办法，就是把三个杀手的犯罪证据摆在他面前，并且告诉他，已经将这些证据材料越级上报公安部备案，总有一天公安部会亲自过问的，谁想在滨江一手遮天绝对办不到；让他了解事实真相，他就不能再认定林苑是凶手，应该同意拘捕这三个人，否则他难逃枉法徇私、受到法律严厉惩处的后果，不仅不能当官，而且将毁掉自己的一生。

他们决定第一步先和关良摊牌。

晚上，李四海给关良家里打电话，说有急事要向他汇报。

关良说："你不是在党校脱产学习吗？你的工作也移交了，有什么急事需要向我汇报？如果是你家里出了什么事，我确实无能为力！"

李四海强压住心中的怒火，对他说："我家里有什么私事决不会找你。我要和你谈的是公事，是关系到你的前途和命运的大事，如果失去了这次机会，你将后悔一辈子。如果你愿意，不要和任何人说，到党校我的宿舍来，我等你，只要半个小时，你就可以就走了，这次你不来，以后永远不要找我谈任何事情。说完就挂了电话。"

关良是个官瘾很大，患得患失、胆小怕事的人，他虽然强烈不满意李四海这最后通牒式的电话，但还是乖乖地来了。

关良坐车来到市委党校李四海住处。李四海从房子里出来迎接他。由于是星期六，学员们都回家了，住处很安静。关良一进房间，就大声说："老李，房子不错嘛，还是个大套间，又在山边上，幽雅得很呀，真是神仙住的房子。"说着就用手推套间里面房子的门，但并没推开，他又说道："怎么？里面藏着小蜜呀？真有你的！"

关良是被李四海说的如果不来将后悔一辈子的话给激发而来的。他故意以这种玩笑口吻来掩饰他的恼怒和忐忑不安的心情。党代会马上就要召开，自己是筹备组成员兼保卫组组长，吴峰说了，准备给他安排进省委常委的班子，这就意味着他很快就会成为省委领导班子成员，这可是他仕途生涯中一次质的飞跃。所以对李四海这神秘的电话他不能不重视，他不得不屈尊按李四海的要求前来和他会面。

关良坐到沙发上说："有什么大事你就快说吧！我还要到办公室处理一些急事。这两天省委召开党代会筹备会，我参加了，家里积压很多文件要我去签发和上报，你不要耽误我太多时间。"

李四海给关良倒了一杯开水，放到他面前的茶几上，在他对面的沙发上坐下说："你今天晚上恐怕一时不能回去，这件事情很重要，我们必须详细研究研究，我希望你能理解我给你打电话的苦衷。"

"到底是什么事？工作上的事不谈，你已经不管工作了。快说吧！我不能在你这儿待得太久，你总不能强迫我待在这儿吧。"关良不耐烦地说。

李四海干咳两声，镇静一下自己的情绪，说："老关，你到公安局来工作，是组织的决定，我们是拥护你的。你来了已经两年多了，你说过去在工作上我刁难过你吗？我不服从你领导吗？除了孔彬被害案我们产生了较大的意见分歧，以往一些重大事情都是在你主持的会议上通过的。孔彬被害，我们认为是那三个杀手干的，吴省长和你认为是林苑干的。有不同意见不要紧，只要拿到证据，是谁干的就是谁干的，一切以证据为准。你同意不同意我的意见？"

"不是说好不谈工作吗？你怎么又扯到孔彬案上了？怎么！你发现了什么新大陆不成？你不要再把你们的推理重复说给我听好了。证据，什么证据！我相信你不可能有什么证据。好了，这个问题不谈。吴副省长说了，我们就认定是林苑杀了人，她逃跑了，也许自感罪恶深重，投海自杀了。我们准备向中央写报告，案件侦破告一段落，不能为这么一起案件，牵涉我们太多的精力。党代会、人代会开过后，市里准备集中力量加速经济发展，这是一切工作的中心，别的工作都要为它让路。"

李四海郑重其事地对他说："关局长，我告诉你，我已经掌握了那三个犯罪分子犯罪的确凿证据，也弄清了那三个人的姓名、住址，今晚请你来，就是要你批准拘捕他们。"

他们是什么人？你有什么证据？关良迫不及待地问。

他们是巨大地产公司的职工杨高明、彭赞和孙建伟。

关良一听是巨大地产集团的人，头脑一阵眩晕，他就怕有什么案件牵扯到巨大地产的人。在他没到公安局之前和在他到公安局之后，经常有一些案件牵扯到巨大地产的人，结果都是不了了之，尽管社会舆论反应强烈，群众议论纷纷，也没有用，实在闹大了，不可收拾，以巨大地产赔几个钱了事，包括一些命案。他知道，巨大地产集团是滨江市的支柱企业，掌握着滨江市的经济命脉，他的老板曾在电视上讲话，得意地说：滨江市的工人，有五分之一都在我们公司，大家要维护好它，否则将有大批工人失业！

那些对公司有意见的民众，因为亲属有人在该公司工作，也都采取忍受的态度。

关良很清楚，省市级的党政领导，是巨大地产的坐上宾，而欧阳山也是他们家中的常客。他进公安局才两年，就从巨大地产得益不少，仅今年春节，他就得到巨大地产送来的礼物和近十万元现金，由于他胆小，八万元现金没敢接收，当场退回了。送礼的人说先给他存下，以后把存折给他，还说这是分红，不是行贿。关良心中暗暗叫苦，为什么这三个人都是巨大地产的人呢！要我批准拘捕他们，得不到吴峰的指示，我敢干吗？吃了豹子胆不成！他想，李四海也许什么证据也没有，这样他就可以理直气壮地加以拒绝，马上回办公室，不跟他纠缠。于是他说："证据呢？"

李四海拍了一下手，套间的门打开了，马锡良拿着卷宗走了出来。关良一看，吃了一惊，原来是他一直在帮助李四海进行调查。他在滨江能调查出什么名堂呢？关良怀疑地摇摇头。不过，这证实了吴峰分析的，马锡良不是在看病，而是在做秘密调查。他佩服他们的敬业精神。医院能拿到什么证据？孔彬又不是在医院被人害死的。他不知道李四海葫芦里到底卖的是什么药，他要看个究竟。"

马锡良将案卷材料放在关良的面前，从开发办枪战现场提取的子弹头、子弹壳和张庄之战提取的弹头、弹壳，同黄泥坎之战所提取的弹头、弹壳进行比对所做出的结论；张庄之战时，阿赞受伤所留下的血液同他的头发的 DNA 是一致的；黄泥坎之战时，阿伟留下的血液样本，与在滨江市第一人民医院换药时所留下的血液的 DNA 是一致的，以及阿伟在滨江医院的病历记录等。

关良翻着这份近百页的证据材料，不住地摇头，最后他把案卷材料往茶几上一扔，悻悻地说："就凭这些东西，怎么能证明是巨大地产集团的杨高明、彭赞、孙建伟干的呢？你们怎么证明他们到过这些地方呢？"

李四海说："问得好。这是他们自己说的。"

"自己说的？跟谁说的？"关良质问道。

"是他们在黄泥坎企图杀害林苑时向她喊话，要她投降时对林苑说的。"李四海解释道。

"林苑在哪里？她说的话你们也相信？"

林苑不知在哪里，这也不是林苑告诉我们的，他们的喊话被人录了音,我们是从录音磁带上听到的。”

“这里面没有录音磁带,你们口说无凭,不能作为证据。”

李四海拍拍巴掌,赵军从套间里走出来,手上拿着录音机,关良一看,大吃一惊,不由自主地从沙发上站了起来,嘴巴哆哆嗦嗦地说:“你不是已经……怎么在这里?”过了好大一会儿,他才清醒过来,对着李四海怒吼道:“李四海!你在搞什么名堂?你也太欺负人了,太过分了。你把赵军派去搞调查走私汽车案我不反对;你要他去调查孔彬被害案也是可以的,但是你应当给我说一声,我是全权负责人;不说也罢,你不该散布谣言,说他因车祸牺牲了,我们向省委申报追认他为烈士,追悼会幸好没开,要是开了,我和公安局不成了全省人民的笑柄吗?我还有什么脸呆在滨江?”他的脸气得通红。

赵军说:“关局长,这事不怪李局长,都怪我。当我得知林苑逃到内蒙时,我以调查汽车走私为名,去捉拿林苑,谁知巨大地产的三个杀手也去追杀林苑了,他们认识我,而我却不认识他们,所以他们在我去溪东的途中,在葫芦山突然用冲锋枪向我的汽车猛射,并扔下炸弹,企图打死或炸死我。由于我及时跳车逃跑,幸免于难。我怕他们继续追杀我,就躲了起来。为了迷惑他们,通过公安局向外界公布我因车祸而牺牲。杀手们以为我死了,就可以轻而易举地除掉林苑了。他们在溪东县奥美贸易公司等待林苑出现,在游人如织的大街上,向林苑射击;林苑乘出租车逃跑,他们就追赶,追到黄泥坎,将她包围在一个小山头上,向她喊话,要她投降,跟他们一起干。喊话被我录下来了。林苑没有投降,他们疯狂进攻,结果阿伟中弹,他们害怕巡警马上就要来,无心恋战而撤退。他们回到滨江后,阿伟到医院继续治疗伤口的情况,被马锡良调查得一清二楚。”

接着,赵军按下播放键,清晰的喊话声传进了关良的耳朵。放完录音后, 赵军说:“滨江大学的声学教授根据去年巨大地产音乐晚会上的杨高明、孙建伟的节目录音,把它同黄泥坎杨高明的喊话声和阿伟受伤的骂人声比对,证实确实是他们两人。根据这么充分的材料和证据,逮捕他们是有充足理由的。逮捕后,我们肯定能从他们家中、办公室搜查到枪支弹药,证据就更加充分了。”

关良早就知道他已经被孔彬被害案卷进政治漩涡里。他对破案是一窍不通,但是他的政治敏感并不迟钝。在官本位占主导地位的形势下,那些通过依附关系当上官的人,个个都是政治家,个个都会耍权术,关良也不例外。他一开始就感到孔彬死得蹊跷,要不是吴峰要求他按照他的意图办事,他会同意李四海的侦查方案的,就像这两年办的一些大案那样。但是他为了在下一届选举中挤进省委领导班子,他就必须听吴峰指挥调度。这就像赌博一样,把宝压在哪一方,他就希望那一方赢。

现在李四海突然拿出巨大地产的职员犯罪的有力证据，使他处于两难的境地。他知道李四海是闻名全国的大侦探,公安部领导对他有很高评价,不同意他拘捕罪犯,要是他通上去了,他这个公安局长就不合格,更别说进入省委领导班子了。如果这三个人的行为和欧阳老板、吴峰有关,逮捕他们意味着自己马上垮台,除非吴省长不能控制住局势,因暴露了自己而垮台了,他的日子也许才能会好过些。吴峰会垮台吗?中央最近已经选择他任下一届省长了,现任省委书记、人大主任等老同志也支持他。如果他没有垮台,那就意味着我完蛋。这两股力量谁能战胜谁呢?我站在哪一边比较安全呢?他拿不定主意,因此沉默不语。李四海并不催他,让他有充分时间考虑。时间在一分一秒过去,房子里鸦雀无声。

大约10分钟后,关良终于做出他的选择。他对李四海说:“老李,你知道我对公安业务不熟悉,虽然有这么多证据材料,我还是拿不准该不该逮捕他们。你知道巨大地产对我市经济发展起着举足轻重的作用,逮捕公司的人之前要向省委领导请示,我认为是必要的。你看怎么样?”

关良虽然是以商量的口气说话，但是看得出来，他是以这个作为借口,拒绝逮捕他们。

李四海对他的回答一点也不感到意外。他原以为他会一口拒绝,没想到以请示领导来拖延时间。于是他说道:“这三个人是公司的雇员,又不是公司骨干,逮捕他们对公司的发展没有什么影响。按照刑事诉讼法的有关规定,我们公安局有权直接向检察院提请批捕,在未批捕前,我们先拘留他,你只要在拘留证、搜查证上签字,我们去执行。这是公安机关权限范围内的事情,无须请示谁,我们是依法办事,如果你去请示,不仅耽误了时间,万一走漏风声,犯罪嫌疑人逃跑了谁负责?”

李四海的话很明确:“你要请示的人不可靠,他会阻挠、通风报信,使犯罪嫌疑人脱逃,你负得起责任吗?”这使他感到李四海是在孤注一掷,和他摊牌,不同意他的意见,他可能就要越级上告,他有这么多充分的证据,胜利是有把握的。他万般无奈，不管投向哪一方，他都要冒巨大的风险。他决定采取金蝉脱壳之计，刚好有借口：他是人代会筹备组成员，保卫组组长，有很多工作要做，可以把孔彬被害专案组长让给一位副局长来当，只要不是李四海，吴峰是会同意的。他下定决心，就这么办。

关良抬起头，眼睛扫视他们三人，说道："这么多材料、证据，都需要认真看、认真研究，可我有那么多工作要做，尤其是两代会安全保卫任务十分繁重，我实在没有时间。我想把专案组长的担子让给刘杰副局长担任，还可以让夏勇副局长担任副组长，这些材料由他们审查决定。不过我要请示一下吴副省长，他现在全面主持市委市政府的常务工作。"

李四海马上说道："你现在就打电话！这事不能拖，不能延误战机。"

为了表示他没有避着他们向吴峰通风报信，他立即给吴峰打电话，说破案工作陷于停顿，他又要全力以赴抓两代会安全保卫工作，没有时间处理公安局日常工作，积压了很多事，因此建议由副局长、党委副书记刘杰全面主持公安局日常工作，代理专案组长，等两代会后，再调整。吴峰认为他说的有道理，只要没有李四海，都能同意。但是狡猾的关良为了不给自己惹麻烦，他说要写一个正式报告，送吴峰批准后执行。

虽然行动要推迟，但是把拘留、搜查的审批权交给刘杰，李四海是满意的。令他担心的问题是关良会不会把这一秘密透露给吴峰，让他采取行动，阻止他们拘捕三个犯罪嫌疑人。在这关键时刻，李四海不得不再次向关良摊牌。他说："杨高明、彭赞、孙建伟三个犯罪嫌疑人毒害孔彬，追杀林苑，袭击赵军，不是他们个人行为，肯定有人在支持他们，因此，拘捕他们后，必然要牵扯到一些幕后指使者，因此，保守秘密就非常重要。知道这个秘密的只有我们四个人，谁泄漏出去，将受到法律的严厉惩罚。为了万无一失，这些材料和证据，我们都准备了双分，其中一份我已经派专人送往北京公安部，并由公安部和最高人民检察院通气，我在给公安部的信中，已经说了我们要拘捕犯罪嫌疑人，可能遇到阻力，如果出现那种情况，公安部和高检会直接派人来指导破案，孔彬被害案一定能大白于天下，泄漏秘密的人不会有好下场。"

关良当然听得很明白。他知道李四海在这一场斗争中已经占了上风，但是现在就和他站到一起，为时尚早。他要寻求上策，不管谁赢了，对他都没有大的影响，因为他没有策划毒害孔彬。为了能在吴峰赢了的情况下也能站得住脚,他提出条件说:“我答应你们提出的要求,你们也要答应我一个条件,这就是,我们今天晚上的会面,不准你们给任何人说,就当我根本不知道你们所做的调查和获取的证据,还有你们拘捕那三个人的计划。把我当作局外人,你们办好了,我不去邀功,你们办错了,和我无关。因为我对你们的行动计划并不赞成。”

“一言为定!”李四海站起来,握住关良的手,继续说:“我们知道你有你的难处,不要求你和我们一起冒险,这样,不管这件大案如何结局,你都是赢家。”

关良嘿嘿一笑。

李四海对马锡良说:“你出去看看有没有人,没有人送关局长。”

马锡良出去了一会儿,回来时,他摆了摆手,表示没有问题。

关良像个地下工作者,弯着腰,低着头,快速走出,钻进汽车,迅速离开了。

林苑又返回滨江后,仍然是用关英的身份证在招待所登记住宿的,她觉得那里相对安全一些。她住了两天,把自己关在房子里,坐卧不安。她多次拿起电话又放下, 她知道男友的手机号码, 但是她怕万一电话被人窃听,自己就危险了。她是多么渴望见他一面啊,或者听他说句话也好。在万般无奈的情况下,她把电话打给了杜艳。

电话接通了,杜艳问:“喂!你是谁?说话呀。”没有回答的声音。她挂上电话。

不一会儿,她又给杜艳打电话。电话接通后,她还是不说话,杜艳愤怒地质问:“你是谁?为什么打骚扰电话?你要再打我就报警了。”杜艳发出这个警告后,似乎明白了什么,又婉转地说,“你是谁?有什么话请赶快讲,我还有事呢。不要和我捉迷藏好不好?”杜艳预感到可能是林苑,所以说话口气变了。

十几秒钟时间过去了, 杜艳从贴在耳朵的手机里好像听到女人的喘息声。

她急切地问:“你为什么不说话?你是林苑吗?我知道你还活着,我太高兴了。你现在在哪?需要我帮助吗?”

“杜艳!”林苑叫了立刻泣不成声了。

当天深夜,杜艳将林苑悄悄接到父母住处三楼自己的房间里。

林苑将她近两个月来躲避追杀而死里逃生的故事详细地向杜艳讲述了一遍,让杜艳感到唏嘘不已,简直就像小说场景一般,禁不住使她产生了强烈地创作冲动。杜艳虽然大学时读的是经济和管理专业,但她酷爱写作。她们彻夜畅谈,仿佛完全忘记了林苑仍然处在危险之中。

杜艳感叹道:“你的运气真是太好了,看来你是滨江市黑社会势力的克星了。恐怕他们怎么也想象不到,经历了那么多的大风大浪,却在阴沟里翻了船。你男朋友关海龙知道你回来的消息吗?你赶快给他打个电话吧,前几天他还向我询问你的消息呢。”

经杜艳提醒,林苑迫不及待地用杜艳的手机给关海龙打了电话。她没有说太多话,只是简单地说:“我好好的,你不要牵挂,照顾好自己,我很快就能重获自由了。”为了防止意外情况发生,她没有等关海龙回答,就挂断了电话。

关海龙接到她的电话,既心疼,又担心。他心疼林苑生活得好好的,却遭遇到这种莫名其妙的事情。他担心在杜艳家是不是安全,万一被歹徒发现了那里确实太危险了。可是有什么办法呢,他这里据说早就被犯罪分子监控了。他只能暗暗祈祷警方早日破案,早日还林苑清白和自由。

关良打报告要求将公安局日常工作交给刘杰,同时兼管孔彬被害专案组,他自己集中精力抓好两代会安全保卫,理由冠冕堂皇,吴峰没有多想就同意了。吴峰心理明白,由于造了孔彬生活不检点而遭杀身之祸的谣言,弄得沸沸扬扬,蒙蔽了很多不明真相的群众,当然也传到中央领导人的耳朵里,林苑一直没有抓到,真假难辨,上级督促破案也就松懈下来,林苑一时抓不到,也没有关系,当前最重要的是开好党代会,如果自己接了班,那么以后什么事都好办了,所以对关良搞好党代会的安全保卫工作的态度感到非常满意,所以他什么都没有想就批准了。

在关良同李四海秘密会面的第二天下午,报告就退回公安局了。刘杰副局长就全面负责公安局的日常工作。

李四海没有预料到会这么快。其实,关良离开党校就直接回到公安局自己办公室,亲自起草报告,叮嘱秘书第二天上班时必须送到。吴峰接到公安局的公函格外重视,当即作了批示,派专人送到公安局。他们的工作效率确实很高!

刘杰副局长接受了新的任务后有点纳闷:李四海是公安局的二把手,理应由他来主持公安局的全面工作,可偏要他到党校学习;关良把权力看得很重,公安局大小事情都要他一人说了算,这次为什么会这样,他对我就那么放心?他把关良的报告和吴峰的批示电话告诉李四海,李四海丝毫也不感到惊奇,使他更加困惑。

李四海看他满腹狐疑,对他说:“刘杰同志,这是关良局长做的一件好事呀,你要责无旁贷地担当起责任。”刘杰听了李四海的话,似乎明白了什么,不再说下去。

吴峰把关良的报告和他的批示对欧阳山说了,欧阳山认为这样做不妥,但是已经做出了决定,再要更改,怕有损领导形象,告诫吴峰,对刘杰要防着点。吴峰反问道:“我这么忙,哪有时间管到他们,怎么防?要防,应该你去防!”

欧阳山哈哈一笑说:“量刘杰也不敢怎么样!但是有你这句话,我们防范他破坏捣乱就有了依据。交给我们防范,你尽管放心好了。”

欧阳山马上布置人员,监视刘杰的行动,窃听他的电话。电信局在线路改造、全面铺设光缆时,巨大地产集团投资了五千万美元,作为交换条件,安排心腹到电信局工作,欧阳山布置他们窃听刘杰的电话,马上就得到执行。刘杰同李四海通气电话录音,送到欧阳山那里,他听了后对刘杰和李四海联系那么密切,十分恼火。但是他听了李四海那两句话,心中无比惬意。他认为李四海被刘杰所代替必然心中不是滋味,所以才故意那么说。这样一想,他暗自高兴,李四海有了对立面,就可以大大牵制他。他感到吴峰这一招虽然很好,但是他总是感到,只要李四海存在一天,对他们就是威胁,要是能利用他在党校学习的机会,把他干掉,一劳永逸地解决问题。

李四海白天要上课,只有利用晚上时间和赵军、马锡良研究行动计划。赵军白天在李四海的套间房里研究一些具体细节。李四海感到最大的难处是提请检察院批捕时会遇到麻烦,如果没有省人大常委会的支持,就很难办成。所以必须要得到杜国力的支持才行。他苦苦思索如何通过杜艳来做她爸爸的工作。李四海已经同她接触过,下一步必须使工作更加深入。

为了不被人发现,赵军总是将房间的窗帘拉得紧紧的,就这样他还不放心,把工作室安排在卫生间。在和关良秘密接触的第三天下午四点钟,房间里的电话突然响了起来,这时正是李四海上课时间,不应该有人打电话来,他感到有点蹊跷,这个电话,不管是谁打来的,他都不能接。他从卫生间出来,从窗帘缝隙向外察看,有一个陌生人在这幢房子周围转来转去,他手持照相机,掀动窗帘的一角,悄悄拍摄下来。晚上,他把照片拿给马锡良辨认,是不是那三个杀手中的一个,马锡良看了看说有点像孙建伟,但是不能肯定。

赵军和李四海都认为,这个情况很值得重视。先打电话是试探屋里是否有人,没有人接电话,就说明房子里没有人,于是就有人到房子周围转悠,实际上是为了某种行动而实际来察看现场的。他们三个人在这里秘密聚会,只有关良知道,他会自食其言吗?他们对关良那么痛快地交出主持公安局日常工作权力感到怀疑,这也许是一个阴谋,想麻痹他们,好一网打尽。他们感到很危险,必须马上离开。

说走就走。他们收拾好案卷和证据,放到手提包里,然后把枪放在口袋里,子弹上膛,随时准备战斗。李四海先走出房间,在确信没有人监视的情况下,咳嗽一声,赵军、马锡良出来了,房里的电灯仍然亮着。

李四海在前,马锡良居中,赵军在后,都保持一定的距离,他们不走正路,出了党校,要了一辆出租车,他先坐进去,等马锡良、赵军都坐进去了,他要司机将车开到他内弟家。内弟夫妇出国进修去了,房子由他代为照看,他有时也来住上一宿。现在这房子可派上了用场。

他们在李四海内弟家研究到凌晨一点中,李四海让马锡良回家。马锡良说:“不行!我时刻被人监视,目标太明显。”

李四海挥挥手说:“你走吧!太迟了你老婆会有意见的。”

马锡良笑了笑说:“没事的李局,你又不是不了解我们夫妇。你真要是发慈悲,破了这个大案,准我们夫妇一个月假期,我们到三亚的亚龙湾去痛快游泳一个月,回来再为你卖命。”

“什么!为我卖命?我为谁卖命?你就是这样理解你的工作……”话未说完,他的手机响了。

其实,他们都是没话找话说,想缓解这太沉重的气氛,被突然来的电话打断了,否则他们还要舌战下去。

李四海拿着手机先看看屏幕的显示，是刘杰副局长打来的，他对他们两人说："是刘局长打来的，不知遇到了啥麻烦。说罢他把手机贴近耳边，话筒里传来刘局长急促的问话：李局长，你没事吧？你在什么地方？"

李四海说："你先别问我在什么地方，到底出了什么事，这么慌张！"

"怎么，你还不知道？你住的党校宿舍爆炸起火，消防队迅速赶往现场将火扑灭，可你住的宿舍被炸倒塌，大火烧毁里面所有东西，消防总队长告诉我，你的汽车还在外面停着，可是不见你的踪影，他们以为你遇难了，正在寻找……"

"寻找我被炸飞了的尸体。"李四海补充说。

"只要你还活着，比什么都好。我已经派刑侦技术人员到现场，协助消防查清爆炸原因、爆炸装置，提取痕迹物证。据说你住的房子没有石油液化气装置，为什么会引起如此巨大的爆炸呢？李四海，你要小心，看来这是针对你的！"

"谢谢你的关心。你说得对呀，他们确实是针对我，我早有预料，所以作了必要的防范，否则你们真的要在现场搜集我被炸碎、烧焦的遗体呢。"

李四海放下电话，三个人商量对策，认为必须及早行动，宁愿冒险，也要先将那三个杀手拘捕起来，阻止他们继续搞破坏，伤及无辜，尽量争取在党代会前披露孔彬被害的真相，使篡权者阴谋败露。

李四海决定到杜国力家向他汇报孔彬被害案的真相，以争取支持自己的力量。据公安部刑侦部门的一位看过他送去的案卷材料副局长认为，孔彬被害案破案材料真实可靠，证据扎实，他向公安部领导汇报过了，而且已经收到了良好的效果。

第二天，他打电话给杜国力，说他在党校白天要上课，只有晚上有时间，他有一件重要的事情要向他汇报，杜国力爽快地答应了。

当天晚上八点多钟，李四海和马锡良来到杜主任家，杜主任对他们很客气，落座后，问道："党校学习紧张不紧张？伙食好不好？老师课上得怎么样？党校校长说了，要我在你们结业前去给你们上一课，关于民主与法制问题，重点是人大如何监督司法机关严格依法办事问题。你今天来得好，给我当当参谋，看怎样讲才能受到学员欢迎。"

李四海刚来时不知从那里说起，经他这么一说，他感到自己有词了。他说："杜主任，我今天来您这里就是要请省人大加强对公、检、法三机关的执法监督问题。当前在执法问题上存在的主要矛盾已经不是无法可依，我们已经有了比较完备的法律法规，无法可依的状况已经彻底改变，当然我们还要不断完善，还有一些新的法律需要制定。但是，当前主要的问题是有法不依、执法不严、违法不究，人大真的要加强执法监督，这也是人大的职责呀！您如果给我们上课就应该多讲讲这方面的问题，必定会受学员们的欢迎。”

“好的！好的！你具体讲讲我们执法上存在的问题，人大如何监督。”

杜国力说完这句话，他的女儿从楼上下来了，和李四海、马锡良点头招呼。杜国力回头一看，问道：“你来干什么？我正在和李局长研究人大的法律监督问题呢，你要想参加，就帮我做记录，把他们的好意见记下来，为我到党校上课提供素材。”

杜艳看了李四海、马锡良一眼，她对他们今晚到她家来的意图并不清楚，但是她知道，他们到她家来一定有非同寻常的事情，可听她爸爸这么一说，以为是爸爸为了到党校上课作调查研究，打电话要他们来的，李四海正在党校学习，他既是学员，又是公安局副局长，能代表学员对讲课提出要求，又能代表司法部门提供素材。她不想听他们枯燥的有关法律监督问题的谈话，于是说：“你们谈吧，我不打搅你们。我已经几年没拿过笔了，要我记录，什么也记不下来。电脑的普及，使我们不会写中文字了。”说完就要走。

“你这个丫头，叫你帮我办事，就找借口推脱，好了，你走吧！”杜国力不高兴地说。

杜艳吻了爸爸的面颊一下，来缓和爸爸的不满情绪。果然如此，杜国力又面带微笑地摇摇头。杜艳微笑着对李四海、马锡良点头告别。当她转身就要走的时候，李四海阻止了她，说道：“杜艳同志，你大概以为我们今天到这儿来是要同杜主任泛泛讨论法律监督问题，不是的，完全不是的。我们是来请求杜主任支持我们拘捕毒杀孔彬的凶手，还电视台著名节目主持人林苑小姐的清白，你是林苑的朋友，不想听听吗？”

杜艳受到很大的震动，她为林苑能活着等到这一天而兴奋不已。她转过身来，轻轻地坐在爸爸的身边，等待他表态。

杜国力也受到震动，但是他还不明白李四海说话的真实含义。问道：“你们有了犯罪嫌疑人的名单了？他们是谁？证据可靠吗？林苑没有犯罪，为什么要逃跑呢？有人说她畏罪自杀了，是真的吗？”

李四海用了15分钟时间简要汇报了从案发现场勘查所提取的物证分析是三个人毒杀孔彬开始，从张庄之战、葫芦汽车爆炸案、溪东街头袭击林苑到黄泥坎包围赵军、林苑而发生的激烈枪战，一一作了详细汇报，然后把搜集的证据展示给他看，最后，播放杀手诱降林苑的录音，展示了中科院声学研究所鉴定所作的结论文本，确凿地证实毒杀孔彬、打死值班保安的凶手是巨大地产公司的雇员杨高明、彭赞和孙建伟。

杜国力在听讲的过程中，心情是极为复杂的。开始，他以为李四海会像在市委扩大会上汇报孔彬被害案那样，只作一些逻辑推理、论证，拿不出任何直接证据。随着李四海像放电影一样，把那三个犯罪嫌疑人在张庄、在葫芦山、在溪东和黄泥坎袭击林苑、赵军的过程，放给他看，他佩服李四海对情况了如指掌。不过他还是不相信，尽管你说得天花乱坠，没有证据，只能是空谈。但是当他看了证据，尤其是听了录音，他才彻底相信这一切并非杜撰，而是真的。他从内心佩服李四海：多么好的侦查专家！

轮到他表态时，他不知说什么好。他没有做好思想准备，他想绕开孔彬被害案，因为一切都是从这儿开始的。可李四海说到这个份上，他无法回避，于是问道：赵军真的被他们打死的？溪东县公安局不是说是因为出车祸而牺牲的吗？林苑是死是活？她能出庭作证吗？

杜艳对李四海的介绍并不感到意外，因为她听林苑详细说过了，只是那些证据她不甚了解，她对她爸爸不正面回答同意还是不同意拘捕这三个人而不满。她想，证据这么确凿，应该明确表态。她用胳膊肘轻轻推他一下，说：“爸！李局长的意思是要你支持拘捕这三个人，你表态呀。其实，拘捕这三个犯罪嫌疑人，也用不着你人大主任亲自批准，公安局完全可以依法去办，李局长担心的是他们是巨大地产的人，公司老板又是大名鼎鼎的企业家欧阳山，他是省委省政府领导的好朋友，不也是你好朋友吗，不给你们打个招呼，怕出纰漏。李局长，我说得对吧。”

杜艳这一军将得爸爸无话可说。思考了一会儿杜国力说道：“你们依法办事就是了。人大是既是权力机关，负责制定法律、法规，同时又是监督法律正确实施的机关，但是它不能代替执法机关具体的执法活动，你们打算拘捕的那三个人又不是人大代表，不需要经过人大批准，你们觉得有把握，该怎么办就怎么办，如果你们搞错了，伤害了好人，同样要负法律责任的。”

李四海听了杜主任的话，觉得他头脑清醒，是非明确，对人大和司法机关职能了解透彻，如果他没有陷入泥潭，或陷得不深，是可以值得信赖的领导。关键是毒杀孔彬他是否知情，是否参与策划了这一阴谋；如果这两者都没有，仅仅是直接或间接得到过巨大公司的好处，关系不大。因为市里党政机关得到好处的大有人在。欧阳山把他在滨江聚敛的钱财拿出一部分，以各种名义给权力机关搞福利，给领导额外报酬，目的就是要封住他们的嘴。他把压低的地皮钱、偷税漏税的钱拿出很小一部分，进行财产再分配。而所有这一切，都是吴峰在暗中策划的。省里已经退居二线或即将退居二线的元老们，自从吴峰主持工作以来得到的实惠太大了，所以都支持他接班，而吴峰也正是以此想执掌全省党政大权，然后以这个为跳板，有巨大地产公司的巨大经济支持，他梦想到省里、甚至到中央大显身手，滨江不是他的最终目标，否则他不会冒这么大的风险。

十年来凡是同该公司有矛盾而不能解决的，有的人莫名其妙地消失了，有的人伤了、残了，成了植物人，而凶手总是找不到。李四海和他的弟子破了那么多大案、难案，可是牵扯巨大地产公司的案子，一个也破不了。以他职业的敏感，不会不知道原因，可他无能为力。而孔彬被害案的发生，使他更加相信自己的判断，他决心冒杀头的危险也要把这伙坏家伙揪出来。昨晚的爆炸事件提示他，敌人会不惜一切代价的，而他也铁了心，既然看准了，就要不惜一切代价干下去。到杜主任家也要冒风险，谁知道他会怎样呢？但是他刚才那冠冕堂皇的话，还是可以利用的，何况他女儿可以帮忙，正是一个好机会。

李四海笑笑说：“杜主任刚才给我们上了一堂很生动的法制教育课。您要是再具体补充一些案例，就可以到党校给我们上课。案例也是现成的，那就是孔彬被害案，人大是如何支持公安机关拘捕犯罪嫌疑人，以及通过对犯罪嫌疑人的审讯扩大战果，将幕后指使者挖出来，除恶务尽，不要留下后患。这是挂上号的大案要案，以它作例子是再合适不过了，保证学员欢迎。我们按杜主任说的，依照刑事诉讼法的规定，立即拘留杨高明、彭赞、孙建伟，在拘留期间，办理批捕手续。有什么情况，随时向杜主任汇报。”

杜国力立即警告说：“你说把幕后指使者挖出来是什么意思？可不要

胡来,不要没有根据乱怀疑,伤害无辜。谁还指使他们干这种伤天害理的事?孔彬同志工作辛苦,为人正派,清正廉洁,谦虚谨慎,没有架子,谁跟他有深仇大恨,非要置之死地而后快?我看你们适可而止,把那三个人捉起来,他们招认了,案子就破了。不要节外生枝,影响稳定,我们可不要因破了这个案子,而影响我市的安定团结。党代会就要开了,公安工作要服从于、服务于我市大局的稳定。"

杜主任的话是再清楚不过了,他只是勉强同意抓那三个证据确凿的犯罪嫌疑人,但是不准追幕后指使者,否则就是破坏安定团结。李四海想,只要把那三个人抓起来,拿到了幕后指使者的确凿证据,传播出去,就不由得你杜主任了。他不想和杜主任彻底摊牌,怕搞僵了他不支持拘捕行动反而不利。李四海说:"我们一定按照杜主任说的去办,坚持实事求是的思想路线,重证据、重调查研究,不要亲信口供,严格依法办事,坚决维护我市安定团结的大好形势。"

李四海的话在什么时候都无懈可击,让杜主任无话可说。

就在李四海和马锡良准备离开时,杜艳对李四海说:"假如那三个杀手供出别人参与了谋杀孔彬,难道你们就不管吗?"她又转对她爸爸说:"除恶务尽,不要留后患,才能真正维护滨江的安定团结。"

杜国力怒视女儿,厉声说道:"你懂什么?做你的事去吧。"

李四海笑笑说:"接受批评,这次我们一定……他没有说下去,怕引起杜主任反感,他从内心感谢杜艳说的话。"

马锡良把李四海同杜主任的谈话做了详细记录。

离开杜主任家后,他们回到李四海内弟的家,赵军在焦急地等待,他急不可待地问马锡良:"你们见到杜艳了吗?有没有林苑的消息?"

"你怎么不问杜主任的态度,而先问林苑?说实话,见到杜艳了,但是没有单独和她说话的机会,不知道她是否了解林苑的行踪。她说她完全支持林苑的做法,若她是林苑也会这样做。没有发现她对林苑的安全感到担心的情绪,估计她知道林苑在什么地方。"

马锡良的话音刚落,赵军的手机响了,他马上知道这是林苑打来的,不由得心中一阵狂喜。他把手机贴在耳朵上,里面传来林苑的声音:"我很安全,祝你们行动成功。"说完,电话就挂断了。

原来杜艳回到楼上自己房间后,把李四海、马锡良向她爸爸汇报拘捕三个杀手的情况告诉林苑后,她控制不了自己的情绪,给赵军打了电话。

这个电话被欧阳山在电信局的同党窃听到了。原来欧阳山对和林苑有关系的人都要求进行窃听,所以杜艳自己住宅和办公室的电话一直被窃听,最近他们发现杜艳经常住家里,感到反常,于是对杜国力家的电话也窃听,只要是杜艳接收的一切电话都要窃听。他们从林苑给赵军打电话的录音中感到不是杜艳的声音,从电话的内容判断,肯定是林苑无疑。

欧阳山非常吃惊。他马上给吴峰打电话,要去见他。

吴峰不耐烦地说:“明天再谈。”

欧阳山说:“必须连夜采取行动,否则就来不及了。”

吴峰感到问题重大,同意欧阳山马上去见他,欧阳山说:“你通知关良,让他准备精干的力量,准备执行紧急任务。”

第十七章 拘捕凶手

李四海把刘杰请去，让他了解了杨高明、彭赞、孙建伟的犯罪事实和证据，以及向杜主任汇报和关良交换意见的情况。他还把公安部和最高人民检察院领导看了案卷副本后，支持他们独立办案的情况告诉了刘杰。刘杰这时才知道关良放权的真实意图，他深知由他批准拘捕这三个人需要冒的风险，但是作为一个高级警官，不能患得患失。他马上表态，同意立即拘留这三个人，对他们家进行搜查，并马上通知刑侦干警做好出现场，执行拘捕、搜查犯罪嫌疑人的一切准备工作，他表示要亲自带领干警去执行。

与此同时，欧阳山向吴峰汇报，说林苑已经返回滨江，就住在杜主任家，已经窃听到她从杜主任家向外打电话了，好像是给李四海手下人打的。吴峰得到这个信息，马上通知关良，立即带几名干警到他的办公室去，他还特别强调要带上武器。关良懵懵懂懂，带着五名干警去了。他听说要他到杜主任家去逮捕林苑，就感到腿发软，于是说："吴副省长，这可要慎重考虑呀！杜主任是人大主任，一贯支持我们，要是林苑不在他家，我们可是要坐班房的，这不是开玩笑。再说，人代会马上就要召开，你要想被选上人大主任，没有他的支持，代表们不投你的票，你怎么当得上？这事要三思而行。"

吴峰说："这事我们已经想好了，我先向杜主任汇报，你带人出发，我随后赶到，事情是我决定的，一切由我负责。杜主任会理解我们的。林苑是通缉在逃犯，逮捕她不犯什么错误。杜主任肯定不知道林苑藏在他家，是他女儿杜艳把她藏在自己房间里的。"

关良知道李四海、刘杰正在准备拘捕杨高明等三个人，而且证据确凿，可林苑犯罪证据一条也没有，是欧阳山给吴峰汇报后，才促使他采取这个冒险行动的，但是吴峰给他下了死命令，没有讨价还价的余地，只好按照吴峰的要求去执行。

吴峰看关良那不积极的样子，气愤地说："养兵千日，用兵一时，现在用到你们了，还犹豫什么！带上武器立即出发。"

"你不是说你先去同杜主任通通气，然后我再去执行吗？"关良怯生生地说。

"我们一起走，我带头先进去，向他说明来意，你们接着进去，时间间隔二三分钟就可以了。我进去时，你们要有人在外面监视，不要让林苑乘机溜了。"说完，起身就要走，突然，欧阳山的电话响了，吴峰停下来，听他接电话。

电话是任萍打来的，欧阳山漫不经心地问道："什么事非要现在打手机，我不是说了马上就回来吗？……什么！刘杰带着一帮武警把杨高明、彭赞给逮起来了，正在进行搜查……什么？枪也搜到了，你马上组织职工，不能让他们走，我这就回来……你说什么？拘捕他们是得到杜主任批准的，你们要缠住他们，我马上回来！"

听了欧阳山和任萍的对话，吴峰的脸色顿时大变。他认为这是欧阳山派人到党校去袭击李四海而促使他孤注一掷、先下手为强了。他对关良怒吼道："你听见了吗？李四海已经行动了，可你都干了些什么！还不赶快去把那个女人给我捉住！完不成任务今天晚上我就撤你的职。

接着他对欧阳山说："走！我们一起走。是谁给刘杰这么大的权力，随便抓人。孔彬的案子市委委托我主管，不给我汇报就抓人，反了不是！接着他又质问关良："你是专案组长，你知不知道刘杰在搞什么名堂？他什么时候管起专案来了？"

关良回答说："是我写的报告，你亲自批示的呀！"

吴峰走到关良跟前，眼睛逼视着他，厉声问道："你为什么要写那个报告？你是不是和李四海事先商量好了，然后给我写那个报告？你知不知道他们要逮捕巨大地产方面的人？你老实回答我，否则你出不了办公室！"

关良这才如梦初醒，知道吴峰和欧阳山是什么人了，和孔彬被害案是什么关系。省委书记、人大主任、政协主席、纪委书记同欧阳山关系都很好，难道他们都是孔彬被害案的阴谋策划者吗？我不能对他讲老实话，否则真的出不了这间办公室。滨江市那么多人神秘失踪，也许下一个就要轮到我了。他装出一副饱受委屈的样子说："我全力以赴抓两会安全保卫的筹备工作,没有时间过问家里的事,所以给你写报告把家里的事情交给刘杰统管,跟李四海毫无关系。刘杰也没有给我说过他要拘捕人,他没有管过这个案子,谁知道他为什么要拘捕巨大地产公司的人。如果没有别的事,我去抓林苑了,只要她确实在杜主任家。”

关良想以抓住林苑的行动来消除吴峰对他的怀疑。离开吴峰办公室时,吴峰特别交代说:“抓到后马上打电话告诉我,不要把她放到你们看守所,你手下的人都靠不住,我要把她关到秘密的地方,好好审问那个婊子,都是她坏了我们的事。”

关良离开吴峰的办公室,带上在外面等候的干警,坐上警车向杜主任家去了。

当吴峰和欧阳山急匆匆地来到巨大地产公司的职工宿舍楼房前时,警方已经拉起警戒线了,他们的车被荷枪实弹的武警给拦住了,武警责令司机把车开走,不准在附近停留。事实上,道路已经被警车堵塞了,直接开进去已经不可能了。

此时,任萍带领着五六十个公司职员正在和武警们争论着什么,后来他们看见欧阳山和吴峰被堵在外面了,就大声喊道:“那是我们公司的欧阳老板和吴省长,你们难道不认识吗?”

欧阳山对一位警察说:“这是吴省长,也不放行吗?”那位警察摇摇头说,“刘局长有交代,任何人都不准放进来”。

吴峰气得牙齿打颤,但是他知道,跟这些武警理论是没有任何意义的。于是他说:“我们不进去,你去给刘局长通报一声,就说吴峰来了,想要见他。”

一位警察说:“您稍等,我去报告!”说着,转身向里面走去。

过了一会儿,刘杰走了出来,来到警戒线边上,他面带微笑主动和吴峰打招呼说:“吴省长,孔彬被害案的犯罪嫌疑人我们已经查到了,他们就是巨大地产公司的职员杨高明、彭赞、孙建伟,警方今晚要拘捕他们,并对他们的宿舍进行搜查。和我们事先预料的情况一样,在他们宿舍中搜查到枪支弹药和爆炸物品,我们打算明天向省委省政府领导汇报,没想到吴省长工作这么繁忙,还亲自到这儿来。”

刘杰没有等吴峰回答,就对欧阳山说:“欧阳老板,真是太对不起了,事先没有给你打招呼，你这三个职员也太猖狂了，毒死孔副省长，打死值班保安，还到处追杀林苑；他们在内蒙袭击赵军，炸毁他乘坐的汽车，回滨江后又想炸死李四海局长，幸好当时李局长不在房间，才幸免于难。”

刘杰又转身对吴峰说：“他们实在太可恶了。我们怕走漏风声，所以没有给您打招呼。”

吴峰满脸怒容，但是他竭力克制自己，问道：“他们三个人现在哪儿，你立即把他们带来，我要亲自问问。”

刘杰从容地说：“吴副省长，这不太合适吧，他们是犯罪嫌疑人，在公安机关侦查工作没有结束前，依法不准会见任何人。”

“你把他们关到哪里？我要立即见他们，就几分钟时间，你们可以在场看着嘛。”

看来公安局已经掌握了确凿证据，想抵赖是无济于事，唯一的办法是立即见到他们三个人，向他们暗示，要他们只承认是自己干的，不牵扯任何别人，他们的家庭由公司全力照顾，让他们放心，这样就能保住欧阳山和他自己，如果把他们牵扯进去，大家都完了，家属子女跟着受累。

“吴副省长，这样做不好。你不怕有人说您和犯罪嫌疑人有着牵连吗？不然为什么要急于会见他们呢。再说法律不允许您这样做，侦查权在公安机关、司法机关，您无权干涉司法机关依法行使侦查权。”

李四海在和刘杰研究拘捕方案时达成共识：拘捕这三个犯罪嫌疑人，必然会遇到吴峰强烈阻挠，要冒很大的风险，甚至会有生命危险。不过，刘杰心想：既然李四海和赵军为了侦破这起案件，多次死里逃生都没有动摇，我刘杰怎么能患得患失呢，大不了撤职查办，这是你死我活的斗争，作为公安机关的领导，如果在恶势力面前畏缩不前，滨江市不就沦为他们的天下了嘛！人民群众还能靠谁呢？无私才能无畏，正义一定能够压制邪恶！

吴峰气得咬牙切齿，但又无可奈何。

欧阳山作为私人企业老板，雇员犯罪，被公安机关拘捕，他在这种场合无话可说，吴峰的要求都被拒绝了，看来警方动真格的了。他觉得自己应该说几句，以软化刘局长。于是他说：“你们公安局为侦破孔彬被害案，花费了很大精力，干警吃了不少苦，我真诚向你们表示慰问。不过你们拘捕他们三人是不是草率了些？”

这时，吴峰的手机响了，他拿起来靠近耳朵。只听见关良带着哭腔说：

“吴省长,你没给杜主任打电话吧,我们被杜主任从家里赶出来了,我还挨了几个耳光,你快来吧,我们在他家门外等你。如果你不来,我们根本完不成任务了。

“你真是个饭桶,事情都坏在……”吴峰意识到刘杰在眼前,把话打住。

刘杰见此情景,正是脱身的好时机,于是说:“吴省长,没有别的事,我就先走了。”

吴峰看看表,已经十二点半了。他相信杨高明他们三个人不会供出指使他们作案的人,欧阳山多次给他们讲过这个道理。他现在担心的还是林苑,她竟然在这个关键时刻返回滨江,必定是受人指使,作为见证人而回来的。如果她出庭作证,即使他们三人不交代,恐怕也不好办,他们三个人在同她多次交火中肯定留下证据了,所以最保险的办法就是逮捕她、消灭她,让她永远不能张口。他要亲自到杜主任家去,无论如何也要把林苑拘捕起来。他要欧阳山回去好好想想补救的办法,一会儿再到公司去找他。

吴峰坐上车子,让司机开往杜主任家。途中他打电话给杜国力,说有要事向他汇报。杜国力正在火头上,责怪他不该提拔重用关良这样昏庸的人当公安局长,居然毫无根据到他家逮捕林苑,真是荒唐透顶。吴峰含糊其词地说自己马上就到。

李四海离开杜国力家后, 杜艳还在和林苑谈论他们拘捕那三个杀手可能遇到的麻烦,就听到楼下他爸爸大发发雷霆,她下来一看,原来是关良到他家拘捕林苑而引起。听爸爸怒斥关良道:“你有什么根据说林苑在我家?”关良回答不出来,杜主任更加愤怒地说道:“你身为公安局长,要拘捕一个人,不知道她在什么地方,没有确切的情报,竟敢闯到我家里,你们简直太无法无天!”

关良想要说是吴峰派他来拘捕林苑的,但是没等他说出来,怒不可遏的杜主任顺手给他两耳光,把他赶出了家。

杜艳目睹了这一切,她赶快跑回自己房间对林苑说:“不好了,有人知道你住在我这里,关良亲自带人来拘捕你,被我爸爸给轰出去了。他们是不会善罢甘休的, 我爸爸不知道你在我家里, 否则他也不会生那么大的气,要是知道你在这里,他会怎样呢?我们得赶快想办法。现在很清楚,李四海他们认为你无罪,毒杀孔彬的是巨大地产公司的杀手,他们准备拘捕那三个人，而关良却跑到我家来拘捕你，这说明他们认识不一致。我看现在只能给李四海打电话，告诉他你在我家里，要他们想办法保护你。”

林苑说：“我现在一点儿都不害怕，或许这样的场面见得太多了，已经麻木了。”

“我马上打电话给李四海，告诉他说，你在我家里，刚才关良带人来拘捕你，请他想办法营救，这样赵军很快就知道你在我这儿，看他怎么办？反正你不能离开这儿，只要你一出我家门，他们就会开枪把你打死。”杜艳没等林苑表态，就给李四海打了电话，告诉他这里的情况。

李四海正在和赵军、马锡良研究了下一步行动计划时，突然接到杜艳打来的电话，他把杜艳说的话向他们两人重复后，三人感到决战的时候就要到了，一定要保护好林苑的安全。他们不约而同地站起身，驱车到杜艳家。

当他们到达杜艳家时，杜国力正在和吴峰说：“你们从哪里得到消息认定林苑在我家？我已经问过杜艳，她根本没有见过林苑，我还到她房间去看过，根本没有林苑，难道你们一定要搜查吗？”

正在这时，李四海、赵军和马锡良也出现在他们面前，吴峰对他们三人突然出现，十分惊慌，以为是来拘捕他的，不知所措，杜主任却对着他大声质问：你调这么多人半夜三更闯入我家，难道要逮捕我吗！我告诉你吴峰，我是人大主任，全国人大代表，未经省人大常委会讨论同意和全国人大常委会批准，你们无权逮捕我。他又转向李四海说：“你晚上才告诉我你们掌握了巨大地产公司的职员毒死孔彬的确切证据，向我汇报，要逮捕他们，现在你来干什么？”

李四海回答道：“那三个杀人凶手已经被拘留了，从他们家中搜出枪支弹药和炸弹，初步检验，同案发现场打死值班保安使用的是同一种枪支和子弹，他们犯罪无疑。我们就是来向你汇报的。”

“那你呢？到底是怎么回事，你不是出车祸牺牲了吗？”杜主任打断李四海的话，向赵军问道。

赵军说：“就是这三个坏蛋，知道我到内蒙，他们也跟踪到了内蒙，在到溪东的途中，他们向我乘坐的警车开枪并扔炸弹，企图炸死我，但是我跳车逃跑了，为了迷惑他们，不至于再次遭暗杀，溪东警方按照我的要求，就对新闻界说我因车祸牺牲了。前天到党校去爆炸李四海宿舍的，还是他们,因为现场提取的炸弹弹片同在内蒙炸我汽车的炸弹是同一类型,他们是买材料自制的,在他们家也搜查到还没组装的炸弹零部件。”

李四海说:“杜主任,这下你明白了吧,毒死孔彬、打死值班员的不是林苑,而是那三个坏蛋,假如我没弄错的话,吴省长在这时候还要命令关局长带人到你家拘捕林苑,是太不应该了。我们到这儿有一个目的,就是向你汇报事实真相,保护林苑。她无辜被三个杀手追杀了几个月,他们的目的就是一个,杀人灭口,你愿意将林苑交给他们吗?如果交给他们,林苑必死无疑。以前你不知道真相,怀疑她,可以理解,现在我们把情况都向你汇报了,你身为人大主任,有监督法律执行的权力,我们坚信你不会同意的。其实你可以不管,这是公安机关可以自己做出决定的,但是吴书记却违反法律规定,干涉公安机关依法行使侦查权,我们知道关局长是迫不得已才来你这里拘捕林苑的。

吴峰如梦初醒,但是他暴跳如雷,对李四海怒吼道:“拘捕林苑是有法律根据的,公安局下了通缉令,你懂吗?”

“那个通缉令是你命令关良下的,公安局党委没有讨论,关局长,是不是这样?除你以外,我们三个副局长都不同意的。”李四海丝毫不给他钻空子的机会。

关良不说话,等于默认李四海的话。

“你们说来说去好像林苑就在我家里。她不在我家,你拘捕什么?你保护什么?真是乱弹琴!”杜主任质问吴峰和李四海。

马锡良柔和地对他说:“杜主任,刚才我们接到你女儿打来的电话,她说有人要到你家里拘捕林苑。林苑是五天前到你家的,是你女儿给隐藏起来了。我们认为你女儿做得很对,林苑是无辜的,可那三个杀手到处追杀她,我们每一个人都有保护她的责任。我们现在到你这儿来,就是来保护她的,那三个杀手虽然被逮捕了,但是他们的同伙是不会轻易放过她的……”

杜国力听说林苑藏在他家里,女儿却瞒着他,心中很恼火。他站起来,大声对着楼上喊道:“杜艳,你给我下来!”

杜艳把林苑藏在天井里,就悄悄溜下楼,躲在屏风后面听她爸爸先是同吴峰、后来同李四海等人激烈争吵,她明白了争论双方的观点,看来李四海已经豁出去了,为了不使林苑遭到暗害,他们会不惜一切代价阻止吴峰要拘捕林苑的企图。战线泾渭分明,在这个时候能公开站出来,加入李四海一边,对她爸爸是会有影响的。

杜艳听到爸爸喊她,赶快走了出来,没等杜国力发问,就说:"爸,我早就说过,林苑是无辜的,孔彬被害真相大白,是巨大地产公司的人干的,现在还有人要逮捕林苑,你作为人大主任应该站出来制止这种错误的做法。林苑确实在我的房间里。我把她藏在家里,没有对你说,是怕牵扯到你,影响你的声誉,现在案情大白于天下,我没有什么好隐瞒的了。"

吴峰听了他们的话,知道问题出在什么地方。杨高明等三人已经暴露无遗,要想挽救他们已经不可能了,消灭林苑遇到李四海的阻拦,自己虽然是领导,但是不能代替公安机关办案。在这种情况下,还要坚持拘捕林苑,不仅李四海他们不答应,杜国力也不会答应。他要是知道孔彬是被杨高明等三人毒死的,就一定会支持他们拘捕杨高明等人,就一定会撤销对林苑的通缉令。他要把案件的侦查、审理权夺过去。只要杨高明他们三人不交代出指使人,他和欧阳山就不会有事。

想到这里,吴峰故作姿态地长叹一声说:"李四海,你们既然早就掌握了巨大公司三个职员毒死孔彬的证据,为什么不向我汇报呢?如果你汇报了,我能不支持你们的工作吗?你们也不需要走这么大的弯路,不仅是我,欧阳山董事长也会全面支持你们呀!如果我们知道,也不会把林苑当作头号犯罪嫌疑人去追捕她,使她遭到那么大的危险。这能怪我们吗?是你们对党委封锁消息造成的。在孔彬被害案上,我和你们是有不同的看法,你们只是根据逻辑推理得出的结论,并没有证据。没有证据,我们怎么能相信你们的分析就是对的呢?刚才我还对刘杰去拘捕杨高明他们三个人有不同意见,这都怪你们对我封锁消息造成的。杜主任,你不必生我们的气,也不必生你女儿的气,她做得对,见义勇为嘛,正是我们所提倡的传统美德!我回去后马上与省委书记方建华同志商议一下,建议明天上午召开省委常委会议,由李四海同志汇报孔彬被害案的侦破情况。"说完,就匆匆走了。

杜国力对今天晚上发生的一切,简直难以相信,他不知道自己该说什么好了。他对关良说:"我刚才打了你耳光是不对的,向你道歉。但是我不明白,你是公安局长,李四海是公安局副局长,你们怎么互相不通气呢,明明是巨大公司的人毒死了孔彬,你却要来拘捕林苑。而李四海明明知道犯罪嫌疑人是谁，为什么不向一把手汇报？你们什么事都瞒着我，连我女儿也瞒着我，难道我真的成了绊脚石？”杜国力无奈地摇了摇头。

关良说：“对这个案子，我什么也不知道，我不知道谁是真正的犯罪分子；我是奉命行事。我并不愿意担任专案组负责人，因为我不懂破案，我建议由李局长负责，但是省委非要我负责不可，我也没办法。”

李四海说：“我的意见没有人听，没有人采纳，坐冷板凳，就这样还不行，要我到党校去学习，彻底不要我过问这个案子。是赵军和马锡良克服重重困难，经过大量调查研究，才掌握他们的犯罪事实和证据的，为此，赵军还差一点被他们给炸死了。所以我们本着一个公安干警的神圣职责，决心将犯罪分子绳之以法。对这个案子，我和关局长通气不够，是因为我们存在着根本的意见分歧，是在特定条件下形成的，过去我们互相配合还是不错的，只要没有干扰，今后我们合作没有问题。”

杜国力对他女儿说：“去把林苑叫来让我看看，藏到我家我却不知道，假如她真的有罪，我这个人大主任家岂不成了窝藏罪犯的场所了！”

杜艳在走廊喊道：“林苑，你下来，老爷子要见你。”

林苑走出房间，来到楼下。看到杜国力坐在沙发上，就径直朝他走去，走到他跟前，一下子跪到地上，泪流满面，泣不成声，趴在杜主任的膝盖上啜泣不已。她这一举动，弄得杜主任不知所措，还是杜艳走过去，将她拉起来，为她擦去脸上的泪珠，林苑手扶杜艳的肩头，同杜艳一起站在那儿不动。

杜国力心软了，他说：“你这孩子也真是的，没有犯罪，为什么要逃跑？你如果早点向李局长报告，也不至于闹成这个样子呀。”

李四海说：“现在已经是夜里两点多钟，让杜主任休息吧。至于林苑的安全，我们仍然不放心，还有人想除掉她，灭口嘛。孔彬的案子一天不结束，她的危险就存在一天。”

说到这儿，虽然没有看关良，但是关良脸上仍然呈现出委屈的样子，他认为这是李四海在暗示他要加害林苑，在怀疑他同杀手们有牵连。如果马上表态，又会被认为是此地无银三百两的伎俩。他只好忍气吞声，坐在那儿，一言不发。心想，吴峰都认为林苑没有犯罪了，我还能凭什么去找她的麻烦呢。不过他还是不明白，巨大地产公司的三个杀手为什么要毒死孔彬呢，为什么吴峰要把林苑作为替罪羊呢，而且要拘捕她的干警可以在她稍有反抗时将她打死，甚至说只要有林苑的尸体，就算完成了任务。他为什么要这样布置？他为什么那么不信任李四海，可刚才他却抱怨李四海不给他汇报，向他封锁消息，说他把林苑当罪犯是由于不了解情况造成的，现在他又要主动领导破案，可李四海显然不信任他，认为林苑仍然有危险。

李四海看到关良的情绪逐渐平静下来了，就说："林苑可以跟我们走，由我们保护起来；也可以暂时还住在杜主任家，不过我们要在这儿临时设岗，派几个干警轮流值班，以防不测。你们看哪种办法好呢？"

杜艳迫不及待地说："她是我的好朋友，我有义务保护她，至于派不派人来站岗那是你们的事，我管不着。不过我要问关局长说一句话，你现在还怀疑林苑是毒害孔彬的凶手吗？"

关良气愤地站起来，什么话都没有说，就带着跟他来执行任务的干警离开了。

吴峰从杜国力家直接来到巨大大厦，任萍出来迎接，带他到密室和欧阳山相见。

任萍深知杨高明、彭赞、孙建伟三人被捕意味着什么，她对吴峰亲自到杜国力家督促关良拘捕林苑，感到意义已经不大了，高明他们会把一切告诉公安局的，即使他们不说，公安局也会通过科技手段知道一切，这时候还想通过杀人灭口、堵住林苑的嘴，已经太迟啦，林苑可能早就向公安局说明了一切。她想提醒吴峰注意，不要这么做，要面对即将暴露的危险制定出相应的对策，但是她不敢说，因为在这时候，吴峰是不会听任何人的话。她默默地在前面走着。走进专用电梯，吴峰把任萍搂进怀里，对着她的耳朵小声说："宝贝，今晚你陪陪我好吗，也许这是最后一次……"

任萍安慰他说："高明他们自己明白，这次他们杀了两个人，法院也不会轻饶他们的，所以，在承认是死、不承认也是死情况下，我想他们是不会承认的。"

她的话果然有效，吴峰的眉头舒展了。

他们走进欧阳山的密室，任萍看见放在密室拐角的一只皮箱，那里面装的应该是美元和护照。很明显，在情况紧急时，欧阳山会离开这儿，远走高飞，公司在国外有巨额存款，他可以永远享受下去。任萍不高兴的是他不该不与她打招呼，难道他要一个人走吗？以前他们商量过，一旦公司遇到麻烦不能解决，危及他们的生命安全，他们就一起溜之大吉。而现在他想一个人出逃。

吴峰见到欧阳山劈头盖脑就说："我不明白杜主任为什么发那么大的火，拒绝关良逮捕林苑，我去了以后，他说不知道林苑在他家，李四海这时候跑去保护林苑，他知道林苑在他家，被李四海那么一说，杜主任对逮捕林苑不表态，实际上就是接受李四海的意见。看来我们陷入困境了！都是那三个笨蛋坏了事，被一个女人牵着鼻子到处走，不断地暴露自己。我说过，他们对付不了林苑，可是他们还想杀害赵军、李四海，声称他们炸死了赵军。结果赵军和林苑在一起，把他们三个人打得落花流水，还录下他们愚蠢的喊话。

欧阳山嘴角微微一撇，苦笑着说："吴省长，你以为我会像你们省委省政府下达任务，以红头文件那样来办吗？如果是那样，我们早就完蛋了。"

"你们都不要互相埋怨了，当务之急是想出应对的办法。吴省长，你还是要利用职务之便，尽量化解危机，争取主动，把审讯杨高明的权力掌握在手中。关良太无能，李四海是我们的死对头，你可以利用刘杰副局长，找他谈话，暗示公安局将要由他来当局长，看他态度如何。挑起他和李四海之间的矛盾，以牵制李四海。"

任萍的话提醒了吴峰，他要建议明天召开省委常委扩大会，由他主持，让刘杰汇报侦破孔彬被害案的情况，表扬公安局干得漂亮，然后以加强对案件审理，以扩大战果为名，把审讯权拿到自己手中，摸清公安局到底掌握了些什么，再图良策。

欧阳山心想，还有明天吗？你自以为派关良去当公安局长，就万事大吉，公安局就牢牢操纵在你手里，事实证明，关良不能做任何事，而那个李四海则指挥他手下两员干将，把高明他们的情况摸得一清二楚。我他妈的听了你的吹嘘，信以为真，以为公安局的侦查权掌握在我们手里，结果上当受骗。你现在要掌握什么审讯权，全是幻想，对不起，我决定要走了。

欧阳山心里虽然这么想，但是他没有表露出来。他对吴峰说："吴老弟，都是自家兄弟，就不要计较了。我们坐在同一条船上，只有同舟共济，才能确保大家平安。你发挥你的优势，我们发挥我们的优势，一定能化险为夷。今晚你就不要走了，让任萍为你按摩按摩，她可是时刻想着你的呀。

你答应过,三年内要使她成为滨江市的第一夫人,说话要算数啊!

任萍非常清楚,今晚欧阳山可能就要溜之大吉,他有几本护照,还有伪造的以别人的名字填写的护照,只要他下了决心,在公安机关还没有对他下通缉令的时候,他会顺利逃往国外。她恨欧阳山,他说过在紧急情况下带她一同出国,然后结为夫妻,在国外舒舒服服过一辈子,他在国外有大量存款,不愁没有钱花。可他却要我陪这个将要被送上断头台的政治僵尸,做他的殉葬品。

任萍虽然这么想,却假惺惺地走到吴峰跟前,双手抱住他的脖子,撒娇地说:“吴省长,今晚就不要走了,在这儿放松放松,开会的事放到明天下午,现在这么晚了,走吧,咱们到卧房休息去。”

吴峰哪里经得起任萍这一手,他早已把危险二字抛到九霄云外,搂着任萍走了。

欧阳山心想:等着做第一夫人吧,到时候举行刑场婚礼还是很有意思的。就在这时,任萍回头看他一眼,那目光似乎要穿透他的心脏,使他打了一个寒颤。一股不祥的预兆笼罩他全身,使他明白她可不是等闲之辈,撇开她一个人逃走显然不行。

于是他大声喊叫:“任萍,你等一下,我有句话要告诉你。”

他们停下脚步,转过身,任萍问:“什么事?快说吧。”

欧阳山说:“你过来我悄悄告诉你。”欧阳山故意装出淫秽的调子这样说。任萍走到欧阳山跟前,欧阳山含着微笑,对着她耳朵说:“你要一边和他做爱,一边让他昏睡过去,然后留下他,我们一起走。”

欧阳山的话,使任萍感到欧阳山没有忘记她,她刚才不应该对他怀疑。

任萍走到吴峰跟前,挽着他的胳膊就走,吴峰问她:“什么秘密,需要咬着耳朵说?。”

任萍娇嗔地说:“他说你明天还有重要会议,不能让你太疲劳,要我们玩一会儿就睡觉。”

吴峰拦腰抱起任萍,走向床边,把她扔到床上,边解自己的衣服边说:“这个家伙嫉妒我,才会这么说。今天晚上我要痛痛快快地玩一次,那天在沙发上不过瘾。”

“快上来吧,我都等不及了。”任萍一把拉过吴峰,帮他脱衣服。

李四海、刘杰、赵军、马锡良和干警们彻夜不眠，他们一面分头审讯杨高明、彭赞、孙建伟，一面密切监视欧阳山及其公司的动静。三个人开始不说话，审讯无法继续进行下去，不得已，只好把他们的犯罪证据摆在面前，尤其是在黄泥坎喊话录音放给他们听，还有声纹鉴定书，在铁的证据面前，他们才软下来了。

李四海亲自审讯杨高明，对他说："我知道你不愿意和我们配合的原因，是以为有人会来救你们的，而那个人又得到省委省人大等领导的支持，是不会垮台的。但是我要告诉你，孔彬被杀案在中央是挂了号的，中央责令公安部领导督促滨江市公安局破案。正因为你们是巨大地产公司的人，得到省里几大班子领导的器重，我们的破案受到重重阻力，使我们更清醒地认识到，没有确凿证据，是不敢随便碰你们的。有了确凿证据，也不能轻而易举地处罚你们，所以我们寻求支持，我们把你们的犯罪事实和犯罪证据送到公安部审查，并且向最高人民检察院做了汇报，刚才我接到公安部电话，奉中央指示，公安部和高检明天将联合派出督查组来指导我们破案。你想想，省里哪一个官员，敢于和国家最高执法机关对抗呀？"

杨高明见过世面，这个浅显的道理他岂能不懂。他清楚，不仅他们三个人完了，欧阳山、吴峰也完了。但是为了义气，他仍然保持沉默。

赵军和马锡良分别审讯阿赞、阿伟，审讯进行得还算比较顺利，他们俩痛快地做了交代。但是没有交代谁指使他们的。有了他俩的交代，即使杨高明不交代，也不影响定案了。

与此同时，李四海派出得力干警对欧阳山进行严密监控。当吴峰从杜国力家直奔巨大大厦时，就没有逃过干警们的眼睛。

吴峰和任萍一番云雨之后，任萍为了补充营养，拿来两杯热牛奶，自己一杯，吴峰一杯，两人一饮而尽。放下杯子不一会儿，吴峰鼾声如雷。任萍从床上起来，到卫生间冲了个澡，换上干净衣服，再次来到密室。只见欧阳山仍然坐在那张沙发上，看到任萍进来，但没有主动对她说话。任萍站了一会儿，走近沙发，用手抚摸他的脸颊，被欧阳山用手挡住了。

任萍说："我冲了澡，全身都是干净的。"

欧阳山一下子坐直身子，瞪着大眼睛质问道："全身都是干净的，也包括这个地方？"他指了指她下身的隐私处。

任萍怒不可遏，顺手给他一记耳光骂道："没出息！这是你自愿的，你有无数次机会不用，把我当作你的筹码，现在倒怪起我来了。"说完，她呜呜地哭起来了。

任萍竟敢动手打他，欧阳山正想跳起来用枪崩了她，听了她的一番话，又把自己满腔怒火给压下去了。是啊！这一切都是自己精心设计安排的，任萍是在不愿意的情况下被迫接受指令，怎能怪罪于她？要怪只能他的野心太大了，不该帮助吴峰冒这么大的风险。

任萍非常同情欧阳山，同情她自己，同病相怜。她抱着欧阳山的头，下额在他头上不断磨擦；而欧阳山则把脸紧紧贴在她的胸前，听到她心脏的跳动声，使他情不自尽地把手伸进她的衣服里，在她的胸脯上抚摸。他一直欣赏这个女人。她不仅漂亮，而且气质高雅，聪明能干，公司发展到今天，有她一半的功劳，可是她从不居功自傲。

他们相拥相抱，在无声中度过了几分钟。这时欧阳山瞥了一眼挂在墙上的电子记时器，已经是凌晨五点钟。欧阳山说："我已经给办公室主任说过了，我要和你出差几天，一般事情由他处理，重大事项等我回来决定。我们走了，公司可以正常运转。我们先到香港，但是今天没有航班，我们又不能在滨江等待，防止公安局突然对我们采取行动，必须先找一个地方躲几天，然后观察动静，再决定下一步怎么办。如果吴峰能够摆平，我们就回来，如果他垮台了，我们就到一个不为人所知的地方住下来。

早晨五点半，在神不知、鬼不觉当中，一辆破烂的小货车驶出了巨大地产公司公大厦。李四海派去监视的警察根本没有想到欧阳山会坐这种快要报废的小货车，而欧阳山的狡猾也正在这里。警察没有注意到还有一个原因，这就是吴峰的车子一直停在大厦里面，他在这里过夜，他没有走，欧阳山肯定也不会走。就这样，他们顺利地乘飞机去了昆明。

吴峰喝了带有安眠药的牛奶，痛快地一觉睡到上午 11 点，醒来后看看身边没有任萍了，再看看墙上电子记时器，吓了一跳：睡到现在，省委省政府的干部找不到他，会怎么说呢？他责怪任萍不该自己起来不叫他一声。他赶紧穿好衣服，下床，发现梳妆台上有一纸便条：我们出去了，晚上再会。

吴峰相信纸条上的话，自己简单洗漱，饭也来不及吃，从冰箱取出酸奶喝下，驾车返回省政府。走进政府大院时，办公室主任就迎上来，说省委办公室通知,公安局要求向五大班子成员汇报孔彬被害案侦破情况,方建华书记本来要找你先商量一下,可是怎么也找不到你,故决定还是先发通知。方建华同志还说,他接到中央有关领导打来的电话,要省委支持公安机关依法办案,依法拘捕犯罪嫌疑人;最高人民检察院和公安部马上派人来指导破案。

吴峰说:"你还知道些什么?都告诉我。"

办公室主任吞吞吐吐地说:"方建华书记找不到你,问了杜主任,杜主任把昨天晚上发生在他家的事对方书记说了,方建华知道毒杀孔彬的是巨大地产公司的职员后,大吃一惊,问你为什么事先一点情况也不知道,出了那么大的洋相,关良那么愚蠢,你为什么要用他?有人向方书记反映你昨晚到巨大大厦去了。"

吴峰挥挥手,让办公室主任走了。他到自己办公室,关上们,整理一下思绪。他后悔昨晚不该到巨大公司和任萍过夜,耽误了他宝贵的时间。他对中央领导打电话给方建华,派高检和公安部的人来指导破案,感到心惊肉跳,这两个最高司法机关派人来非同寻常,说明他们对这个案子的看法不停留在已经被拘捕的几个人身上,仅仅这三个人,滨江司法机关完全有能力处理好,一定认为他们有后台,才派人来。而打来电话的正是安排孔彬到滨江来挂职的中央领导,他一定会要求司法机关把这个案子彻底查清,才肯罢休。

这时秘书给他送来一摞文件,并说关良想见他。吴峰问道:"关良跟你说了什么没有?"他为什么要见我?办公室主任说:"关良想调出公安局,他说他不懂公安工作,自从昨晚你派他去拘捕林苑失败后,公安局里没有人理他,也不向他请示工作,他好像被夺了权一样。公安局他再也待不下去了。"

吴峰没有正面回答,骂道:"这个蠢猪,想和我划清界限呀。"

秘书见吴峰没有再问他什么,赶紧走出他的办公室。刚迈出门,他又回头说了一句:"会议是下午三点钟准时开。"

吴峰摆摆手说:"你去吧,让我一个人静一静。"

剩下吴峰一个人时,他瞥了一眼堆放在他办公桌上那一大摞文件夹,有四五个文件夹上面贴着急件的。主持几百万人的省政府日常工作的副省长,每天要批阅的文件是很多的。他平时最喜欢批阅文件,那是他权力的象征,他只要在文件上大笔一挥,政府的机器就运转起来,某项大的工程就将动工兴建,那是何等地气派呀。

可今天他看到这些急件,心里直发毛,他抓起一个标明急件的文件夹,狠狠地率到地上,随后他把堆成小山似的文件夹一股脑儿推落到地板上,他好像还不解恨,用拳头使劲在办公桌上擂了三下,直感到指关节疼痛,他才坐下,沉思默想。杨高明他们被捕,不知道公安局掌握了些什么证据,欧阳山能不能保住,我下给他的密令他是否销毁了,昨晚我为什么不和他研究我们必须采取的对策,假如杨高明他们经不起考验,他们供出欧阳山后,欧阳山会不会供出我呢?欧阳山、任萍到底去哪里了呢?他们为什么不告诉我就悄悄走了呢?

吴峰感到很累,精神和体力都消耗过大,安眠药劲还没有完全过去。他必须吃点东西,打电话叫食堂给他送来大米饭、东坡肉、炒蕨菜和酸辣汤。吃饱饭后,精神又焕发起来,他整理了一下思路,准备迎接下午的挑战。

守候在巨大大厦附近的警察向李四海汇报说,从昨天晚上到现在十几个小时,没有见到欧阳山的踪影,秘书任萍的踪影也不见了,他们通过和该公司有关系的人以洽谈业务为名,要求见欧阳山,办公室主任说:“欧阳山和秘书任萍出差了。”

马锡良明白:欧阳山逃跑了。

第十八章 树倒猢狲散

欧阳山在外面躲了几天后，发现滨江市的情况并没有自己想象中严重。他不甘心丢掉自己在那里的利益，所以又悄悄地溜了回来。

欧阳山回来后，首先将那些曾经充当打手的职员，以辞退为名，调往其他地方的分公司。他把这些人的名单交给公安局，说他们都被辞退了。第二个行动就是召开记者招待会，对杨高明他们毒杀孔彬、打死值班保安深表遗憾，承担对职工管理不严的责任。在记者招待会上他泣不成声，泪流满面，向死者遗像深深鞠躬，感动了很多人。他表示不管法院怎么判决，都要拿出巨额现金，给死者家属赔偿，保证他们不工作也能生活一辈子。

在看守所里，犯罪嫌疑人拒不交代幕后指使人，声称他们是由于敲诈勒索孔彬不成而杀人灭口的，他们在黄泥坎对林苑的喊话是虚张声势、吓唬她的。三人口径一致，使得审讯工作陷入了僵局。尽管对他们三人分别关押，不可能串供，但是他们交代如此一致，这说明他们事前已经做了在暴露的情况下如何应对公安人员审讯的演练。

尽管他们在看守所里，坚决不吐露实情，表现出对公司忠贞不渝的态度，但是欧阳山仍然对他们不放心，他和吴峰多次商量打探审讯情况，无奈李四海派得力干警日夜监管，包括关良在内的人要想插手都很困难。为了加紧审讯，李四海、赵军和马锡良每人负责审讯一个人。李四海负责杨高明，赵军负责彭赞，马锡良负责孙建伟，他们每天还要碰头进行研究，寻找突破口。随着党代会日益临近，如何使案件审讯取得进展，成了迫在眉睫的问题。

吴峰一面加紧筹备党代会，一面在密切关注三个弟兄的表现。公开向李四海打听是不会有结果的，派人打进去也不可能，关良忐忑不安，根本不愿意过问这个案字，他知道他在公安局的时间不会长了，吴峰对他的能力有怀疑，并且李四海不会认为这三个人是真正的凶手，局势的平静不会维持多久,强烈的地震可能还在后头,他不想卷进去,使得吴峰毫无办法。再加上公安部和高检的督导人员都在滨江,要直接干预审讯也不可能。于是他以向党代会做出满意交代为名,要李四海早日结案;他和方建华、杜国力商议,再次召开省委常委扩大会,听取汇报,要公安局在党代会前结束审讯,以此阻挠李四海深入审讯下去。

省委常委会议再次召开了,会议由方建华主持,公安部和高检督导人员也列席了会议。李四海汇报完了以后,在讨论发言中,大家都对公安局破获此案给予充分肯定,一致要求能在党代会前将案子移送,给全体党代表和全市人民一个满意的答案。他们的发言正中吴峰下怀。最后方建华代表市委做出决定:在党代会前,向新闻界公布破案结果。

李四海无话可说, 只能接受省委常委会议的决定距开会日期只有两个星期,突破犯罪分子的防线,难度很大。他和赵军、马锡良反复研究认为, 他们三人不交代幕后指使者的根本原因是他们认识到毒杀中央派来的挂职副省长、打死保安,必死无疑,交代出幕后指使者也是死,以后家属子女还有公司照顾,一旦交代了,欧阳山也垮了,家属子女得不到任何好处。

李四海认为把三个人分别关押,防止串供已无必要,因为他们三人的犯罪已是铁案如山,翻不了案,不怕他们串供,把他们放到一起,让他们面对更加严厉的审判,抒发各自内心的感受,也许能唤起他们的求生欲望。这一招果然很灵,把三个人关到一间监房后,互相抱头痛哭。他们先是抱怨运气不好,不是他们自己出了差错;然后他们把全部怨恨都指向林苑,他们说如果他们还活着,一定要将林苑抓住,慢慢折磨至死。可是当他们看着监房那沉重的铁门,荷枪实弹的哨兵站在制高点上监视他们,他们又感到很绝望,而林苑还将当她的电视节目主持人。他们捶胸顿足,哀叹老天爷不公道。

通过监控,他们的一举一动当然逃不过李四海的眼睛。他认为时机成熟,单独提审孙建伟,因为打死值班员的是杨高明,向孔彬灌毒药的是彭赞,他们三人中,他罪行较轻,如果他能彻底交代幕后指使者,使公安机关一举摧毁风云帮有功,法院有可能不判他死刑。所以,必须分别对待,才能分化他们的攻守同盟。

三个人关在一间监房二天后,又把他们分开了。一天上午,李四海、赵军和马锡良三人一起对孙建伟进行了突击审讯。他们不重复过去已经审问过的问题,而是问他对审讯他有什么不满意的地方,是否实事求是,是否有不实之词,如果有,可以提出来,还问他,想不想见老父亲一面。几年前,孙建伟因为妻子与父亲关系长期不好,一气之下离了婚。虽然他是一个杀手,心狠手毒,但是对父亲很孝顺。

自从母亲去世后,父亲带着他和两个妹妹受了很多苦。他当时只有10岁,父亲靠捡破烂维持生活,他只念到小学三年级就辍学了。由于父亲忙于为家庭奔波,顾不上管教他,让他跟别人学坏了。18岁前就五次被公安机关处罚过,父亲眼看他变坏了,带着他投奔来滨江的亲戚家了。父亲在滨江打点零工,后来亲戚介绍孙建伟到建筑工地当了一名小工,他却很快与滨江市的地痞混在了一起。

由于他心狠手辣,并且机智狡猾,后来被欧阳山看上了,吸收进了巨大地产公司,成了他的打手。欧阳山给他的钱比较多,还给了他一套房子。

近两年父亲身体不好,孙建伟就雇了一位保姆照顾父亲。李四海问他想不想见父亲时,对他触动很大。他的表情是极为复杂,既求之不得,又担心一旦见了面会让父亲伤心。

李四海看出他的心事,对他说:“你的父亲已经知道你被关在看守所里了,他告诉我们他有话要对你说,希望能见你一面。既然已经走到这一步,希望争取有比较好的结果。

孙建伟反应很快,马上接过话说:“我们还能有什么好的结果?”

“这要靠你争取,不是靠别人恩赐,如果为别人卖命至死还不觉悟,当然没有好结果,死了还不知道是怎么死的,这才是可悲的。”李四海不紧不慢地说。

孙建伟说:“我父亲来和我谈话时你们在场监视吗?”

假如你想和父亲单独说悄悄话,作为特殊照顾,我可以要看守民警离开,让你们父子好好聊聊。

“那我愿意见他。”说过这句话,他的手微微颤抖,太阳穴上的那两根青筋在跳动。

接着他试探地问:“明天上午我能见到他吗?”

李四海温和地说:“我想可以,等一会儿我派一位警官与你父亲商议一下,如果他愿意的话,明天上午一定让你们见面。”

“太谢谢你们了。”孙建伟激动地说。

赵军微笑着说:“你这么看着我干什么?是不是后悔在葫芦山没有把我炸死?这样做值得吗?你还算有运气,在这次犯罪活动过程中,没有直接打死或毒死人,按照法律规定,有从宽处理的客观条件。你要利用对你有利的因素,彻底交代你们的幕后指使者和策划者,争取宽大处理。”

马锡良曾几次到孙建伟家看望他的父亲,还陪他到医院看过一次病,使老人深受感动,谈起儿子犯罪,悲痛欲绝,当得知在孔彬被害案中他没有直接打死或毒死人时,老人请求马锡良,允许他见儿子一眼,他要好好劝儿子彻底坦白交代,争取宽大处理。

当天下午,马锡良来到孙建伟家,把孙建伟想见父亲和公安局同意让他去见儿子的决定告诉了老人,老人异常激动,表示一定劝儿子彻底坦白交代。马锡良说明天上午八点钟来接他。

马锡良多次到孙建伟家,引起了欧阳山的高度警惕,他派任萍去他家,向老人赔礼道歉,说公司由于管理松懈,使他们三个人走上犯罪道路,希望他不要过分伤心,以免损害身体健康;还表示,即使阿伟不在,公司保证养活他,为他送终,让他不必担心生活问题。

欧阳山得知当天下午马锡良又来到孙建伟家,深感不安。他马上把任萍叫去,斩钉截铁地对她说:“那个侦探几次三番到阿伟家主要目的是什么?难道真的是关心一个杀人犯的父亲吗?也许是关心,不过,关心是手段,目的是什么?是要他动员自己的儿子向公安局坦白交代,阿伟是个孝子,非常听父亲的话,公安局要利用他。你马上到他家去探探情况。”

任萍刚要转身走,欧阳山又说:“你等等。”任萍见他脑袋前后摇晃,上牙咬住下嘴唇,预料到他又要下什么毒招。

果然不出所料,欧阳山恶狠狠地说:“一不做,二不休!你不能就这么去,要有所准备,假如公安局要他去做儿子的工作,看样子他也答应了,所以我们就让他死了,不能让一个老头坏了我们的事。”

“这样行吗?”

“什么这、那的!在这种时候,一点差错也不能有。最好的办法是杨高明他们死在看守所里,让他们早一点闭上嘴巴,无奈管理太严。我相信他们三人的忠心,但是阿伟能经得起老父亲的规劝吗?所以我们只好委屈他老人家了。”

任萍是不愿意干这种事情的，但是欧阳山不容置疑的口吻，使她无法拒绝。她也认为，公安局的侦探们不会轻而易举地就事论事，放过幕后策划者，他们会千方百计地通过审讯，寻找突破点，利用家属做工作就是一招。她平时和阿伟接触较多，对他比较了解。他是一个讲意气、重亲情、非常孝顺的人。他曾经对她说过，他参加风云帮就是为了父亲。此外，阿伟对自己很尊重，常以朋友看待。他们在一起的时候，可以说无话不说，有时眼中流露出对她无限的爱意，只是由于身份的悬殊，他不敢向她表示自己的爱慕心情。他认为她是欧阳山的人，不敢染指，有时表现出对欧阳山强烈的嫉妒情绪。在他看来，老大有老婆，不该霸占她，不给她自己选择配偶的自由。现在要她去谋杀他父亲，她确实有点于心不忍，下不了手。但这是命令，她又不得不去。

任萍神不知、鬼不觉于当晚九点半来到阿伟家。孙大爷因为明天可以见到儿子而兴奋不已，正在厨房为儿子做他最爱吃的虎皮肉呢，下午马锡良答应他可以带一点吃的给儿子，但是要经过检查。听到敲门声，老人赶紧将煤气灶关上，去开门。他见是任萍，问道：“任小姐，你这么晚到我家来有急事吗？是不是阿伟又……”

任萍微笑着说：“孙大爷，没有要紧的事，这两天特别忙，没能来看你老人家，利用晚上来看看你，如果有什么事要我办，你尽管说，我们老板说了好多次，是公司害了你儿子，使他进了监狱，我们有义务来照顾你。你在做什么菜，怎么这么香？”

老人说：“下午公安局的吴民警来了，说阿伟想见我，他们已经同意了，要我明天上午去见他，我烧了一小碗他最爱吃的虎皮肉，明天带去。公安局的人对他不错，要我帮他们做思想工作，向政府坦白交代，争取宽大处理。”

任萍一听，头皮阵阵发紧，欧阳山分析得多么正确啊！她为自己不得不对老人下手而深深遗憾，感到对不起他，对不起尊敬自己、爱慕自己的阿伟。可是残酷的事实摆在面前：阿伟听信老人的话，坦白交代，揭露黑幕，那么欧阳山和她都将彻底完蛋。趋利避害这是人的动物本性，在任萍的身上充分表现出来了。她迅速摒弃自己的同情心、愧疚感，大脑兴奋起来，飞速旋转，思考如何对老人下手。

她用女人的甜言蜜语把老人哄得团团转，对他即将能见到儿子表示祝贺，她把他搀扶到沙发上坐下，利用给他倒水喝的机会，把安眠药投放进去，嘱咐他早点休息，睡个好觉，并亲自为老人洗脚，扶他上床。老人上床后很快就睡着了。她擦掉安眠药瓶上面的指纹，用手绢衬着药瓶在老人手指上按了几下，留下老人的指纹，然后放在床头柜上，清除掉自己留下的其他痕迹，悄悄离开了。她回到公司，把刚才的行动告诉了欧阳山，他满意地说："你不必内疚，让他这样无痛苦死去是他的造化，70多岁了，儿子犯了事，活着有什么意思？"

任萍没有把老人明天要去看守所见阿伟，并准备劝他和警方合作的事告诉欧阳山，但是欧阳山从她让老人永远睡觉的举动中已经看出自己的布置是多么及时和必要。他们在等待结果。

马锡良看看表，已经是晚上十点零三分。明天上班他要接孙大爷到看守所见阿伟，所以他下班回家是开警车回去的。这样，明天早晨就不必先到办公楼来开车了。公安局办公区和宿舍区相隔四公里。他坐在警车上，回想下午和孙大爷见面的情景，对他寄予无限的同情。一个70多岁的老人，中年丧妇，含辛茹苦把儿子拉扯大，父子相依为命，孰料突然间儿子参与了谋杀案而被关进监狱，对他的打击是可想而知的。但是从下午见面情况看，老人并不绝望，长期磨难锻炼了他坚强的意志，他知道这一辈子再也不能和儿子守在一起了，他要孤苦伶仃地走完人生最后一段路程。他没有自责，也没有抱怨，认为这是命中注定的。

马锡良想到这，不由自主地将车子开到了孙大爷家门前，他也不知道为什么会这样，大概是由于同情心驱使他这样做的。他知道孙大爷现在不会睡觉，一定在想着明天会见儿子的事，他去看看，督促老人早点休息，心情不要激动。他看见老人房间的灯还亮着，说明他的判断很正确。马锡良进入楼道，孙家的门正对楼梯口，他按下门铃，没有动静。职业的敏感使他心中弥漫着不祥的兆头他从楼道里跑出来，一跃跳上孙大爷房间的窗台，用脚踢碎玻璃，伸手拉开窗帘，见孙大爷安详地睡在床上。他拿出手机拨打赵军，对他说："赶快派人到阿伟家来，孙大爷出事了！"

还没有说完，从玻璃窗上看见有人影闪动，他下意识地将身子往旁边一靠，面向外面，一个蒙面人挨着墙突然闪了出来，一刀刺向他，他急忙一闪，被刺中了大腿。他紧紧抓住刺客持刀的手，腰部一使劲，身体从窗台上向刺客身上撞击过来,两人同时跌倒在地,而他仍然双手紧紧抓住刺客的手,防止对方抽刀再刺。刺客拔不出刀子,于是用左手猛击他的头部,他只感到眼冒金花,心想如果再这样下去,他将死在刺客手下。于是他突然放开刺客持刀的手,两手同时向刺客的两边太阳穴猛击过去,刺客持刀的手松了,两手和他对打,这时候给了他反击的机会,两只脚使劲向刺客蹬去,刺客被蹬出足有一米远,就在这时,他的手被两只铁钳般的大手抓住,向后一扭,咔嚓一声,他的一只胳膊骨折,疼痛难忍,顿时失去反抗能力。他被一个人扛在肩膀上,转了一弯,经过一条小巷,就消失了。

赵军带着几名干警迅速来到阿伟家门前,只见马锡良驾驶的警车停在那里,可是人却不见了。他敲了敲孙大爷家的门,没有回应,于是来到他的窗户下查看,只见一块窗玻璃没了,四周还挂着碎片,向里一看,灯开着,孙大爷安详地睡在床上,再往地上看,有血迹,而且不止一处。赵军明白了一切。他简单地做了一下分工,要两位干警用切割机将孙大爷家铁门切割开,将他送医院急救,他自己和另一位干警勘查现场,追踪马锡良下落,同时向李四海汇报,要求派人来支援。

警察的行动惊动了熟睡的居民,大家都聚集到孙大爷家附近,都不知道发生了什么事,以为他因儿子犯罪被捕想不开而自杀,被民警从家里抬出来送医院抢救。大家窃窃私语,同情孙大爷的不幸遭遇。但是他们不明白把孙大爷送走后为什么警察不仅没走,人员反而增加了。后来他们看到地上的血迹,才知道这里可能发生了凶杀案。

李四海除了立即派干警来支援赵军,还立即布置干警加强巡逻,对出入车辆进行检查,防止匪徒将马锡良劫持出滨江市,然后他也来到现场。

赵军说,从他接到马锡良求助电话,到他到达这里只有5分钟的时间,而巨大公司的办公区和宿舍区只有约3公里的路程,因此可以肯定,劫持他的匪徒不可能驾车逃走,马锡良应该在巨大地产公司管辖的范围内。李四海决定将巨大地产公司封锁起来,然后将干警由孙大爷家窗户附近地上血液最多处为中心点,向通往各条道路辐射检查,并立即调来警犬,很快就发现通往巨大公司大厦的路上有四处血迹,警犬顺着这条道一直追踪到大厦门口,线索才中断。

此时已经是夜里12点了,李四海决定对巨大公司大厦进行搜查,并立即增调200名武警。他把情况向关良做了汇报,关良对搜查巨大大厦没有表态,说他正在筹划两代会的安全保卫工作,没有精力干别的,这件事由李四海全权负责。

就在这时候,从医院传来孙大爷经过洗胃苏醒过来的信息。孙大爷说出了当天晚上他在家的全部活动和饮食情况,说下午马锡良警官去告诉他明天上午来接他到看守所和儿子见面。晚上9点多的时候,巨大公司的任萍到他家问她还有什么困难需要解决,此外再也没有其他人来过。任萍问他的床头柜上的药瓶是怎么回事,他说他没有服安眠药,也没有药瓶,在临睡觉前,任萍给他倒了一杯开水喝了。经过化验,开水杯里有安眠药残留物,药瓶和玻璃杯上却只有孙大爷的指纹,而没有别人的指纹。

这些情况让李四海认识到,孙大爷就是喝了任萍给他的水而中毒的,目的很明显,就是要他中毒死亡,阻止她去规劝阿伟交代毒杀孔彬的内幕,马锡良从办公室回家临时决定再到他家去看看,发现孙大爷出事,要赵军派人来支援,而毒害孙大爷的人也在周围监视,当发现马锡良要赵军派人来救孙大爷时,感到阴谋诡计马上就会暴露,于是狗急跳墙,以杀害马锡良来阻止抢救孙大爷,但是马锡良没有立即被杀死,赵军随后就赶到了。所以在不得已的情况下,将受伤的马锡良劫持走了,所以不可能走很远。

李四海下达了全面搜查巨大公司大厦的命令,120名武警在大厦外面警戒,80名武警进入大厦内部进行搜查。

李四海率领的武警进入巨大公司大厦时,欧阳山出现在了门口,李四海向他出示了搜查证,他表示不能理解为什么要这样做。李四海说:“你的公司职员绑架劫持了我局侦查员马锡良,他是在阿伟家门口被刺伤后被人绑架的,从他流下的血迹来看,应该在巨大大厦里面,所以我们认为马锡良是被劫持在大厦里面,我有充分理由决定对大厦进行彻底搜查,希望你能配合我们,如果你能主动将马锡良交给我们,我们就停止搜查。”

欧阳山冷笑道:“李局长,你的玩笑开得也太大了,我们吃了豹子胆不成,胆敢劫持公安人员!阿赞他们胡来被你们抓去了,我是什么态度?我包庇过他们吗?”

李四海态度坚决地问:“你的秘书任萍在哪里呢?她不仅刺伤了马锡良,还企图用安眠药毒死阿伟的老父亲,由于我们行动及时,孙大爷才被抢救过来了,她刺伤了到孙大爷家看望的马锡良,然后由她的同伙将马锡良劫持到大厦里面了。”

欧阳山受到的震动大于以往任何一次。他预感到他们风云帮完了,不可挽回了。但是他不会就这样认输,他要做出更大地努力,妄图化险为夷,他表情冷静地说:“你好像在现场亲眼看见了一样,那就搜吧,先从我的办公室开始吧。”

李四海怒吼道:“如果搜不出来,我就把大楼给炸了!任萍在哪里?我们要逮捕她,谁要是妨碍公务,我们就立即拘留,希望大家配合。”

80名武警对大厦房间进行了6个小时地毯式的搜查,仍然不见任萍和马锡良的踪影。李四海和武警们十分担心马锡良的生命安全,不知道他受的是轻伤还是重伤,如果是后者,得不到及时治疗,甚至会危及生命。李四海几次和欧阳山谈话,希望他能配合找到马锡良,说如果他得不到及时治疗死了,劫持他的人和幕后指使者就犯了滔天大罪。欧阳山一口咬定,他不知道任萍到哪里去了,更不知道她是否劫持了马锡良。

李四海带领武警搜查巨大地产公司大厦的举动,很快就传到省里几大班子的主要领导人耳中,他们知道起因是著名的侦探马锡良被人刺伤、劫持,下落不明,被警犬追踪到巨大集团大厦。李四海有充分的搜查理由,他们虽然不愿意李四海这样做,因为这会影响滨江市安定团结的大好局面,影响他们的威望,但是他们又不便出面干涉,因为李四海是依法办事,且有公安部和高检的督导人员在现场,给李四海当参谋。

吴峰这一夜最难熬,他把自己关在办公室,不停地踱步。他埋怨欧阳山做事莽撞,在这个时候派任萍去解决孙大爷显然是不明智的,阿伟未必会听父亲的话,他这次虽然没有直接杀人,但是过去他杀过人,法院能饶他?即使不判死刑,他也要蹲一辈子监狱,活不如死,他交代有什么好处?如果他交代了,欧阳山垮了,父亲就会失去生活来源,他不会想不到这一点,正因为他孝顺父亲,他就更没有理由暴露风云帮的内幕。现在那老大爷依然活着,任萍已经暴露,看来我们真的要完了!他认为不能束手就擒,不能就这么认输,三十六计,走为上计,赶快逃走还来得及,迟了就来不及了。但是他又想,不到万不得已,不能跑,一跑就什么都暴露了。要审时度势,静观事态发展。

马锡良的胳膊骨折了,疼痛难忍,加上大腿肌肉被刀子刺中,流血不止,使他无力反抗,被一个名叫阿立的人扛着,在任萍的带领下,来到大厦,乘专用电梯先到欧阳山的办公室,然后藏到密室。这个密室是欧阳山亲自设计的,外人根本不知道有这么一间20平米的房子,它没有门和窗户,它和欧阳山办公室相隔的墙壁就是一面巨大的活动门,墙壁上有三盏照明灯,那中间一盏的灯座上有指纹识别系统,只有欧阳山和任萍的右手食指向灯座上一按,隔墙缓缓移动,房间就展现在人门面前。它虽然是个密室,但是藏在里面,生活设备齐全,储存有供两个人一个月的食物、饮料,还有常用的药物。它的空气循环系统是建立在墙壁里面直通楼顶的吸气、排气系统,所以住在里面是很舒服的。

马锡良喘着气, 凛然地说:“我们早就怀疑你们是毒杀孔彬的幕后策划者,现在完全证实了,你就罪魁祸首之一。你们刺杀我,就更加暴露无遗,我可以肯定,我的同事们会找到这儿来的,说不定现在已经来了,你们的末日就要到了。”

“你说得对,他们已经来了,我马上要去接待他们。我要告诉你,李四海、赵军是找不到这儿的,他们没有我犯罪的证据,不能对我怎么样。任萍已经暴露了,她不能出去了,就由她在这里陪你吧!”

欧阳山离开密室,自动门墙又关上了。马锡良知道这里面有机关,但是不知道在哪里。他受了伤,腿还在流血,一只胳膊也不能动,在这里任萍一个人对付他就可以了。任萍大概对自己行动失败而沮丧,坐在沙发上思考下一步怎么办,对被她刺伤的马锡良毫无同情之心。她与这个警察年龄差不多大,为什么会成为死对头呢?都怨自己出身贫苦,不得已走上黑社会的道路。

马锡良见她不说话,知道她在寻思行动失败原因,对她说:“战场上打仗,捉了俘虏还讲人道主义,优待他们,你毫无道理把我打伤了,劫持到这儿来,我的腿还在流血,请你为我包扎一下伤口,这个要求不算过分吧?”

任萍看了一眼马锡良, 看他那痛苦的表情, 和从裤子里渗透出来的血,把地毯都染红了一小块,生气地说:“谁叫你多管闲事,一个罪犯家属就值得你那么关心?你要把我送上断头台,我不得不这样对待你,这就叫做你死我活的斗争,懂吗?”

“你们杀人放火,如果警察都不管,有人就会向你们学习,也这样干,那不是天下大乱吗?不仅老百姓不得安宁,你也不会安宁。你可以为所欲为,滥杀无辜,别人为什么不能像你们一样杀你呢?你先帮我把伤口包扎一下,然后我们再辩论。你最好让我出去到医院治疗,你看我的胳膊肿成什么样子了!你没有打死我,孙大爷经过抢救生命不会有问题,我相信我的搭档已经把他送到医院了,现在他们正在找我,如果我被你们整死了,他们是不会放过你的。”

任萍说:“你死到临头,少给我说这些废话。我承认我们的计划失败了,但是我不会请求你们的赦免,我再怎么着,你们也不会放过我,何况我们并没有彻底完蛋,滨江待不下去了,我们可以远走高飞,而你却掌握在我手里。”

马锡良从她说的这些话中,看出任萍知道自己的计划已经彻底失败,感到自己罪恶深重,无可挽回,因此孤注一掷,不去乞求司法部门的宽恕,有这种思想的人,是最可怕的,往往会疯狂地同公安机关对抗,现在你说什么她也不会相信,甚至更加反感,加害于你。马锡良想,自己很可能就要死在她手里,从此再也见不到家人了,这让他感到很伤心!

任萍软硬不吃,但是她是一个有血有肉的女人;她有黑帮分子凶狠残忍的一面,这就是当她处于生死关头,为了趋利避害,她会毫不犹豫地采取断然措施加害对手,一旦大局已定,她也会滥杀无辜,变成疯子、狂人。我为什么要表现出大义凛然,对死亡毫不在乎的样子?想到这里,马锡良感到伤口疼痛难忍,躺在地毯上,呻吟起来,哎哟、哎哟,一声接着一声,打乱了任萍思考问题。

任萍皱着眉头,呵斥道:“亏你还是个警察呢,怎么这么没出息呀,看来也是徒有虚名,不过如此而已。”说着,她从壁柜里拿来红药水、纱布、绷带,在马锡良面前蹲了下来,马锡良忍着痛,用没受伤的右手退下自己的裤子,整个右腿从胯部到脚都被鲜血染红了。刀子将大腿肌肉贯穿,所幸没有刺中大动脉,否则可能危及生命安全。任萍像一个护士那样,熟练地给他消毒、清创、包扎。

马锡良暗中佩服这个女杀手技艺不凡,这么一位漂亮、睿智、有文化修养、有工作能力的女人,为什么会加入黑社会组织呢?如果她当女侦探,肯定很厉害。他一面想着,一面目不转睛地望着她,这当然逃不过任萍的眼睛。她警告说:“你老实点,手腿都受伤,我给你包扎伤口是同情你,如果你想利用机会对我发动突然袭击,不要怪我不客气了,你不要以为经过擒拿格斗训练,就可以轻而易举地制服我,那你就想错了,你就是没有受伤,我俩一对一比试比试,你不见得一定能赢我。"

马锡良微笑着说:"你想到哪里去了,我伤成这样,还能对你动武吗?恕我冒昧,我在欣赏你呢,你不仅漂亮而且很聪明,怎么会与黑社会扯上关系呢?一个女人要是既漂亮,又聪明,两者兼而有之,是很不容易的,你就是这样的女人。只是你深陷泥潭不能自拔,真太可惜呀!希望你能与警方合作……"

任萍为他包扎好伤口后,站起来说:"你不要耍手腕!不要以为恭维我几句,我就心软了,就放会你走,没门!"

"你太小看我了吧,在孔彬被害案中,是我根据阿伟治伤的情况查出杨高明他们的,这让你们如坐针毡,我阻止了你毒害孙大爷,使你们彻底暴露无遗,于是你们狗急跳墙,就对我下手,把我劫持到这里,我会企图用几句恭维的话使你放我走吗?我已经作好了最坏的思想准备。不过,我提醒你注意,你不可能从这座大楼里逃走,我相信这座楼房此刻已经被包围了,你的下场不会比我好。我感到可惜的是你这么漂亮的女人,竟然还没有能够好好享受生活,就要离开这个世界,真太可惜了,替人卖命,死到临头了还不觉悟,难道不可悲吗?"

任萍没有理睬马锡良的话。她知道自己一旦落网的后果,她要寻求最佳逃跑方案,她坚信只要努力争取,奇迹就会出现,绝对不能束手就擒。马锡良的话提醒了她,乘直升飞机逃跑并不是万无一失,如果公安人员做了预案准备,派飞机拦截,就不好办了,除非……她感到很兴奋。

武警们几乎搜遍了大楼每一个房间,仍然不见任萍和马锡良的身影,李四海和赵军十分着急, 他们确信马锡良是被任萍刺伤后劫持藏在这里了,从血迹和警犬搜寻都证实是在这座大楼里,可为什么搜遍每一间房子都一无所获呢?他们断定大楼里一定有密室,而且是在楼房设计时从整体结构上巧妙伪装,使你不知道它的位置。于是把设计单位负责人和设计师找来进行咨询,观看图纸,没有发现破绽。但是赵军不相信那设计师,他肯定做了手脚,不愿意说出来。

于是他们决定请中科院测绘局对整幢大楼进行测绘, 这一下使欧阳山紧张万分。他想不能再等待下去了。他后悔不应该派任萍去毒害阿伟的老父亲,结果被侦探发现,暴露了自己,在万般无奈的情况下只好铤而走险,刺杀、劫持警察。欧阳山认为应该相信阿伟,他不会听父亲的话,出卖风云帮的。为了吴峰升官,把过去的一切努力得到的东西付之东流,太可惜了。他反复思考,这次行动的失败就败在两个人手中,一个是林苑,另一个就是马锡良。他一想到他们俩,就咬牙切齿,恨不得把他们一口吞下肚子里。林苑没有办法对付了,而马锡良却在自己手中,所以他感到一阵兴奋,脸上露出了不易察觉的微笑。

欧阳山坐在自己的办公室里,故意显得轻松,要办公室主任不时给他送来文件批阅。办公室的门开着,对从办公室门前来来往往的警察,他不屑一顾,甚至挑衅地对他们说:如果你们认为罪犯在大楼里,又搜不出来,那就干脆把大楼拆了,以后给我盖新的就是了。他命令前来上班的职工,在公安干警的搜查中,继续工作,不时拿起电话给各个部门负责人下达任务。但是,当办公室主任来到他跟前,贴着他耳朵,告诉他测绘局来人对大楼进行测量时,他傻眼了,不得不寻思对策。

大批公安人员拥进巨大地产公司进行搜查,省委省政府班子主要领导彻夜难眠,心情复杂,他们各有想法,难以一一尽述,共同点是希望巨大公司不要再出问题。直到第二天李四海也没有搜到人,使那些担心巨大公司出事的人松了一口气,他们都对李四海们表示不满,在电话上互通信息,有人说马锡良不是被任萍劫持的,说不定他是被某一犯罪集团劫持了,都是受害者,不能证明任萍就是犯罪嫌疑人。

在一部分人的怂恿下,早晨上班后,方建华临时召开五大班子主要领导开了一个碰头会,他首先要李四海说明搜查巨大公司大厦的理由和法律依据,李四海被迫作了说明。吴峰再也坐不住了,他质问李四海:“这么大的行动你们事先为什么不给省委主要领导汇报一下?你说任萍刺伤马锡良,然后又劫持她到巨大大厦,可你们搜查了一夜,每一间房子都搜查到了,没有他们俩的踪影,你还不把武警撤出来,人家公司还要上班呢!

李四海把情况详细向吴峰讲述了一遍,分析道:“我们的警犬追踪到那里。事情发生在夜里,而且属于紧急情况,来不及向领导汇报,我们为侦查员的生命担忧,按照我国刑事诉讼法的有关规定,对巨大公司的一个普通雇员犯罪行为跟踪追击,不违反任何法律。不错。我们到现在为止还没有搜查到,但是我们有信心,她跑不了,肯定没有出巨大公司的范围,逮到犯罪嫌疑人只是时间问题。”

“吴省长,这是在办一个具体案件,而且是突发案件,我们怎么能在请示汇报后才行动呢，比如有人抢银行，我们要请示后才能对犯罪分子行动呢？再说，打击犯罪、维护治安，是宪法和法律赋予公安机关的职责，各级党组织也要在宪法和法律的范围内活动，不能超越于法律之上，我愿意就这件事承担全部法律责任。对不起，现场还在等着我去指挥呢，等一会儿我会向你们报告好消息的。我现在最担心的是马警官的人身安全，我个人得失只好置之度外了。”说罢，他没有征求是否让他离开，就自个儿走了。

吴峰的压制没能使李四海屈服，其他人更感到没法驳斥李四海的话，会场冷淡下来。那些想在会上数落李四海的人，也都没词了。这时候杜国力说话了：“吴峰同志，你去动员欧阳山把任萍交出来，如果像李四海说的那样，他肯定知道任萍藏在什么地方，要他和任萍划清界限，不要因为是自己的秘书犯罪，就包庇，那样不好。孙大爷已经把任萍毒害她的经过说出来了，她现在又下落不明，我们没有道理责怪李四海。孔彬被害，搞得我们焦头烂额，对省委省政府的威信是个很大的损失，党代会马上就要开，这么乱糟糟的，怎么向党员和人民交代！”

吴峰感到自己的梦破灭了，到了金蝉脱壳的时候了，晚了就没有路了。他站起来说：“我完全赞成杜主任的看法，动员欧阳山交出任萍，如果他也参与其中，向公安机关坦白交代，争取宽大处理，好在孙大爷没有死，干警受了伤也没死，及时解救，罪行还不是特别严重嘛！我这就去，向他说明省领导对他的希望，让他幡然悔悟，还来得及，他过去对滨江市的发展做出过巨大贡献，人民是不会忘记他的，可以将功折罪。”

方建华连连点头，吴峰站起来头也不回地走了。

吴峰自己开车到巨大地产大厦去了。他计划和欧阳山密谈后，同他一起逃走。他来到巨大地产大厦，见到李四海后，传达了省委省人大领导的意见，并说由他动员欧阳山交出任萍，以支持李四海的工作。李四海心中有数。他要执行搜查的干警离开欧阳山的办公室，让吴峰单独和欧阳山见面。

吴峰迈进欧阳山办公室，关上门，迫不及待地说：“老弟你太性急了，怎么在这种时候派她干不值得干的事，这下好了，完全暴露了，刚才省班子领导开会，李四海态度强硬，省委书记的账都不买，决心要搜出任萍，现在测绘局的人正在加紧测绘，密室保不住了，我们都将暴露无遗，所以杜主任要我来劝你交出任萍，我就来了，我们赶快逃走吧！”

欧阳山冷冷地说："怎么走？到哪里去？"

"你装什么糊涂？我们买的直升飞机不就是为了防止在万一不利情况下逃走的吗？先飞到100公里外的森林，然后乘车越过边界，方案早就制定过了，走吧！"

"就我们俩走还是和任萍一起走，或者带上那个侦探做人质？"

"就我俩走吧，留下任萍，都是她出的差错，那个侦探就交给她处置吧。"

"我们不带上马锡良能逃得出去吗？他们不向飞机开枪呀？你看看，武警部队防暴队已经占领了制高点，架上了轻重机枪，我们带上他才比较安全。"

"那好吧，我们马上走！从密室上去。说完，他站了起来。"

他们的谈话，被任萍听得一清二楚，因为欧阳山的沙发扶手上有一个秘密机关，只要手指轻按三次，密室里的窃听器就能听到他们谈话声音，吴峰并不知情，所以当他说出不带任萍一起走的意见后，任萍异常气愤。

这些当然没有逃过马锡良的耳朵和眼睛，他非常着急，不知李四海局长是否做了拦截直升机的准备。他记得在拘捕杨高明、彭赞和阿伟后，他们曾经研究过欧阳山买直升飞机到底是为了干什么，他们通过航空管理部门了解到他申报购买飞机的目的是为了业务开展需要，同时也是为了服务公益事业，如洪水来了可以供领导查看灾情，根据他们掌握，欧阳山曾经多次乘直升机飞到偏远的森林，那里有他购买土地修建的停机坪，有专人管理，有车辆，那里离国境线不远，如果他飞到那里，再乘车偷越国境是很容易的。马锡良多么希望李局长有所准备呀，否则让他们逃到国外，就很难将他们引渡回国，他们有大量美金存在外国银行，金钱可以为他们打通逃跑通道。

李四海要是想把直升飞机控制起来是很容易的，虽然直通往楼顶的秘密通道被欧阳山控制着，他也有办法派人攀登上去，但是他没有这样做，这并不是他疏忽大意，而是深思熟虑做出的决定。

吴峰离开省班子领导碰头会，去动员欧阳山交出任萍了，所以碰头会也不能继续下去了，大家不知说什么好，不知吴峰去了以后，做了欧阳山的工作，交出任萍，她会爆出什么重大丑闻，会牵扯到哪些人，是否包括自己，虽然他们没有参与策划谋害孔彬，但是他们与巨大地产公司却有着千丝万缕的联系,他们或多或少都从该公司得到过好处,他们都支持公司老板欧阳山。如果欧阳山参与了孔彬被害案,他们就摆脱不了被牵连进去的危险。他们坐不住了,想去现场看看,如有可能,暗示欧阳山不要乱说。方建华看出大家的心事说:“我们也到巨大地产公司看看, 如果吴峰说服不了欧阳山,我们大伙帮他说,要欧阳山顾全大局,积极配合公安机关依法办案。大家求之不得,跟着方建华一起去巨大公司。”

方建华一行的车队还没有进入巨大地产公司大院, 老远就听到从一辆警车的喊话器中传来巨大的喊话声:“欧阳山、任萍,你们听着,你们打伤并绑架马锡良,劫持他和你们一起,企图乘直升飞机逃走,你们是逃不走的。你们要是不听劝告,一定要乘直升飞机逃走,我们也没办法,但是你们不能把马锡良当作人质带走,你们如果要这样做,我们也顾不得他的安全,只好向直升飞机开火,反正他被你们劫持走了也不会活着回来,我们信不过你们。如果你们放了她,我们保证不向直升飞机开火,你们逃到国外, 我们会通过国际刑警组织把你们引渡回来, 不需要把直升飞机打下来。我李四海说话算数。”

省领导班子主要成员的车子鱼贯进入巨大地产大厦停车场停下,个个被这场面惊得目瞪口呆。李四海走过来向方建华汇报,方建华挥挥手,他走到一辆警车跟前,拿起话筒,大声说:“我是方建华,欧阳山你听着,你执意要走我们拦不住你,但是你不应该劫持警察,更不应该劫持副省长吴峰,他没有对不起你的地方。吴省长,你下来试试,看他敢对你怎么样!”

楼顶上的直升飞机发出轰鸣声, 马上就要起飞了, 顿时轰鸣声又小了,从楼顶上传来吴峰的声音:“我不是被劫持的,欧阳山没有劫持我,我们是要到外地休息几天,过几天我会回来的。只要你们不开枪,我们是不会伤害马警官的。”

方建华和省其他领导简直不敢相信自己的耳朵,不敢再说一句话。他们彻底明白了自己所担心的事情终于发生了, 孔彬被害原来是吴峰一手策划的,我们全力支持他,怎么向党交代呀?就在这时候,一位警察给每位领导送来望远镜,他们对准楼顶上那架螺旋桨已经高速旋转的直升机,看见马锡良踉跄地从机舱里跌落在楼顶;紧接着,只见吴峰的身影出现在舱门口,好像有人把他往下推,他死死抓住舱门不放,和上面的人扭打起来,只见任萍站在舱门口,狠狠踢他一脚,他跌落下来,舱门迅速关上,直升飞机腾空而起。

李四海拿着扩音器命令道:“第一行动小组立即到达楼顶，将马锡良接下来送往省第一人民医院抢救治疗。”他的话音刚落,从楼顶上传来一声枪响,李四海和他的战友们的震惊是可想而知的。

李四海继续喊道:“第一行动小组，你们到达楼顶没有?马锡良安全吗?请回答。”

自从马锡良落入任萍之手,他的妻子王红就一直在现场,这十几个小时,她不知道自己是怎么度过的。李四海没有分配她具体工作,始终劝她不要担心,歹徒们不会轻而易举杀害他的,这是为了保护他的安全,避免不必要的牺牲才没有向直升机开枪。

可刚刚那一声枪响,使大家出了一身冷汗,不过时间不长,马上从楼顶传来第一行动小组组长的报告:“吴峰开枪自杀身亡，马锡良安然无恙。”李四海走到马锡良的妻子王红身边,和她热烈拥抱,以示庆祝,王红仿佛获得了重生一样,热泪盈眶。

方建华等人走到李四海近前问:“就这么听凭他们逃跑吗?”

李四海没有立即回答,拿出对讲机说:“第二行动组,目标半小时后将会到达你们的伏击范围,请根据卫星定位系统的报告,做好战斗准备,尽量避免伤亡,不到万不得已的时候,不要打死他们,让法庭来审判他们。”

对讲机里立即传来赵军清晰地报告声:“请李局长放心，一切都已经准备就绪。”

李四海面带微笑地对省领导们说:“天网恢恢,疏而不漏,他们逃不掉的,赵军已经率领特警将直升飞机降落地包围起来了,而且他们逃跑用的车辆已经控制在我们手中了。请各位领导等待我们的好消息吧。”

消除了社会的毒瘤之后,滨江又恢复了往日的生机和活力。第二年,林苑与关海龙结束了爱情长跑，步入了婚姻的殿堂，并且在这一年的冬天,有了他们可爱的女儿。其乐融融的三口之家,每当有空闲的时候,喜欢在江边休闲。望着滚滚而去的江水,林苑常常感慨时间的流逝。为此,她祈祷在岁月的流逝中,能够托起美好的未来,就像他们的女儿一样。